Einaudi. Stile Libero

Titolo originale *Le roman de Marceau Miller*

www.einaudi.it

ISBN 978-88-06-26918-0

Marceau Miller
Il romanzo di Marceau Miller

Traduzione di Emanuelle Caillat

Einaudi

Il romanzo di Marceau Miller

Prologo

Un lampo mi perfora il cervello, un colpo violento alla testa mi sbilancia. Sono duecento metri sopra il vuoto, sto scalando una parete rocciosa che conosco bene. Le mie unghie graffiano il granito, le mie mani perdono presa. In questo momento capisco che è tutto finito. Per gusto della sfida, forse per orgoglio, ho sempre arrampicato a mani nude, senza corde. Sapevo che un giorno l'avrei pagata.

Prima vedo il cielo. Poi cento metri di parete che sfilano in pochi battiti di ciglia. Intuisco appena la sagoma che scompare dietro la cima ormai raggiunta. Quella sagoma mi è familiare. Mi ha appena fatto cadere nel vuoto, e sto per morire. Stranamente un pensiero mi rasserena: raggiungerò mia sorella. Sono vent'anni che se n'è andata; stamattina, non avrei proprio immaginato che oggi ci saremmo incontrati.

Mi chiamo Marceau Miller, sono uno scrittore famoso. Domani sulla mia pagina Wikipedia sotto la riga «Nascita» potrete leggere: «Morte: 16 maggio 2021 (40 anni)». Ironia della sorte, ho passato molto tempo a scrivere come se ogni giorno potesse essere l'ultimo. Lascio il manoscritto piú importante della mia vita. Come se una parte di me avesse presagito questo momento, anticipando l'imprevedibile appuntamento con il destino. La signora con la falce non ti manda una raccomandata per comunicarti il giorno e l'ora della tua morte. Il manoscritto lo lascio a loro, a Sarah e agli altri. Liberi di farne ciò che vorranno. Devono sapere la verità.

Il mio corpo fluttua nell'aria, non controllo piú nulla. Il suolo si avvicina a una velocità spaventosa. Mi si spezza il cuore per i miei figli, Hermione e Benjamin, e per mia moglie Sarah, con lei ho costruito tutto.

Scorgo il mio pick-up parcheggiato ai piedi della parete e capisco che sto per schiantarmi lí vicino. Nessun altro pensiero mi attraversa la mente. Eppure dicono che in queste situazioni ti vedi sfilare davanti agli occhi la vita intera. Abbiamo avuto tutti quell'incubo tremendo: cadere nel vuoto senza piú niente che ti trattenga. Ti svegli con il corpo madido di sudore, il cuore sul punto di esplodere e un malessere che ti perseguita per ore.

Mi sono sempre chiesto se il cervello si scolleghi prima della collisione fatale. Tra qualche centesimo di secondo lo saprò.

Cinquanta metri.

Dieci metri.

Buio.

Parte prima

La caduta

Capitolo 1

Sabato 15 maggio 2021
Il giorno precedente la morte di Marceau Miller

Seduta sulla sedia a dondolo nel terrazzo dello chalet, completamente immersa in un romanzo, alzo la testa. Il tè è ancora fumante. Mi piace stare qui, di fronte al lago di Ginevra, che chiamiamo Lemano, il *mio* lago, come se mi appartenesse. In tutte le storie scritte da mio marito, nulla annuncia il temporale che sta per abbattersi sui personaggi. Spesso è subdolo, colpisce in pieno con violenza. Bevo un sorso di Saint James, un tè nero corposo con note di cioccolato, e riappoggio la tazza. È il suo ventesimo libro, e ancora riesce a sorprendermi. Non capisco tutto di Marceau, ma devo ammettere una cosa: il suo successo è meritato. Gestisce la suspense alla perfezione. Addirittura troppo. Ovunque, sempre.

Il ronzio di un motore mi distoglie definitivamente dalla lettura. Un'imbarcazione si avvicina al pontile in fondo al giardino. L'ho revisionata la settimana scorsa, fa parte della flotta che possediamo io e Karen, la mia socia. Quel piccolo motoscafo ormai è soltanto un guscio di noce rattoppato che non è proprio il caso di noleggiare ai clienti. Ma i nostri figli lo adorano. A volte lo uso per raggiungere l'agenzia, costeggiando la riva fino a Yvoire. Ci vuole un quarto d'ora in piú rispetto all'auto, ma è pratico per trasportare materiale, come il vecchio pick-up di Marceau.

Benjamin è al timone. A dieci anni lo manovra già piuttosto bene, ma si sta avvicinando al pontile un po' troppo in fretta, per i miei gusti. Marceau fa ampi gesti con le braccia. Gli starà chiedendo di rallentare. D'istinto tiro un sospiro di sollievo quando l'imbarcazione scivola lungo il pontile senza urtarlo. Si sono accorti della mia presenza. Mi salutano agitando le mani tutti e tre. Sorrido e rispondo al saluto. Hermione, la nostra figlia maggiore, si trova a prua, balza sul molo e afferra la cima che suo padre le lancia. Sorveglio la manovra di ormeggio. Il pontile su palafitte non è tanto largo; i lunghi pali di legno si tuffano in profondità per piantarsi nei pioli di cemento, radicati in una miscela di fango e ciottoli verdastri. In questa stagione, quando il sole è ancora cosí caldo, le assi di legno non sono scivolose, va tutto bene. Benjamin spegne il motore e raggiunge suo padre e sua sorella.

Riappoggio il romanzo senza nemmeno infilarci un segnalibro. Ho memorizzato il numero di pagina. 40, la mia età e quella di Marceau. E a pagina 40 le cose vanno già piuttosto male per i personaggi. Immagino sia soltanto l'inizio.

Mi alzo e mi sgranchisco. L'ombra del pergolato è fresca sul terrazzo costruito da mio nonno – il suo ultimo lavoro di falegnameria prima di morire all'improvviso una decina di anni fa. Il rivestimento dello chalet, in parte coperto dalla vegetazione, infonde al luogo un'aria da casa per le vacanze. Il giardino si allunga su quasi ottanta metri, è circondato da un bosco lasciato allo stato selvaggio, e da una siepe pure abbandonata a sé stessa. Nella bella stagione il prato rimane verde a lungo, grazie alla vicinanza del lago. È stato tagliato da poco, e sulla riva presenta un bordo di ciottoli e sabbia grigia. Mi dirigo verso i bambini. Benjamin mi corre incontro e comincia già a raccontarmi le sue avventure, ma è troppo lontano e non sento niente. Hermione e suo padre risalgono carichi di attrezzatura da sub.

– Sono scesa a cinque metri con papà! Ho visto un coregone grande cosí!

Le braccia allargate di mio figlio sembrano troppo corte per l'*enorme* pesce avvistato nel lago. Marceau mi raggiunge e mi dà un bacio sulla fronte. Le sue labbra hanno ancora la frescura del Lemano. Benjamin lo tira per una manica, perché confermi le sue parole sull'avvistamento di quel miracolo con le squame luccicanti. Hermione, da dietro, gli infila in testa di sorpresa il cappellino appena caduto. In quel momento sento quanto sia effimera la felicità – fuggevole come un pesce che scompare negli abissi. È da capogiro, prendere coscienza di ciò che ho di piú caro e del dolore che proverei se perdessi uno di loro. La felicità ci tende la mano senza avvisarci. E può ritrarla all'improvviso.

– Sarah?

Marceau mi rivolge un sorriso, poi prosegue oltre per scaricare l'attrezzatura da sub. Colgo il suo sguardo, mi sembra di leggervi gli stessi miei sentimenti. Ma lui conosce meglio di chiunque altro il prezzo e la fugacità di questi attimi. Ha già rimesso insieme molti pezzi di altrettante felicità infrante. Mi ricorda il *kintsugi*, l'arte giapponese di riparare le ceramiche rotte.

Potrei quasi seguire con le dita le cicatrici dorate che i ricordi hanno lasciato su di lui.

Capitolo 2

Sabato 15 maggio 2021
Il giorno precedente la morte di Marceau Miller

La lancetta delle ore sull'orologio in soggiorno non indica ancora le 20.00. Il ticchettio familiare si smorza, coperto da un rumore proveniente da fuori. Cala la sera, e tra gli aceri del viale vedo filtrare i fari di alcuni veicoli. Il ronzio sordo tipico dell'auto sportiva di Alexis fa vibrare i vetri dell'antica libreria che mi ha regalato nonna Louise. Dalla finestra, poco dopo, lo vedo scendere dal bolide, tutto sorridente. Alexis non si smentisce mai. Benjamin si mette a correre attorno alla macchina rutilante. Alexis lo afferra e lo solleva per i piedi come una bambola di pezza. Sento le loro risate, anch'io sorrido. Poi si lanciano in una corsa indiavolata, e gridando spariscono in fondo al giardino.

Marceau scende le scale ridipinte di bianco, colore che domina l'interno della casa. Mi piace la luce. Grazie alle ampie vetrate e al riflesso delle montagne, non perdiamo mai di vista il lago. Ho arredato il piano terra dello chalet come un loft – un angolo cucina moderno associato all'antico, che si affaccia sul soggiorno e la zona libreria. Un soggiorno spazioso con forse un po' troppi mobili, lo ammetto, ma comodo e accogliente. Marceau mi raggiunge sul divano. Mi abbraccia, so che gli piace il mio sorriso. Me lo restituisce tenendo lo sguardo fisso su di me.

– Sei pronto?

– Non lo sono mai del tutto per queste serate, lo sai. Preferirei infilarmi con te sotto le lenzuola.

Che scemo, mi intenerisce. È la fase che preferisco: da quando finisce un romanzo a quando scompare per il libro successivo. Un periodo in cui lo ritrovo, e siamo piú vicini.

– E allora perché ogni anno ci tieni tanto a organizzare questo rituale per l'uscita dei tuoi romanzi?

– Il rituale, Sarah, è la chiave per uno scrittore. Uno scrittore senza rituale è uno scrittore morto.

– Stai diventando superstizioso? A parte gli scherzi, di cos'hai paura? Che finisca tutto? Di non piacere piú ai tuoi lettori?

– Seconda cosa, cara signora: uno scrittore che non ha paura è uno scrittore spacciato. Bisogna scrivere con una passione che sovrasti il timore.

– Massima stupenda, segnatela per la prossima intervista... Toh, a proposito, ecco il tuo editore. In anticipo, come sempre. Lui invece va matto per queste serate. E soprattutto per le mie *empanadas* col caprino fresco. Tra poco non gli si vedrà piú la cintura.

Édouard Payet, un uomo piuttosto in carne, osserva la facciata dello chalet come se esitasse a entrare. So che passa in rassegna tutta la casa. Gli infissi, le vetrate, le strutture di sostegno del tetto, il balconcino al piano, il terrazzo, la vegetazione curata senza pretese. Gli è sempre piaciuto questo posto, l'antro del suo autore di punta. Bussa alla porta, andiamo ad aprirgli. Sulla scia dell'editore, Freud, il suo Welsh Corgi, si dimena entrando nel piccolo ingresso, liberato per l'occasione dalle cianfrusaglie che Benjamin lascia sempre in giro. Gli artigli del cagnolino scivolano sul parquet lucido. Ha le zampe corte ed è piuttosto grassoccio, abbaia di continuo e somiglia al suo padrone. Entrambi adocchiano le cibarie in bella vista piú in là, sull'isola della cucina. Sto sognando: Édouard ha già afferrato un pugno di arachidi. E io che non ricordavo nemmeno dove avessi appoggiato la ciotolina. A quanto pare l'ha trovata lui. Si porta le arachidi alla bocca con un gesto rapido e le ingoia senza sgranocchiarle, come fossero medicine. Un orco, ma con un sorriso gioviale e una parlantina disarmante.

– Sarah, Marceau! Ogni anno aspetto con gioia questo giorno. Qui non è cambiato niente! Bene cosí, è il segreto del mio celebre scrittore.

Mi abbraccia con un fare schietto e virile, e intuisco che mi lascia sulla spalla il sale delle noccioline – Freud non ha fatto in tempo a leccargli le dita. Édouard si china di colpo verso Marceau, con uno sguardo complice.

– Hai ricevuto il mio regalino?

Guardo Marceau, sembra imbarazzato. Non so di cosa stia parlando.

– Ascolta, Édouard, è stupendo, ma… non uso l'orologio, e… mi dispiacerebbe rovinarlo.

– Un Breitling Aviator, sembra fatto apposta per te! Tu che piloti il vecchio Savage Bobber quasi tutte le settimane. Su, Marceau, lasciati andare! Sei un pezzente che non si gode la vita! Con quello che guadagni, te lo puoi permettere!

– Mi bastano la casa sul lago e l'aereo. Mi conosci. Se un giorno tutto questo si fermasse non voglio essere preso alla sprovvista, cosí di colpo, senza preavviso.

– Potrei pubblicarti a occhi chiusi, Marceau.

– Non farlo mai.

– Tranquillo, non sono ancora rimbambito. E se il testo non fosse buono, caro Marceau, sappi che ho degli ottimi ghost-writer.

Il viso di Marceau cambia impercettibilmente. Si è appena chiuso nel *suo* mondo.

– Un incidente su un testo... con me sarebbe uno schianto fatale, Édouard.

– Dài, ti prendo in giro. Non vedo l'ora di sapere cosa mi stai per proporre, lo sai.

Porgo il vassoio di *empanadas* a Édouard, mentre Marceau se la svigna. Freud alza il muso e aspetta le briciole, ma Benjamin arriva correndo e lo distrae dal suo obiettivo. Mio figlio accarezza la testa del cane e lo porta via con sé, chiamandolo allegramente.

Édouard ha ingoiato l'ultimo boccone e pare molto soddisfatto, poi si dirige con passo quasi cerimonioso verso il terrazzo. Può avere inizio il rituale dell'editore, ma ha luogo sempre lontano dal soggiorno, perché non tollero le pesanti volute di fumo. Dalla tasca interna della giacca di tweed estrae con riverenza un Cohiba Behike 56, il Sacro Graal degli *aficionados*, chiuso in uno scrigno di cedro spagnolo.

Compie gesti precisi, quasi liturgici. Per prima cosa tira fuori l'igrometro tascabile Xikar, per controllare il tasso di umidità ideale della capa. Poi con dita esperte si passa il sigaro sotto le narici, annusando i sentori di cuoio e legno pregiato. Con il tagliasigari in argento *guilloché* – un regalo di Marceau – effettua un taglio netto, liberando le prime note terrose. Édouard osserva attentamente la sezione, come un enologo che scruti il colore di un vino pregiato.

L'accendino S.T. Dupont libera la tipica fiamma azzurra. Comincia il rituale del *toasting*: la fiamma lambisce con delicatezza la base del sigaro, preparando il tabacco all'accensione. Édouard fa poi girare lentamente il Cohiba sopra la fiamma, in una coreografia millimetrica. Si alzano i primi sbuffi, che trasportano una promessa di molteplici aromi in arrivo – note di caffè tostato, cacao amaro e spezie orientali.

Un sorriso di soddisfazione si disegna sulle labbra dell'editore, mentre aspira le prime boccate tenendo gli occhi semichiusi, assaporando quel momento come se si godesse un istante di eternità. Il prossimo successo del nuovo romanzo di Marceau già si mescola alle nappe di fumo che si alzano nell'aria della sera e danzano sopra le acque calme del lago.

Alzo il volume dello stereo, utilizziamo troppo di rado la potenza di questi strumenti. Il suono riempie la casa e raggiunge il lago. Certe sere mi piace squarciare il silenzio, irradiare lo chalet di gioia e rumore. Scorgo Karen che balla sul terrazzo con sua figlia Zoé e la mia. Non le avevo viste arrivare. Karen indossa una tuta ampia arancione bruciato, con le maniche a sbuffo e la cintura a vita alta. Una stoffa leggera con una profonda scollatura che mette in risalto la figura slanciata. Calza un paio di décolleté con cinturino alla caviglia e zeppa che la alza fino a quasi un metro e ottanta. Ora mi pento di non avere scelto i pantaloni di lino che mettono in risalto le mie forme. Mi inerpico sulla punta dei piedi per dare un bacio a Karen e le faccio l'occhiolino sfiorandole i vestiti, lei sorride. Di nuovo si fa trascinare dalle ragazze mentre le chiedo dov'è Rollin, suo marito. Tra un passo di danza e l'altro, stende un braccio in direzione del giardino. Piú lontano, sul prato, Alexis trascina Marceau e Rollin, grandi amici da vent'anni: stasera sono pronti a fare scintille. Alexis li incita con il bicchiere in mano, e cominciano una serie di ancheggiamenti provocanti. Rollin, robusto e nerboruto, è goffo come sempre, ma li segue. Lui è un contemplativo, affettuoso per natura, il dolce sognatore del gruppo, imbattibile quando viene interrogato su fauna e flora durante i nostri giri. Anticonformista fino alla punta dei capelli, non ha mai rinunciato alla libertà e vivacchia grazie al suo food truck. Davanti a casa Édouard soffia dense volute di fumo, dopo avere aspirato il sigaro arroventato. Viso luminoso, occhi fissi su Marceau. La verità è che in questi frangenti ho sempre paura che accada qualcosa che possa distruggere tutto – come nei romanzi di mio marito. Ci sono i falsi allarmi, e i drammi veri.

Ore 22.00. L'irrigazione automatica si mette in funzione. Me n'ero dimenticata, il mio cuore fa un balzo. Mi arrivano addosso delle gocce, e si alzano grida di divertimento e sorpresa. Alexis trattiene Rollin sotto la pioggia artificiale, intanto che Marceau corre con ampie falcate verso il casotto per spegnere l'impianto. E mentre i tre amici intrattengono il pubblico, mio figlio mi tira per la manica e mi porta tra le sottili goccioline che rinfrescano questa calda serata dalla finta atmosfera estiva. Mi sto riprendendo, ho il cuore in subbuglio, ma respiro – e mi lascio andare.

La magia finisce, rapida com'era giunta. L'impianto d'irrigazione è stato disattivato, i ragazzi sono fradici. Alexis si toglie i vestiti e tenta di attirare Rollin verso il lago. Quest'ultimo resiste all'attaccabrighe alticcio e lo lascia andare da solo. È già inzuppato dalla testa ai piedi, gli basta cosí. In mezzo all'ampio giardino Alexis, seminudo nel crepuscolo, scherza nel fascio di luce dello chalet e lancia un ultimo appello a tutti quanti. Rollin scrolla la testa, allora Alexis scatta sull'erba e scompare tuffandosi nel lago diventato buio. Dopo vari secondi riemerge beffardo dalle profondità, tra schizzi rumorosi. Lo sciabordio intorno a lui fa scintillare la superficie, dove danzano i punti luminosi delle luci sull'immensità del lago. Lontano, le rive svizzere si snodano come un serpente illuminato. La temperatura dell'acqua toglie il fiato, lo so. Anche sotto l'effetto di vari bicchieri, non si sfugge alla sua morsa fredda. L'importante è che il lago non si porti via la vita di quelli che amo; mi ha già risputato una volta, prima che affogassi. Grazie al lago sono una nuotatrice provetta, ho accumulato perfino alcune medaglie. Sono legata a lui, come alle foreste e alle montagne – da sempre.

I vestiti di Rollin gli stanno appiccicati alla pelle e rivelano le sue spalle robuste.

– Forse adesso ho bisogno di un asciugamano.

– Stupido, non ti basta mica, – gli dico ridendo. – Conosci la casa, vai pure in bagno, poi prendi qualcosa nell'armadio di Marceau. Ti starà un po' stretto.

Mentre Rollin entra in casa, io e Karen scoppiamo a ridere. Ci conosciamo da un sacco di tempo, grazie ai nostri uomini. L'amicizia e la fiducia reciproca ci ha spinte a diventare socie per creare l'agenzia nautica di noleggio, avviata piuttosto bene ormai. A pochi metri dalla riva Alexis fa un fischio e lancia i boxer fradici in direzione del giardino. Freud non si fa pregare, afferra al volo il tessuto zuppo e lo consegna al suo padrone. Intanto Alexis si avvicina alla battigia, esce dall'acqua camminando all'indietro e presentandoci le natiche bianche. Karen è la prima a reagire:

– Alexis, non esagerare! I bambini!

Lui continua il suo spettacolino e raggiunge il pontile che usa come rampa di lancio per tuffarsi di nuovo nel lago, con una goffaggine ingigantita. Anche Benjamin comincia a spogliarsi, ma lo fermo subito. Deluso, raggiunge la riva e fa il tifo per Alexis, che da lontano tenta di convincermi. Non se ne parla, ragazzi.

Rollin riappare poco dopo, asciutto, nei vestiti di Marceau sistemati male. Mi sembra che abbia una strana espressione, forse è stanco? Gli si è spento il sorriso, e procede a passi lunghi porgendo un ampio asciugamano per soccorrere l'amico nudo uscito dall'acqua, che inizia a tremare. L'anatomia di Alexis non merita tanta abbondanza, ma cosí drappeggiato sarà piú presentabile per il resto della serata.

Insieme si allontanano di qualche passo in fondo al giardino, riparati dalle fronde sul limitare del bosco, poco distanti dalla barca ormeggiata, ancora ondeggiante per le scempiaggini di Alexis. A quanto pare stanno discutendo. Spero che Alexis non trascini Rollin in un'altra delle sue idee assurde. Queste sono serate speciali, perché ci rimandano indietro di vent'anni, nella spensieratezza di allora. Marceau esce a sua volta di casa, ha l'aria seria, come se fosse già altrove – un'espressione preoccupata che gli vedo ogni tanto. Perché proprio stasera? Chissà se un giorno questo mistero mi verrà svelato. Le rare volte in cui ho tentato di saperne di piú sui pensieri che gli attraversano la mente, mi sono ritrovata sull'orlo di un precipizio senza fondo. È il confine della nostra coppia. Una regola non detta, una distanza di salvaguardia, *la sua* salvaguardia.

È mezzanotte passata, l'episodio del bagno ha cambiato l'atmosfera. Il buffet resiste agli ultimi assalti. Freud abbaia per attirare l'attenzione. Ha il pelo ritto e si è piazzato davanti al boschetto adiacente al giardino. Édouard gli fischia invano. Quindi decide di alzarsi e portarlo via. Attorno allo chalet vivono animali notturni. Quando i bambini si avventurano nel bosco, a volte li avvistano.

Torna Édouard. Freud, con la lingua di fuori tra le braccia del padrone, sembra essersi già dimenticato tutto. Édouard mi ringrazia per la serata e ricorda a Marceau gli impegni delle prossime settantadue ore, in particolare il passaggio tv in un'importante trasmissione letteraria e la registrazione in studio di uno spot radiofonico. L'addetto stampa gli comunicherà il calendario aggiornato dei firmacopie in libreria. Con il passare degli anni ho capito che il mestiere di scrittore è solo una forma di libertà condizionata. Condivido mio marito con Édouard, i giornalisti, i lettori... Ma anche con molti personaggi di finzione. Preferirei che ogni tanto questi ultimi si facessero da parte e mi lasciassero Marceau un po' piú a lungo. Lui spegne il computer soltanto nella parentesi in cui la macchina digerisce il manoscritto in corso, e non mi basta. Ma non sono io a decidere, e non credo nemmeno che a decidere sia davvero lui.

All'1.45 sono andati via tutti. Hermione e Benjamin sono finalmente in camera loro, morti di sonno. Busso piano allo studio, il santuario di Marceau. Sento la sua voce ovattata proprio dietro la porta.

– Cinque minuti, finisco un messaggio. Arrivo.

Nella mia testa traduco... mezz'ora o un'ora. Volo in bagno, ingoio un Dafalgan. Stanchezza, alcol, il mal di testa non tarderà. Sono spossata ma soddisfatta, è stata una bella serata. Mi infilo sotto le lenzuola, la spossatezza e il leggero capogiro dovuto all'eccesso di alcol mi portano via. Non mi piace l'idea di addormentarmi senza il calore del mio uomo accanto a me, cerco di resistere. Ho bisogno di lui. Resisto ancora, ma la coscienza si spegne.

Capitolo 3

Domenica 16 maggio 2021
Il giorno della morte di Marceau Miller

Bagliore sfocato, ore 5.10 sullo schermo della sveglia. Marceau non è accanto a me. Maledetto scrittore. Aggrotto le sopracciglia, i miei occhi si richiudono. Sprofondo di nuovo nel sonno.

Ore 8.15, leggero mal di testa, intuisco il bel tempo attraverso le imposte. La luce mi aggredisce. Accanto a me il letto non è nemmeno sfatto. Ha dormito nello studio o cosa? Percorro il corridoio a passi felpati, senza svegliare Hermione e Benjamin. Quale madre non preserva il sonno dei suoi figli? Marceau non è nello studio. Non entro, non ci metto praticamente mai piede: lui non ha piacere.

Nella foschia del risveglio la memoria non mi aiuta, frugo tra i ricordi, non mi viene in mente niente. Dovrebbe essere qui con me. Il soggiorno è in disordine, raccolgo qua e là i resti della festa di ieri e scruto il giardino: nessuno. Esco a piedi nudi sul terrazzo, di fronte al lago calmo che nessuna brezza viene a turbare. Il nostro piccolo motoscafo solitario è ancorato al pontile. La temperatura dell'aria è mite, quasi come dentro lo chalet. Lontano, di fronte all'hangar, non vedo il vecchio pick-up. Mi sembrava che ieri fosse parcheggiato lí. Faccio un giro intorno allo chalet nel silenzio del prato fresco che attutisce i miei passi. Sento l'erba fredda che mi solletica la pianta dei piedi. Mi avvicino all'hangar, spalancato come al solito. Il Savage Bobber è lí, con l'elica scintillante e le larghe ali. Comunque l'avrei sentito decollare. Ancora niente pick-up in vista. Giro su me stessa e lancio uno sguardo verso il bosco e il vialetto che porta alla strada davanti a casa. Con una voce ancora spenta chiamo Marceau, ma si manifesta soltanto un volatile vicino a me che si alza sopra lo chalet in uno schiocco d'ali. Per un attimo invidio la sua posizione al di sopra del mondo e il suo punto di vista sul lago, sulle montagne. Chissà se da lassú riesce a scorgere Marceau.

Torno in casa, apro l'armadio dell'ingresso. Ci sono le sneaker di Marceau sistemate accanto alle mie, ma soprattutto controllo la borsa da arrampicata: è vuota. Le scarpette e la sacca della magnesite non ci sono piú. Ho un sussulto, poi mi ricordo: se n'è liberato il giorno in cui mi ha promesso di smettere il freestyle in solitaria, il brivido dell'arrampicata senza corde, senza sicurezza… e soprattutto, secondo me, senza coscienza. Giacche e cappotti sono appesi all'attaccapanni o sulle grucce nell'armadio. Non avendo preso nulla con sé, sarà presto a casa. Mando un sms col quale gli ricordo che per i prossimi giorni dobbiamo combinare i nostri orari, tra gli impegni legati alla promozione del romanzo e, da parte mia, il noleggio delle barche, che in questa stagione non dà tregua. Senza dimenticare i bambini, che ancora non si gestiscono da soli.

Mezzogiorno. Benjamin mi ha chiesto di preparare le patatine fritte, e solo a sbucciarle mi innervosisco. E per la decima volta, come minimo, rispondo ai bambini che no, non so dov'è papà. Nel paese delle promesse, Marceau è sempre il primo a disertare. Hermione contava su di lui per montare un sistema di illuminazione da remoto, Benjamin per il difficile assemblaggio del nuovo aereo radiocomandato. Consiglio loro di chiedergli qualcosa in cambio. Sul mio telefono nessun messaggio. Chiamo per la terza volta, scatta di nuovo la segreteria: «Buongiorno, siete in comunicazione con Marceau Miller...» Chiudo. Al quinto sms inviato cambio tono.

Ma dove cazzo sei?

Capitolo 4

Lunedí 17 maggio 2021
Il giorno dopo la morte di Marceau Miller

Ore 8.00.

Chiamo per l'ultima volta Benjamin. *Altrimenti vai a scuola senza colazione*. Hermione ha i nervi a fior di pelle. Chiederle di sparecchiare è sufficiente a farla scappare dicendo parolacce e sbattendo la porta di camera sua. Un lunedí mattina normale, insomma, quasi normale. Di solito è Marceau che fa arrabbiare Hermione per primo.

Ieri sera ho sfornato la prima bugia: papà è in viaggio per il lancio del nuovo romanzo, mi ero dimenticata, me l'aveva detto. Ancora non ho cominciato la serie di telefonate ad amici e conoscenti; mi aggrappo poco convinta all'idea che Marceau stia per ricomparire con una scusa alla quale non avevo pensato, all'idea che tutto ricomincerà normalmente.

Ore 9.15.

Ho la bocca amara, è lo stress, il mio stomaco non lo sopporta. Nel mobiletto alto del bagno cerco alla disperata delle medicine. Non trovo niente, la metà è scaduta, devo buttarle via. Andrà tutto bene. Appena avrò notizie, tutto tornerà come prima. Preparo freneticamente la borsa, cercando di non dimenticare nulla per questa giornata di lavoro che si annuncia male.

In ritardo all'agenzia, non riesco ad affrontare le solite urgenze. Karen ha preso già in carico i primi clienti. Senz'altro per via della mia faccia sconvolta, mi chiede se sto bene e come ho trascorso il resto del week-end dopo la festa di sabato sera. E alla fine crollo. Le rivelo che non ho piú notizie di Marceau da dopo la serata, appunto. Ha idea di dove potrebbe essere? Leggo nel suo sguardo lo sconcerto. Devo sembrare un'idiota. Esita, cerca una spiegazione rassicurante. Forse c'entra l'uscita del libro? Non è possibile, mi avrebbe lasciato un bigliettino, anche per stare da solo come fa certe volte. Faccio il giro dell'agenzia, per cercarlo ingenuamente anche qui. Karen mi prepara un tè e consulta la lista delle imbarcazioni disponibili, mentre io conto una dopo l'altra quelle ormeggiate al pontile dell'agenzia. In rare occasioni è successo che Marceau ne avesse presa una, cosí com'è capitato ad Alexis o a Rollin, tra l'altro. Karen chiama Rollin, e io faccio un tentativo con Alexis. Il mio cuore accelera man mano che cedono tutti gli appigli ai quali mi aggrappo. Nessuno sa niente. Provo con l'editore. Édouard non trova nulla di meglio da dirmi che a brevissimo c'è la trasmissione in tv e nei prossimi giorni le interviste alla radio. Niente di niente, neanche dopo aver contattato gli amici degli amici. Ho le dita bianche a furia di stringere il telefono. Nella mia testa scatta un allarme. Leggo la stessa preoccupazione appena velata nello sguardo di Karen. Lei mi assicura che può gestire l'agenzia da sola e mi mette quasi alla porta; ho ben altro da fare, bisogna ritrovare Marceau.

Ho sempre potuto contare su Karen. Ci capiamo al volo – ridiamo delle stesse cose, evitiamo i giudizi affrettati, sopportiamo i nostri difetti. Vere e proprie partner con una fiducia reciproca illimitata. A livelli quasi inquietanti: se lei volesse potrebbe portarmi via tutto; e io la lascerei fare. Davvero: diventare sua socia per aprire l'agenzia sul lago è stata una delle mie decisioni migliori. Anche la scelta di essere indipendente, in accordo con i miei valori. Trovare il mio posto sul lago, circondata dalle foreste e dalle montagne – il mio feudo, le mie radici.

Ma le mie radici sono anche Marceau. Partire senza avvisare, senza rispondere al telefono, proprio al momento del lancio di un nuovo libro, non è normale. Come se mi chiedessero di procedere al buio, con nulla a cui aggrapparmi. Il mio cuore fa un balzo a ogni sms e a tutte le chiamate, sempre piú numerose, che ricevo dal nostro giro di amici: sono preoccupati quanto me, chiedono notizie e a volte suggeriscono qualche idea… E senz'altro si sono fatti la loro idea, ma in silenzio.

Ore 15.20.

Torno da un periplo in auto sulle rive del lago, da Yvoire a Meillerie, fino alla frontiera svizzera. Mi sono fermata ovunque – nei ristoranti, nelle palestre, in ognuno dei luoghi, a volte molto isolati, frequentati da Marceau quando vuole scrivere lontano da tutto. Agire, ho bisogno di agire. Mi serve aiuto. Parcheggio davanti alla gendarmeria di Thonon-les-Bains, la piú vicina e la piú importante. Entrando, mi si chiude lo stomaco: cosa ci faccio qui? Sono arrivata a questo punto, con il mio bagaglio di angosce. È l'ultima opzione. Un giovane gendarme ascolta la mia disperazione e prende nota di tutto ciò che gli dico. Tenta di rassicurarmi e di convincermi che per il momento non c'è da allarmarsi. Comincia a farmi domande sulla nostra coppia, su conflitti ed eventuali infedeltà… Il mio viso si fa duro. Gli ricordo che mio marito è scomparso, e che sono lí proprio perché non c'è nessuna spiegazione. Mi chiede di calmarmi. Avrò alzato la voce?

Alla fine si presenta un certo capitano Robin Delmas. Un tipo arrogante che mi guarda dall'alto in basso. Mi riceve nel suo ufficio e devo ricominciare da capo, tappa dopo tappa, rispiegare di nuovo – la serata, l'alcol, sí, nessun'altra sostanza, ovvio che no! Fatico a controllare il volume della voce. Mi sto spazientendo, farfuglio. Ma per chi ci prende? In casa dei vip i prodotti illegali sono frequenti, sostiene. E allora mi arrabbio sul serio. No, Marceau non si fa di cocaina. I nostri primi e ultimi spinelli risalgono agli anni del liceo. Lo sguardo di sufficienza di Delmas è insopportabile. Marceau non ha lasciato nessun biglietto, non manca niente in casa? No. Nessun segno premonitore, nessun cambiamento particolare nelle sue abitudini? Tutte queste domande, le ho già passate in rassegna. Lancio un ennesimo «No» asciutto, senza fiato. Se n'è andato col pick-up e basta. Visto che Marceau è assente da meno di quarantotto ore, Delmas conclude che, per un adulto di quarant'anni in pieno possesso delle sue facoltà mentali, senza particolari conflitti o ragioni preoccupanti, non è possibile far scattare niente. Ecco, è tutto. Mi squadra con un sorriso quasi soddisfatto in omaggio. Sento che mi sale la voglia di picchiarlo. A quanto pare sono l'unica a capire che in questa situazione non c'è niente di normale. Ho l'impressione che qualunque cosa gli dica, non l'ascolterà. Come di fronte a un muro la rabbia mi rimbalza in faccia. Mi accompagnano all'uscita; devo tenerlo informato, il caso è chiuso.

Esco, sto peggio che all'arrivo, non riesco a respirare, una sensazione di vuoto, di abbandono. Incompresa, disprezzata, ma non meno determinata. Quel Delmas mi rivedrà, può starne certo. Il mio cervello funziona a pieno regime. Ci deve essere una soluzione… E poi un flash. Un'idea. Salgo in macchina e parto a tavoletta.

Capitolo 5

Lunedí 17 maggio 2021
Il giorno dopo la morte di Marceau Miller

Thonon-les-Bains è nello specchietto retrovisore. Sento ancora la voce esasperante del capitano Delmas, come se fosse aggrappato al paraurti. Vorrei accelerare per lasciarmelo alle spalle, il piú lontano possibile, ma la circolazione sull'arteria principale è bloccata. Svolto sulle strade secondarie che costeggiano il lago. Non guadagno tempo, ma almeno vado avanti. Tra i varchi della vegetazione – frassini, faggi, aceri – si svela la vista sul Lemano. Almeno lui non mi tradisce. Sfreccio sulle stradine, tra le case con i tetti di tegole lucidate dal tempo, a volte tinte dal verde tenero del muschio. Le abitazioni rivestite di legno si confondono con l'ambiente. Finalmente mi avvicino a casa. Paesaggio familiare, a un tempo rassicurante e crudelmente vuoto. Il mio cuore batte al ritmo delle ultime curve, oscilla tra la speranza lancinante di ritrovare Marceau e la paura agghiacciante della sua assenza.

Arrivata allo chalet, scorgo un veicolo parcheggiato davanti a casa. Gli alberi della siepe mi permettono di intravederlo appena. Il mio cuore batte all'impazzata. Accelero sul sentiero polveroso, un misto di calcare e terra, dove buche e pietre non risparmiano le gomme e nemmeno gli ammortizzatori. Dietro di me si alza una nuvola densa che imbianca il fogliame intorno. Finalmente è tornato Marceau? Sono cosí oppressa dall'angoscia che non c'è posto per la collera. Il mio corpo è attraversato da formicolii. La paura mi divora, come se tutto mi stesse sfuggendo. Una strana sensazione, come prima che accada qualcosa.

Di colpo esce una sagoma dal bosco, che mi fa ampi segni con le braccia. Mi rendo conto che sto andando troppo veloce. D'istinto, sotto l'effetto dell'adrenalina, il piede destro schiaccia il pedale del freno, le ruote derapano per diversi metri. Mi fermo all'altezza dell'uomo che, un po' scosso, scaccia via la nuvola di polvere davanti al viso. È il vecchio Reynaud. Allora capisco che la 4x4 è sua. Nonostante la folle speranza delusa, mi conforta vederlo qui. Yves Reynaud mi conosce bene, proprio come Marceau – da quando siamo adolescenti. È anche e soprattutto un gendarme in pensione, solido come una roccia, che non dimostra i suoi settant'anni. Non ci vediamo spesso, ma con lui è come se il tempo inghiottisse le pause e la distanza. Lui c'è sempre, fedele, leale. Paternalista. Fa il giro della mia auto e sale dal lato del passeggero. Il motore è acceso, non riesco a parlare, devo avere la faccia devastata. Si china su di me e mi abbraccia. All'improvviso mi sento sommersa, mi mordo le labbra per non piangere. Sulla sua camicia sento il calore dell'estate e l'odore delle foreste, come quando Marceau torna da lunghe passeggiate. Reynaud è nato qui, è la sua regione. Mi aggrappo a lui come a un soccorso provvidenziale.

– Raccontami tutto dall'inizio, Sarah. Cosa succede con Marceau?

Vedo in lui la sollecitudine di un amico, desideroso di tranquillizzare e pronto a tutto per aiutarmi, ma anche i riflessi dell'ex gendarme, piú preoccupato. Almeno lui mi ascolta. Questa vecchia volpe conosce la regione come le sue tasche. Racconto ancora una volta. Succede sempre cosí in questi casi. Soltanto pronunciare la parola *casi* mi spaventa. Tutta questa storia ci riporta vent'anni indietro. Il mio cervello non vuole ricordare. So che anche Reynaud ci sta pensando. Riparto con piú calma e parcheggio davanti a casa.

Scendiamo, non mi lascia di un millimetro, mi osserva. Lo porto verso il casotto del giardino, non avevo ancora pensato a ispezionarlo.

– Sarah, cosa cerchi?

Apro i bauli di plastica, vedo l'attrezzatura da sub. Frugo tra il ciarpame sul banco da lavoro che funge da scrivania. So che ogni tanto Marceau viene qui. Trovo solo scartoffie, utensili, nulla che attiri la mia attenzione. Sbatto il pugno sul tavolo, faccio volare via un set di cacciaviti. Reynaud sfila dei contenitori di legno appoggiati sui ripiani in alto. Gli dico di stare attento, sono pieni di chiodi, viti, punte. Reynaud li maneggia con prudenza, sono pesanti. Uno dei contenitori è vuoto, ma prima che lo rimetta a posto ne strofino il fondo con le dita: un velo sottile mi sporca i polpastrelli dell'indice e del medio. Annuso. Magnesite. La polvere con cui ci si cosparge i palmi delle mani per mantenerle asciutte e assicurare le prese durante un'arrampicata. Reynaud incrocia il mio sguardo.

– Aveva promesso di smettere.

Un singhiozzo mi interrompe e mi impedisce di proseguire. Reynaud mi abbraccia. E adesso vorrei piangere ma non ci riesco, come se versare una lacrima confermasse che è successo il peggio. Ho paura, come se sapessi già. È bastata una sottile traccia di polvere, quasi impercettibile. Nessun segreto può davvero essere occultato. Sento il cuore di Reynaud battergli in petto. Mi appoggia le mani callose sulle spalle, ha cambiato espressione. Poi abbassa lo sguardo prima di prendere la parola. Cerco i suoi occhi, li rialza su di me.

– Ascolta, Sarah, conosco bene Marceau, ogni tanto capita che ci vediamo.

– Ma come? Senza di me? Perché? Non me l'ha mai detto.

Mi libero dal suo abbraccio.

– Siamo tutti perseguitati da vecchi demoni.

Mi si gela il sangue nelle vene. La porta del peggiore dei miei ricordi cigola sui cardini. Dei flash mi fanno trasalire. Rifiuto quelle immagini. Quel dolore è come l'ago della siringa che tanto temevo da piccola – urlavo e mi dibattevo. È successo vent'anni fa, la mia migliore amica. Era la sorella di Marceau. Nata il suo stesso anno, a meno di dodici mesi di distanza, eravamo molto legate.

Fisso Reynaud a lungo prima di chiedergli:

– Stai parlando di Jade, vero?

– All'epoca ero io a seguire il caso. Non so dove abbiamo cannato…

Quasi mi manca la terra sotto i piedi.

– Ma adesso dov'è Marceau? Parla, Dio santo!

– Non ne ho idea, Sarah, non ne ho idea… ma qualche volta mi è capitato di vederlo vicino a…

Fa una pausa, come per lasciarmi il tempo di digerire il colpo. Ma non voglio aspettare, voglio sapere.

– Vicino al maledetto posto dov'è scomparsa Jade, sulle montagne, è cosí?! Perché vuoi rinvangare quella storia? Lo sai quanto fa male?

Tutto risale in superficie. Anch'io non l'ho mai elaborata.

Capitolo 6

Lunedí 17 maggio 2021
Il giorno dopo la morte di Marceau Miller

La 4x4 di Reynaud inghiotte la strada delle montagne in direzione della frontiera tra Francia e Svizzera, a meno di quaranta chilometri. Sulla D25, stretta tra *bocage* e foreste, attraversiamo paesini tranquilli e fioriti, dove le abitazioni rivestite di legno e con ampi tetti sembrano esserci da sempre, come sulle cartoline dei nonni. Arrivati a Sciez, proseguiamo sulla D1005, l'arteria che porta in Svizzera. Reynaud accelera e continua a sorpassare sul tratto di strada che attraversa Évian. Rimane muto, concentrato. Vicino a Évian costeggiamo il lago, all'orizzonte le Alpi con le cime impolverate di bianco. Man mano che procediamo, le colline dove sono abbarbicate le case dominano imponenti. Con il passare dei chilometri i rilievi attorno a noi si trasformano in montagne. Passiamo Lugrin, poi la frontiera a Saint-Gingolph. Mando un sms a Karen chiedendole se può occuparsi di Benjamin fino al mio ritorno. Sono anni che non vado nel luogo preciso dove siamo diretti. Eppure con Marceau ci capita di fare escursioni nei dintorni. Abbiamo sempre condiviso il bisogno incontenibile di natura, foreste, montagne ed evasione. Ma di colpo l'immensità che ci circonda mi fa venire le vertigini.

La strada lascia il posto a un sentiero sempre piú sassoso. Sballottata nell'abitacolo, mi aggrappo. Gli pneumatici si inerpicano sulla montagna, mentre saliamo in quota mi si tappano le orecchie. Sul sentiero, che si restringe come la sorgente di un ruscello, viaggiamo a passo d'uomo superando il parcheggio di La Planche, un posto minuscolo ricoperto di terra e pietre, isolato in mezzo agli alberi, l'ultimo accessibile in auto. Reynaud prosegue sul sentiero sempre meno praticabile. Poi in una curva, a qualche centinaio di metri dalla Svizzera, taglia attraverso gli alberi. I rami scricchiolano sotto le ruote. Spinge il motore della 4x4 rimanendo in prima, finché non è piú possibile proseguire e ci fermiamo. Siamo quasi a milleottocento metri d'altezza, a una quarantina di minuti di cammino dal lago di Neuteu. Ci scambiamo un'occhiata, Reynaud tira fuori una borraccia, la infila nello zaino e prende i bastoni da trekking. È la prima tappa, la piú facile. Attorno a noi la foresta, non una foresta qualsiasi – né per me, né per Reynaud. Il mio cuore si agita, faccio un sospiro e mi incammino. Già Reynaud è decine di metri piú avanti. Sono sconvolta da questa ascesa che assomiglia a una passeggiata. Guardo dove metto i piedi, evito le buche, le trappole della montagna. I muscoli di cosce e polpacci cominciano a bruciarmi. Un velo di sudore sul viso. Poi davanti a noi appare il lago di Neuteu, circondato da cime appuntite, foreste a perdita d'occhio e ricordi opprimenti. Respingo i flash che mi accecano la mente, ma l'angoscia persiste, non molla. La patina degli anni non ha mai ricoperto davvero la tragedia dentro di me.

Arrivo per prima, galvanizzata dalla paura. Ho superato Reynaud, rimasto indietro. Il mio sguardo, come un laser, scruta il perimetro del lago isolato tra le montagne. Quasi duecento metri di lunghezza e appena un centinaio di larghezza, circondato dall'erba tagliata che galoppa verso le cime e scompare in favore della pietra bruta. Deserto assoluto, non un'anima all'orizzonte. L'unico punto di vista davvero notevole per un solitario come Marceau si staglia qui, a circa un chilometro. Il piú alto picco del paesaggio, un mostro di verticalità fatto di roccia e sfide. Non una passeggiata di salute, piuttosto un itinerario per alpinisti provetti. Reynaud mi raggiunge. Penso alla magnesite ritrovata nel casotto del giardino; un brivido mi percorre la schiena. Ci pensa Reynaud a nominarlo.

– Il Dent du Vélan.

Mi si torcono le budella.

– Qui è vietato scalare, o sbaglio?

Reynaud fa una pausa, il suo silenzio mi raggela.

– Credo che certe vie siano abbandonate…

Riprendo a camminare, per arrivare ai piedi del colosso ci vorrà uno sforzo fisico considerevole. Proseguiamo dando le spalle al lago di Neuteu, salendo a poco a poco verso il Dent du Vélan. Anche Reynaud procede di buon passo e ci aiutiamo l'un l'altro nelle pendenze piú irregolari. Un filo di sudore mi cola giú per la schiena. Il viso di Reynaud gocciola nello sforzo.

Tre quarti d'ora senza nessuna pausa.

– Ci siamo quasi.

Mi si tappa l'orecchio sinistro, stiamo salendo ancora. Mi volto un attimo e scorgo in lontananza il Lemano, immenso. Reynaud lo contempla con me.

– A Marceau è sempre piaciuto.

Riprendo a respirare e a salire, come se la pausa segnasse un punto di non ritorno. Il sole declina e allunga le ombre tra le rocce, creando un gioco di chiaroscuri sul paesaggio austero. Di colpo il mio sguardo è attirato da una macchia di colore azzurro che spicca tra due alberi rachitici. Strizzo gli occhi, metto la mano a visiera per vedere meglio. Quell'anomalia nelle tonalità di grigi e verdi mi fa accelerare il cuore. L'ansia sale in me come un'onda e, senza pensarci, mi metto a correre velocissima, per quanto possibile sul terreno accidentato.

– Marceau!!!

Chiamo a squarciagola senza fermarmi, ma risponde solo l'eco della mia voce. Mi libero dallo zaino per andare piú in fretta. Cado e mi sbuccio i palmi delle mani. Percepisco alle mie spalle la voce strangolata di Reynaud, che ho distanziato di parecchio.

– Stai attenta, Sarah!...

Ma non lo ascolto, afferro gli oggetti abbandonati in mezzo al nulla. L'azzurro era quello dello zaino di Marceau, un vecchio zaino sportivo che non utilizzava quasi mai. Ma è proprio il suo, strappato, come se fosse stato aggredito da un animale. All'interno qualche resto di cibo. D'istinto, come una lupa in caccia, annuso gli oggetti. Marceau. Poi cerco tutto intorno, tanto da farmi venire il capogiro. Un riflesso luminoso attira il mio sguardo. Mi lancio in quella direzione. È il cofano del pick-up di Marceau, parcheggiato vicino a una roccia che lo occultava quasi completamente dal punto in cui ci trovavamo. *Come ha fatto ad arrivare fino a qui?*

Spunta Reynaud, senza fiato, e dichiara che per arrivare con il pick-up Marceau deve avere percorso dei sentieri sul lato svizzero, correndo parecchi rischi. *Rischi sconsi-*

derati. E facendo una lunghissima deviazione. Ma io sono già altrove, grido ai quattro venti il nome di Marceau e continuo la ricerca in preda al panico, passando in rassegna tutto lo spazio, cercando un punto ancor piú alto per abbracciare i luoghi con lo sguardo.

Allora, a pochi metri, scorgo una forma scura riversa tra i sassi. Posata come un'offerta ai piedi della parete rocciosa, senza pietà. Lo raggiungo, Marceau, *il mio* Marceau, inerte, incastonato nel terreno di pietre e sangue. Cado in ginocchio, pronta a stringerlo e anche a urlargli la mia rabbia, ma Reynaud mi trattiene e mi tira a sé. Mi stringe, e comincio a percuotergli il petto in cerca di spiegazioni. Ma non ce ne sono. Marceau è precipitato. Non riesco a crederci, vorrei uscire da questo incubo, ma è tutto troppo vero. Il dolore mi esplode dentro, ovunque.

Cazzo, Marceau, perché? Perché ci hai fatto questo… Soffoco le mie urla imbevute di lacrime nella camicia di Reynaud che continuo a prendere a pugni, invano.

Sono passati minuti o forse ore, non lo so piú. Si sono spenti i primi assalti di dolore e le grida, per lasciare spazio allo shock. Il silenzio dei luoghi ha finito per avere la meglio. Mi giro un'altra volta verso il corpo di Marceau. Reynaud non gli ha staccato gli occhi di dosso. Imprimo nella memoria l'immagine di mio marito con gli arti fracassati, coperto di polvere e rigato di sangue nero coagulato. Lo sguardo fisso verso il cielo come se avesse voluto portare con sé la visione delle cime, anziché del terreno. Dentro di me tutto si ferma. Non riesco a crederci. Proprio qui, davanti a me, la mia storia, tutto ciò che ho costruito, il padre dei miei figli. Un arresto brutale, rovinoso. Reynaud mi prende piano per le spalle e mi distoglie da questo spettacolo macabro. Un ronzio di domande mi riempie la testa. È vero? Come posso affrontarlo? Come posso annunciarlo ai bambini?

Reynaud mi parla, lo vedo, ma il mio cervello non lo sente, sono chiusa in una bolla, il rumore del mondo mi giunge da lontano, attutito. Sono sola con me stessa ed è già troppo. Stordita dal colpo, impotente, lascio che l'onda d'urto mi si diffonda nel corpo – superando il dolore che tornerà indietro come un boomerang, lo so. Reynaud mi sbatte il cellulare davanti agli occhi. Torno vagamente alla realtà; il telefono non prende. La zona non è coperta, è isolata dal mondo. Reynaud mi guida. Scendiamo a valle. Vedo senza vedere, sento senza sentire. Mi stupisco di non percepire piú il vento della montagna. Anche il segnale degli elementi naturali per me è interrotto. Sono forse una paria? Marceau non c'è piú. Non lo accetto, eppure... Lo abbandono lí, il tempo di ritrovare il movimento della vita, a valle, di ritrovare il segnale, chiamare i soccorsi... Ma quali soccorsi potrebbero mai arrivare adesso?

Non c'è campo neppure attorno al lago di Neuteu. In un silenzio pesante, travolti dall'inimmaginabile, proseguiamo il cammino fino alla 4x4. Mi giro verso le montagne, esigo spiegazioni – voglio capire.

Sballottata tra i tornanti di montagna, sono come ubriaca. Ci avviciniamo al Lemano e, finalmente, il telefono prende di nuovo. Mi si accumulano sullo schermo le notifiche dei messaggi, ma non li guardo. Reynaud parcheggia l'auto. Gli do il numero del capitano Delmas. Le parole che pronuncia mi urtano. Reynaud si appresta a ripartire.

Mi chiede dove voglio andare. Dirigo lo sguardo verso le montagne. Desidero stare lassú con Marceau, fino all'ultimo momento. Non posso essere altrove. Reynaud fa inversione.

Mentre esausti e sconvolti riprendiamo il cammino fino al Dent du Vélan, arriva l'elicottero della gendarmeria. Nel momento esatto in cui raggiungo il corpo di Marceau, sento il soffio delle pale sopra di noi. Scendono dall'apparecchio Delmas, un altro militare e un uomo che forse è il medico legale. Scene che conosco a memoria, come quelle descritte da Marceau nei suoi romanzi. Si avvicinano alle spoglie di mio marito, analizzano, ipotizzano, osservano la cima del Dent du Vélan, poi il Lemano nella valle. Rispondo alle domande, questa volta mi prendono sul serio. No, niente conflitti familiari o di coppia, comunque niente di anomalo. E nessuna sostanza dopante o droga per Marceau, esattamente come poco fa. Era ipocondriaco e non voleva assumere nessun veleno, nemmeno prescritto dal dottore. Era terrorizzato dall'eventualità di perdere il controllo. Il medico legale tronca l'interrogatorio, dicendo che ne saprà di piú dopo l'autopsia. Ma non troverà nulla, conosco Marceau. Non gli permetto di dubitare, sono pronta a saltargli al collo se necessario. Reynaud mi appoggia una mano sul braccio. Ha ragione lui, non ne vale la pena.

Mi metto a osservare i luoghi, cosí come li descriveva Marceau nei suoi romanzi. Un cadavere, un medico legale, dei gendarmi. E un particolare che non quadra.

Anche Marceau lo avrebbe notato.

Devo sembrare sconcertata, perché Reynaud mi guarda in modo strano – come pure il medico legale.

– La botta sulla fronte di mio marito, com'è possibile se si è schiantato di schiena?

Marceau chiudeva i capitoli con particolari del genere.

Il medico e Delmas si scambiano un'occhiata. Reynaud aggrotta le sopracciglia.

– Signora Miller, – dice Delmas con un tono di sufficienza che odio, – non siamo in un romanzo di suo marito. Dobbiamo stabilire con precisione le condizioni esatte della tragedia. La causa della morte è di certo la caduta. Quasi centocinquanta metri… cosí a occhio.

Reynaud rimane un attimo dubbioso, alza lo sguardo lungo la parete.

– Ha ragione Sarah, un corpo si schianta, ma non rimbalza.

Delmas avanza verso Reynaud.

– Senta un po', che fosse un gendarme in pensione lo sapevamo, ma anche un medico legale?

Il viso di Reynaud si fa scuro. Indifferente al battibecco, il medico riprende la parola.

– Un corpo che si schianta da un'altezza tale dopo una caduta, accumula un'energia cinetica enorme e si spappola come un frutto maturo, senza nessun altro esito se non la generale distruzione degli organi interni. In effetti è strano rilevare una lesione cosí significativa sul lato opposto rispetto al terreno. Per il momento non c'è alcuna spiegazione.

Reynaud non ha staccato gli occhi da Delmas. Approfitta del vantaggio.

– Si chiama esperienza. E se non ce l'hai, canni le indagini.

Capitolo 7

Giovedí 20 maggio 2021
Il giorno dei funerali di Marceau

Il sole è accecante e il caldo sfrontato. Una giornata come quelle che piacevano a Marceau, ideale per evadere, ideale per scrivere lontano da tutto, lontano dal mondo, nel silenzio della natura. Un po' come questo cimitero di Yvoire, circondato dai boschi sulle rive del Lemano. La vegetazione fitta diffonde i suoi profumi, e sotto il sole di mezzogiorno l'acqua cristallina del lago svela le sue profondità. Ma di contro lui è lí, chiuso in una cassa fatta con il legno nobile delle foreste circostanti, incisa, lucidata, pronta a sparire sotto terra. Non so cosa avrebbe preferito, non ho avuto il tempo di pensarci. Non ne avevamo mai parlato. Volevo un momento intimo, per lui, per me, per i bambini. Una trentina di persone, non di piú. Ho riunito i parenti, gli amici stretti. Oggi vestirsi di nero significa ulteriore sofferenza.

Il prete tenta un discorso, perché non ho avuto la forza di suggerirgli nulla. La stoffa del mio abito assorbe le lacrime di Benjamin ed Hermione. Con le mani si aggrappano a me – tutto ciò che è rimasto loro. La stretta mi costringe a credere che questo momento è davvero reale. Le dita di Benjamin tranciano le mie, a furia di contrarsi fino alla paralisi. Tiene il viso affondato nel tessuto, non riesce quasi a respirare. Non vuole vedere nulla. Hermione alza il faccino, non l'ho mai vista cosí sciupata, pesta. Le ultime tracce della sua innocenza l'hanno definitivamente abbandonata. L'ingiustizia della vita ci spezza – a volte rende piú forti, dicono. La mia vita è crollata in pochi giorni, stamattina ho vomitato le medicine del dottore, forse per costringermi ad affrontare la realtà senza sostegno chimico. Devo resistere, almeno per i bambini.

Édouard, in qualità di editore di Marceau, ci ha tenuto a pagare un servizio di sicurezza per tenere a distanza giornalisti e curiosi. Lavorano bene, nessuno scocciatore, nessun flash, nessuna domanda. La cassa affonda sotto la superficie. Arrivederci, Marceau... Davanti a me un orizzonte vuoto senza di lui. Mi sento mancare, Alexis e Rollin mi sostengono. Karen non trattiene piú i singhiozzi e trascina con sé l'eco dell'assemblea. Il vecchio Reynaud ha gli occhi arrossati, mi stringe e, con una voce rotta che non gli avevo mai sentito, mi ripete la sua vicinanza.

Nella mia visuale, offuscata dalle poche lacrime che mi restano, vedo la sagoma del capitano Delmas. Faccio un cenno a Rollin e Alexis, adesso mi reggo in piedi. Allento con delicatezza le dita di Benjamin, che si aggrappa ancora piú forte. Chiedo aiuto a Karen. Il mio povero piccolo respira tra i singhiozzi. È livido, perso. Karen lo stringe a sé. Mi avvicino a Delmas, che sta scrutando una a una le persone presenti.

– Le do la lista degli invitati, è piú semplice. Tra l'altro lei non c'è sulla lista.

– Condoglianze, signora Miller.

In questo giorno particolare tiene a freno l'arroganza.

– Novità sulle indagini?

– Sono qui per questo, signora Miller.

Forse sono stata affrettata nel valutare la sua arroganza. Oppure il suo sguardo cambia quando pronunci le parole «indagine» o «caso». Voglio elementi concreti, risposte.

– Laggiú Marceau non era da solo, ne sono certa. Scopritelo, è il vostro lavoro.

Non regge il mio sguardo.

– Il medico non è sicuro di niente. I risultati della squadra ci fanno propendere per l'ipotesi dell'incidente.

– Allora perché lei è venuto qui? Per farsi vedere? Per fare il bravo poliziotto che in realtà non ha niente in mano? Ha ragione Reynaud.

– Forse non è il giorno giusto…

– E io posso scegliere cosa è giusto e cosa non lo è?

– Mi ha capito perfettamente. Sto solo facendo il mio mestiere.

Gli volto le spalle, non posso sopportare un secondo di piú la sua vista, la sua voce. Cos'ha fatto per Marceau, per me, quando forse c'era ancora modo di salvarlo? Il mio sguardo si perde sull'orizzonte del Lemano. Vorrei che la sua superficie si strappasse, che la mia rabbia lo sventrasse. Le montagne si ergono lontano, immutabili e severe, testimoni indifferenti della tragedia. Le cime scompaiono in una foschia leggera, come un velo gettato sulle mie domande. Il sole, implacabile, mi sbeffeggia; la danza ipnotica di ombre e luci sull'acqua crea un gioco tra le zone buie del nostro passato e i bagliori di verità che la morte di Marceau ha proiettato sulle nostre vite. Una verità che sono determinata a ricostruire, a qualunque costo.

Capitolo 8

Lunedí 1° giugno 2021
Due settimane dopo la morte di Marceau

Il tempo sembra essersi fermato. Mi paralizza. Shock frontale, KO. Quando apro la porta di casa, ho sempre la sensazione che Marceau mi aspetti lí nell'ingresso, che mi fissi con quell'espressione che faticavo tanto a capire. Ma di lui non rimane che la giacca, appesa all'attaccapanni dell'entrata. Accarezzo la stoffa, annuso la fodera dove aleggia ancora il suo profumo. Dal giorno della tragedia, quando vengono a trovarmi gli amici, li vedo che guardano di sottecchi la giacca e non osano appenderci sopra i loro cappotti. Io vorrei solo credere che tutto ciò non sia mai accaduto. La giacca da aviatore, con i moschettoni da arrampicata nelle tasche, è Marceau. Il mio Marceau.

Sento il motore di un piccolo aereo da turismo sopra il Lemano. D'istinto mi sporgo dalla finestra per guardarlo volare. Ma l'impennaggio non somiglia a quello dell'apparecchio di Marceau. Non è lui, non è piú lui.

Il mio uomo non solo arrampicava ancora di nascosto, ma pilotava anche per scongiurare la cattiva sorte. Un colpo del destino che lo aveva brutalmente privato del padre trent'anni fa. Era successo una domenica. Ovviamente non è stato Marceau a raccontarmelo. Ho letto un articolo che aveva conservato, in cui si parlava dell'incidente. Il Savage Bobber di suo padre si era inabissato nel lago, alle 15.32 per la precisione. Secondo uno skipper che veleggiava, l'aeroplano inizialmente aveva mostrato segni di difficoltà mentre si avvicinava all'aeroclub. Poi era passato a meno di cinquanta metri dalla barca ed era precipitato nel lago. «È successo tutto molto in fretta». La frase del testimone è sottolineata a matita sul giornale. Il Savage Bobber era stato avvistato pochi minuti prima sopra Morzine, poi aveva sorvolato le montagne di Avoriaz ed era risalito su Abondance prima di superare Thonon ed Évian.

Dal giorno dell'incidente a volte capitava che Marceau andasse a vedere il relitto inabissato a trenta metri di profondità. Non lo avevo detto a nessuno, a parte alla mia amica e socia Karen. Quanti segreti nascondeva mio marito, segreti che lo rendevano misterioso, a volte taciturno e distante. Soprattutto quando scriveva, stava chiuso nella sua bolla con i suoi personaggi, e io nella mia con i clienti e le barche dell'agenzia. A volte, quando gli parlavo, mi sembrava che non mi sentisse. Chissà, forse voleva mantenere di proposito una certa distanza tra noi. La vita insieme, ritmata dalle attività e dai bambini, a poco a poco aveva eroso la passione iniziale. Ma nonostante tutto formavamo una coppia armoniosa. La morte improvvisa di Marceau mi ha strappato il cuore. Il mondo un tempo cosí rassicurante, il *mio* mondo, è crollato brutalmente quindici giorni fa. Un caos assordante che sopporto da sola.

Da sola, perché nessuno può sostituirlo. La spalla sulla quale mi appoggiavo se n'è andata. Anche Karen non può farci niente. Eppure da tanti anni io e lei condividiamo tutto. L'ho incontrata un anno dopo la scomparsa di Jade. Siamo diventate subito amiche. Come se avessi trasferito su di lei una parte del mio legame fusionale con Jade. Qualche anno dopo siamo diventate socie per creare la *Nautique Loc' Léman*, una piccola agenzia per il noleggio e la riparazione di barche. L'inizio è stato difficile, ma potevamo contare sul sostegno dei ragazzi: Marceau, Alexis e Rollin. Riusciamo a far quadrare il bilancio e a ottenere perfino incassi decenti. Ci tengo alla mia indipendenza, anche se le entrate di Marceau basterebbero ampiamente. Sul lago Lemano il noleggio di barche è una battaglia piuttosto agguerrita. C'è molta concorrenza. Karen lavora per due, da quando io colo a picco. Non so nemmeno come potrebbe aiutarmi, nessuno è in grado. Ogni giorno devo sforzarmi, cercare di cavarmela da sola, riprendere le mie abitudini, trovare un equilibrio senza Marceau.

D'istinto allungo il passo mentre risalgo il viale fino alla cassetta della posta. L'aria mi accarezza la pelle, ma non provo alcun piacere. La primavera ha strappato il giardino dal torpore. È tutto verde, di un verde brillante che vomita felicità, e viverla senza Marceau mi fa sentire in colpa. Il prato ha oltrepassato l'aiuola, i rami del tiglio che Marceau aveva promesso di potare hanno invaso la strada. Bisognerà tosare, tagliare, e questa prospettiva mi è insopportabile. D'ora in poi non ci sarà piú nulla di normale. Indosso gli stessi vestiti di ieri, i jeans e la felpa sono ancora decenti, ma le sneaker sono chiazzate di fango. Stanotte ho di nuovo vagato attorno a casa. Mi capita spesso da quando è morto Marceau. Non riesco a dormire, vivo di incubi.

La cassetta della posta è stracolma, come ogni giorno da due settimane. Un lato della cassetta è staccato, balla leggermente. Sto per colpirla, ma mi trattengo. Stavolta la botta sarebbe fatale. L'altra mattina non ne potevo piú di tutte quelle lettere di condoglianze, allora ho picchiato, e picchiato ancora. La cassetta resisteva ai calci che sferravo contro il supporto piantato nel cemento. Credo anche di avere gridato e pianto nello stesso tempo. Poi alla fine ha ceduto, quando l'ho urtata in retromarcia con il gancio di traino del pick-up. A raddrizzarla ci ha pensato il postino, il giorno dopo. Non ha detto niente, ma l'ho visto dalla finestra della cucina.

Con il cuore in gola, svuoto la dannata cassetta. Rientro in casa con un mucchio di lettere. Io e Marceau eravamo molto fieri di questa casa che abbiamo avuto in eredità da nonna Louise. Accogliente e luminosa, con ampie vetrate che dànno sul giardino. Un paradiso abbarbicato sulle rive del Lemano di fronte all'immensità delle montagne, tra la Svizzera e la Francia. Un paradiso vuoto, ormai.

Mi chiudo la porta alle spalle. Mi sembra di penetrare in una prigione dorata, con il dolore appiccicato alla pelle che si insinua subdolo in me. Lancio la posta sul tavolino basso del soggiorno. Le lettere si spargono sul ripiano di mogano di Cuba, un legno raro e costoso. Quando ha comprato questo mobile Marceau non ha badato a spese; il prezzo era vergognosamente alto. Non sopporto piú di vedere il mio nome ripetuto all'infinito su ogni busta. Sarah, Sarah, Sarah… Distolgo lo sguardo. Non pensare piú, dimenticare, ma tutto nella stanza mi ricorda Marceau. Come il modellino di veliero affusolato, messo in bella mostra sul mobile liberty di legno invecchiato, un *dragon* che aveva costruito poco prima che nascesse Benjamin. Per un attimo la mia mente divaga, mi vedo fluttuare in mezzo all'oceano. Vado alla deriva su una barca che scompare dietro la linea dell'orizzonte e poi affonda. Questa visione riflette le mie sensazioni: ho l'impressione di colare a picco definitivamente. Per rincuorarmi, penso che non potrò cadere piú in basso di cosí. Eppure ogni giorno è un nuovo incubo.

Il mio sguardo si sposta d'istinto sulla libreria che occupa la parete tra le due vetrate. In casa, di libri ce ne sono ovunque. A Marceau la lettura piaceva quanto la scrittura. I miei occhi indugiano sulla bottiglia di whisky dietro le ante a vetri della libreria principale. Sono anni che sta lí. Un regalo dell'editore in occasione del suo primo successo letterario, dieci anni fa. Il libro di mio marito aveva battuto tutti i record di vendite. Ricordo ancora la prima pagina del «Nouvel Observateur» con il titolo: *Chi è Marceau Miller, il romanziere che ha venduto milioni di copie?* con una foto di Marceau che fissa l'obiettivo, un sorriso enigmatico sulle labbra. L'azzurro delle iridi era piú pronunciato rispetto al naturale – senz'altro un ritocco del servizio fotografico per la rivista.

Non so perché, ma Marceau teneva a quella bottiglia come alle pupille dei suoi occhi. Non aveva mai voluto stapparla. Be', lo assaggio io questo Dalmore 1980! La vetrinetta è chiusa a chiave e le chiavi non ci sono. Cerco di forzare la serratura, ma resiste. Voglio quella bottiglia da diecimila euro. Un whisky che dichiara 51,2 gradi, distillato in uno dei piú antichi alambicchi delle Highlands e invecchiato nei fusti da sherry. I piú rari. Ecco cosa aveva annunciato l'editore, fierissimo, davanti a tutti gli invitati la sera della festa. Ricordo che mi era sembrata una cosa presuntuosa, come se facendo quel regalo a Marceau avesse voluto in primis fare piacere a sé stesso. «Adesso ti corteggeranno. Ascolta i miei consigli, ti aiuto io a mantenere il sangue freddo», gli aveva detto, guardandomi. Vediamo se questo single malt è capace di anestetizzare il mio dolore. L'anta a vetri della libreria rifiuta di aprirsi. Niente piú Marceau, niente piú chiavi. Scrollo, forzo, tutto vibra. Cosa spero? Non mi farò fermare da una stupida serratura. Spezzare è l'unica cosa che mi rimane nella vita. Vado in cucina, prendo uno strofinaccio, me lo arrotolo attorno alla mano e torno in soggiorno. Picchio la vetrinetta con il pugno, in modo impacciato. Anche questo non mi riesce. Allora mi sfogo e ricomincio, mettendoci tutta la forza che ho. Il vetro si frantuma in mille pezzi che si spargono sul tappeto, sotto i mobili e sul parquet. Ansimante, mi giro di scatto per controllare che nessuno mi abbia colto sul fatto. Sono sola, i bambini sono andati a scuola. E non rischio nemmeno di vedere Marceau sbucare dallo studio e indignarsi alla vista di questo spettacolo. Afferro la bottiglia dal collo e indietreggio di qualche passo. Le schegge di vetro mi si piantano nelle suole che scricchiolano sul pavimento. Un graffio gigante ha lacerato il parquet. Sono quasi soddisfatta di aver rovinato questo bel parquet, trattengo una risata nervosa. Cerco di togliere il tappo, ma non ci riesco. Forzo talmente tanto che mi fanno male le dita, sbatto la bottiglia, la incastro tra le ginocchia fino al *plop* liberatorio. Mi tremano le mani, prendo un bicchiere nella vetrinetta sventrata, spazzo via le schegge e mi servo un sorso di whisky. I fumi dell'alcol mi dànno le vertigini, devo aggrapparmi per non cadere. Bevo il contenuto alla goccia, poi mi siedo sul tavolino stringendo i denti. Fisso le buste sparpagliate, non ho ancora il coraggio di aprirle o di buttarle direttamente nel cestino. Ce n'è una che attira la mia attenzione. Non somiglia alle decine di lettere di condoglianze che ricevo dalla morte di Marceau. La estraggo dal mucchio e noto, stampato in alto a destra, il logo della Hsbc, una banca con sede a Ginevra. Lí non abbiamo nessun conto corrente. Il nostro consulente finanziario mi avrebbe nascosto qualcosa? Cosa vogliono quegli squali della Hsbc? Soldi? Apro il plico. Contiene una lettera della banca e un'altra busta senza nome. Incuriosita, sfilo la lettera, riprendo un sorso di whisky e comincio a leggere.

Gentile signora, la prego di accettare le nostre piú sincere condoglianze a nome della Hsbc. La informo che il suo defunto marito aveva sottoscritto un conto corrente nella filiale di cui sono il direttore, e disponeva di una cassetta di sicurezza. Mi aveva inoltre affidato questo plico e incaricato di trasmetterglielo in caso di decesso prematuro. Conformemente alla sua volontà, le chiedo di accettarlo. Voglia gradire...

Il bla bla che segue si limita alle formule di cortesia. Non finisco nemmeno di leggerla e agguanto febbrilmente la busta, la apro e prendo il mucchietto di fogli che contiene. Un brivido mi percorre la schiena. La scrittura di Marceau. La riconosco subito. Respiro a scatti, come se mi mancasse l'aria. Le pagine mi si sparpagliano tra le dita per il tremore che non riesco a controllare. Marceau e i suoi segreti... Di colpo ho un cattivo presentimento.

Sarah, Alexis, Rollin,
Se ricevete questa lettera è probabilmente perché la mia passione – la mia follia? – per l'alpinismo a mani nude, senza corde né imbragatura, avrà avuto la meglio su di me, e avrò mancato una presa su una delle pareti rocciose che mi piaceva tanto scalare. Ero cosciente dei rischi che correvo; mi conoscete, ho sempre considerato che la libertà non ha prezzo. Immagino il dolore immenso che state provando in questo momento. Sarah, in particolare. Mi dispiace moltissimo, davvero. Ancora di piú per quel che vi devo comunicare adesso. Se non ve ne ho parlato prima, è perché... molto semplicemente, non potevo. Il segreto che ho tenuto nascosto per tanti anni ci lega tutti e quattro.

Le lacrime mi colano lungo le guance, sento il respiro della sua voce come se fosse accanto a me e leggesse lui stesso la lettera. Penso a Rollin e ad Alexis, che a quest'ora devono averla ricevuta anche loro. E che ricordano di sicuro Jade. Tutto parte da Jade e tutto torna a lei... La sorella di Marceau. La mia migliore amica. Avevamo vent'anni.

14 agosto 2001. Martedí. Come dimenticare quella giornata? Paradossalmente, credo che la mia vocazione di scrittore sia nata quel giorno. L'evasione come rifugio, per trovare lí, inventando storie, le risposte a ciò che da allora avrebbe ossessionato la mia vita. I successi accumulati, per me sono legati allo shock che abbiamo subito quel giorno; che ha scatenato tutto. Ve lo ricordate, ovviamente. Scusate se vi racconto di nuovo cos'è successo. Ma c'è un pezzo della storia che conosco soltanto io. Fin da allora.

Vi chiedo perdono.

La passeggiata nella foresta, Jade partita piú avanti, e noi che non riuscivamo a stare al passo. La sua scomparsa. La squadra di gendarmi di montagna che l'ha cercata ovunque per giorni, invano. La montagna aveva preso la nostra Jade, aveva preso il suo corpo, cancellato ogni minima traccia. La mia sorellina che non avevo saputo proteggere. Non riuscivamo ad accettare l'ineluttabile; ricordate come me quelle giornate a battere la zona per tentare di ritrovarla. Vi seguivo sotto shock, disperato come voi, anzi di piú. Ma io sapevo esattamente cos'era successo.

Jade non è mai stata rapita, al contrario di ciò che riportavano le conclusioni dell'inchiesta, in mancanza di altre piste. Jade è morta. E il suo corpo riposa ancora laggiú...

Sarah, Alexis, Rollin, ho visto tutto.

Sí, tutto.

Sapevo dov'era Jade, ma non vi ho detto niente.

Non fraintendetemi. Se per anni ho scalato pareti, assumendomi i rischi di arrampicate pericolose, se per anni mi sono rifugiato nella scrittura, è stato solamente per sopportare la mia parte di fardello; per affrontare la situazione con maggior equità; per offrire una possibilità al destino di portarmi via. Il successo non mi ha mai dato alla testa. La mia mente, da quel 14 agosto 2001, era troppo piena di altre cose per lasciarsi inondare da quella effervescenza. Era paralizzata, anche se non si vedeva, soffocata da segreti che non potevo condividere. Sono sprofondato nella menzogna – o meglio nell'omissione – ma non avevo scelta. Murarmi nel silenzio, se volevo salvare la pelle. Oggi il destino ha deciso altrimenti, e quindi devo dirvi la verità.

Gli avvenimenti di quella funesta giornata li ho consegnati a un manoscritto. Tutto ciò che è realmente accaduto lo troverete in quelle pagine. Non è un gioco: è solo che non ho saputo fare diversamente. La professione di scrittore è stata la mia via d'uscita e la mia condanna. L'unico modo che ho trovato per sopravvivere. Il manoscritto è chiuso in una cassetta di sicurezza a mio nome alla Hsbc di Ginevra. Assieme a quel manoscritto si trova anche una somma di denaro che Sarah dividerà fra voi tre per costruirvi un avvenire altrove, se necessario. Anch'io ho pensato spesso alla possibilità di sparire per cancellare tutto. Nel caso mi avesse raggiunto il passato. Anche certi criminali lo fanno, non è cosí? Con la morte di Jade, come potevo godere appieno dei successi che edificavo su una serie di tragedie?

Eppure l'ho fatto. Fino a oggi.

Mi rivolgo a voi tre, perché abbiamo vissuto insieme la tragedia di Jade. Perché ha strappato a tutti qualcosa. E perché ora, lontano dal vostro giudizio, ora che non sono piú davanti a voi, si può dire la verità.

Marceau

Rimango seduta a lungo senza muovermi. Incapace di appoggiare la lettera. Adesso l'odore del whisky mi dà la nausea. Cazzo, Marceau, cosa stai cercando di dirci? Che cos'è questo manoscritto di merda? Come ho potuto viverti accanto, per tanti anni, senza rendermi conto di niente? Jade è scomparsa, punto, non può esserci altro. È stata mia l'idea del trekking per festeggiare tutti e cinque i nostri vent'anni. Che stronza! Se non avessi proposto quella stupida passeggiata, non sarebbe successo niente. E oggi saresti ancora al mio fianco, in soggiorno, o nello studio. Anzi, di sicuro nello studio, ti piaceva scrivere la mattina. Mi tremano le mani, e nella mia testa tutto si confonde. Ho paura di cosa sto per scoprire, di cosa *stiamo* per scoprire. E cosí i tuoi misteri erano solo l'annuncio di una tempesta di cui temo già le conseguenze. Inconsciamente ne avevo intuito le avvisaglie quando ti isolavi per ore nello studio per poi uscirne all'improvviso, con i bambini che sbucavano dalle camere a elemosinare una parte di attenzione che non sapevi piú dare né a loro – né *a noi*...

Sono presa dal panico. Lancio via la lettera, i fogli volteggiano e ricadono lentamente sul parquet. Ma mi ci vuole ben altro per calmarmi. Fulmino con gli occhi la bottiglia di Dalmore, come se in quell'oggetto si concentrasse tutta la mia infelicità. Ho bisogno di afferrare qualcosa, qualsiasi cosa, subito, e che possa rompersi, ferire e scomparire dalla mia vista. Sarà il whisky. Afferro il collo della bottiglia come il diavolo per la coda, e la scaravento piú forte possibile dall'altra parte del soggiorno, puntando contro le montagne al di là della finestra. Il vetro sottile non resiste all'assalto, né alla mia rabbia. Il Dalmore fluttua nell'aria elettrica per poi finire la corsa nel prato. È cosí sbagliato prendersela con l'intero pianeta, quando ti tolgono di colpo la terra da sotto i piedi e ti rimane soltanto un tappeto di bugie vecchio come la tua vita?

Capitolo 9

Lunedí 1° giugno 2021
Due settimane dopo la morte di Marceau

Il manoscritto. Devo trovarlo assolutamente. Lascio tutto in disordine, afferro le chiavi appoggiate sul mobile dell'ingresso: quelle del pick-up di Marceau, che ho recuperato. Mentre le impugno, ho una stretta al cuore. Mi infilo al volo la giacca da jogging appesa all'attaccapanni. Il banchiere dovrà accontentarsi di questi vestiti. Nella fretta non chiudo nemmeno a chiave la porta di casa e salgo in macchina. Non mi aspetta nulla di buono, è l'unica certezza. Ma preferisco affrontare la realtà, piuttosto che ignorarla. Sento un formicolio, come se colonie di animaletti, ragni o insetti indescrivibili mi galoppassero sulla pelle – non riesco a calmarmi. La lettera di Marceau spalanca i cancelli all'angoscia pura. Digito il numero di Alexis sul cellulare. Scatta la segreteria telefonica. Mi infurio. Il formicolio si diffonde. Di solito Alexis risponde sempre! Cerco di contattare Rollin, invano, ma non mi sorprende. Rollin perde sempre il telefono, oppure si dimentica di ricaricarlo. Oggi però non mi diverto. Quando gli eventi si mettono male lo intuisci, anche se ancora non lo accetti.

Nautique Loc' è sulla strada per Ginevra: devo passarci, almeno per avvertire Karen che oggi non sarò presente. Da due settimane sono una pessima socia. Ci manca soltanto che Karen si stanchi e mi abbandoni. Le tocca di nuovo occuparsi dell'agenzia da sola e annullare tutti i miei appuntamenti della giornata. Per la revisione del *Merry Fisher* il vecchio Reynaud dovrà aspettare, ma lui almeno capirà. Ci sono anche due barche da mandare in officina per sistemare il *gelcoat* e sostituire alcune cime d'ormeggio.

Ho sempre potuto contare su Karen, e dalla morte di Marceau ancora di piú. Manda avanti lei la baracca. Non credo sia possibile tenerla all'oscuro ancora per molto di tutto ciò che scopro su Marceau – o che presto scoprirò. Anzi, forse Rollin l'ha già messa al corrente su Ginevra, di sicuro anche lui ha ricevuto la lettera di Marceau, e forse l'ha aperta prima di me. A quest'ora, se non è pure lui sulla strada per la Svizzera, il suo food truck deve essere piazzato davanti al *Vinorama* di Rivaz, ai piedi dei vigneti terrazzati di Lavaux nel cantone di Vaud. Da quando il sito è stato iscritto nel patrimonio mondiale dell'Unesco, su quel versante del Lemano c'è sempre un sacco di gente. Senz'altro Rollin ha già tirato fuori il cartello con il menu del giorno. Insalate miste e prodotti tipici, accompagnati da un vinello bianco secco della regione. E ai clienti generosi proporrà un vino di Epesses, minimo settantacinque euro a bottiglia. La lettera di Marceau deve occupargli tutti i pensieri. E forse non sente nemmeno il trenino su pneumatici che serpeggia tra i vigneti e presto scaricherà frotte di turisti. Anche per lui il tempo deve essersi fermato. Come avrà reagito leggendo la lettera? Saranno riaffiorati tanti ricordi. E poi non capita tutti i giorni che una banca lo solleciti per un motivo diverso da tasse e pagamenti!

Finalmente metto in moto il pick-up e, risalendo il viale, costeggio l'hangar dov'è ancora parcheggiato il Savage Bobber di mio marito. D'ora in poi non volerà piú. È lo stesso modello dell'aereo che ha portato via suo padre. Stringo forte il volante tra le mani, mi perdo nei miei pensieri. Cosa mi aspetta in Svizzera? E dove sono Alexis e Rollin?

Giunta sulla strada asfaltata, cambio marcia e prendo velocità. Raggiungo la D25 anziché imboccare il Chemin du Moulin e le stradine caotiche che attraversano Le Piralé. Paradossalmente in questo punto meno vicino alla riva, piú a strapiombo sul lago, c'è una migliore visibilità. Gli chalet sfilano oltre il fogliame verdeggiante, con il Lemano che scintilla a intermittenza. I crinali delle montagne svizzere si stagliano sull'orizzonte mentre mi dirigo verso la punta di Messery, dove si trova la *Nautique Loc'*.

Il lago e le montagne mi ricordano che abito in un paradiso che non ho mai voluto lasciare, e dove io e Marceau abbiamo deciso di vivere. All'improvviso faccio un salto sul sedile. Andavo troppo forte e non ho visto il dosso che ha fatto sobbalzare l'auto. Non devo attardarmi in agenzia. Non so per quanto tempo rimarrò bloccata a Ginevra per questa faccenda in banca, ma devo assolutamente essere a casa quando i miei figli tornano da scuola. A dodici e dieci anni in teoria sono capaci di arrangiarsi da soli. Ma da due settimane a questa parte sono entrambi completamente persi. Io stessa faccio tutto a caso, niente come prima. La mia organizzazione, che non è mai stata molto brillante, è allo sbando totale. Non ci riesco. Non pulisco, il frigo è vuoto, i panni si accumulano nella lavanderia. Stamattina mi sono arrabbiata e ho trattato male i bambini. Benjamin è uscito senza darmi un bacio, Hermione mi ha gridato in faccia che sono una pessima madre. Non è proprio il caso che in aggiunta vedano il casino che ho lasciato. Non ho raccolto le schegge di vetro in soggiorno, né recuperato la bottiglia di whisky mezza vuota abbandonata in giardino. Devo preservare quel minimo di rispetto che provano ancora per me. Dalla morte di Marceau, mi sembra di fluttuare. Le medicine che mi ha prescritto il dottore e la mancanza di sonno non aiutano.

Costeggio gli ultimi residence che si susseguono all'entrata di La Pointe, lussuose proprietà private impreziosite da immensi giardini che si tuffano nel lago. Le conosco a memoria, a furia di passarci davanti tutti i giorni. Eppure per nulla al mondo baratterei la mia casa con una villa high-tech asettica e senz'anima. Dal lago si vedono meglio. Mentre raggiungo l'agenzia in motoscafo le scruto. A volte, quando vado a correre e mi allontano dal sentiero che costeggia la riva, mi capita di avventurarmi sul confine dei giardini privati o addirittura di entrarci da un cancello aperto, se non c'è pericolo di veder sbucare un cane da guardia. Tra l'altro è cosí che un giorno ho salvato una delle proprietarie. La vecchia giaceva sul prato all'inglese rasato al millimetro, ai piedi delle rose che danzavano nel vento come per schernirla: «Niente cesoie oggi!» Mentre mi chinavo su di lei per soccorrerla, ho avuto un attimo di esitazione. La conoscevo: era lei che stava per far fallire l'agenzia dopo essersi lamentata con il sindaco delle mie bagnarole. «Rovinano il paesaggio», aveva detto sventolandogli sotto il naso gli articoli di legge sulla salvaguardia del lago. In quel momento la vecchietta mi guardava sbattendo le ciglia, in preda al panico. Io grondavo di sudore, avevo le guance rosse per lo sforzo. Ho immaginato di sputarle in faccia tutti gli articoli di legge. Ma poi i suoi occhi imploranti hanno avuto la meglio. Ho sfilato il mio smartphone dalla fascia sul braccio e ho chiamato i soccorsi. Lei deve aver intuito la mia esitazione, me ne sono accorta. Ho pensato che dopo quell'episodio non avrebbe piú osato prendersela con noi, e che finalmente avrebbe lasciato in pace me e Karen.

Le mie dita si agitano sul volante. Vedo tre tizi barcollanti uscire da una bettola. Al passaggio del pick-up si girano, riconosco il proprietario del *Léman Plaisance*, il nostro concorrente piú importante. Non è ancora mezzogiorno ed è già sbronzo. Riesco quasi a sorridere a quel cretino che mi saluta con aria condiscendente. Devo ricordarmi di dire a Karen che l'offerta di acquisto del *Cap Camarat*, che ho riparato, scade venerdí. Altri compratori sono interessati e, se lui non si presenta, gli sfileranno la vendita da sotto il naso.

Fermo il pick-up nel parcheggio a spina di pesce davanti all'agenzia. Sul lago soffia una brezza leggera, le bandiere delle barche – francesi, svizzere, italiane – sventolano nell'aria e le drizze fissate male schioccano contro gli alberi. Prima di spegnere il motore rimango per un attimo con le mani aggrappate al volante. Il mio viso nello specchietto retrovisore non mi sfugge. Ho un colorito grigio, la faccia segnata dalle occhiaie – non mi sono nemmeno pettinata. Ecco cosa guardava l'ubriaco! Come ho potuto ridurmi cosí? Scorgo Karen sul pontile. Di sicuro mi sta osservando, ha visto la mia brutta cera. La saluto con un cenno della mano, il solito *shaka*, il nostro rituale. «Calma, rilassati». Mi risponde a tono, ma so che non ci casca. Fa come meglio può, e io pure. Sta per congedare un cliente. Procedono all'ispezione del motoscafo, uno dei nostri nuovi modelli. Check-list prima della partenza, passaggio di consegne, rimessa delle chiavi e del kit di navigazione. In automatico conto il numero di imbarcazioni ancora disponibili ormeggiate al pontile. Ne rimangono sette, due fra i modelli piú costosi.

Scendo dal pick-up. Il rumore della portiera è coperto

dal vento. Un cliente con un caffè in mano cammina su e giú nella hall d'ingresso dell'agenzia. Lo riconosco dal cappello di feltro che porta sempre. Gli piace il *kazaar* della Nespresso, l'aroma piú intenso di tutta la gamma. Sceglie sempre quello. Le cialde blu notte. Adesso si mette comodo sul divano di fronte alla vetrata che si affaccia sul lago. C'è una vista mozzafiato, e ai clienti piace fermarsi ad ammirare il paesaggio. Io e Karen abbiamo voluto rendere questo ingresso un luogo piacevole e propizio al relax. Ha scelto lei l'arredamento. È molto portata, ha sempre gusti di gran classe. Lo spazio, orientato verso sud e completamente vetrato, è immerso in una luce incredibile. I mobili sono stati disegnati da un architetto svizzero e poi fatti realizzare su misura da un artigiano, con il legno di abete rosso delle foreste circostanti. Le veneziane regolabili in legno laccato dànno ombra alla stanza quando batte il sole. E durante gli inverni non troppo rigidi, il sole a volte è sufficiente a scaldare l'agenzia.

Karen ha concluso l'ispezione con il cliente e mi viene incontro. La osservo dall'auto, mentre risale lentamente il pontile. Il suo portamento elegante e sinuoso è impeccabile come la sua mise: scarpe da tennis griffate di un bianco immacolato, pantaloni di lino naturale di fattura perfetta che lasciano scoperte le caviglie, felpa a righe sui toni del rosa pallido e del grigio. Mi sento una pezzente, con i jeans sudici e le sneaker macchiate di terra. Si avvicina all'auto, mi osserva impensierita, tanto da farmi perdere tutto il contegno rimasto, e mi vengono le lacrime agli occhi. Grazie allo sguardo degli altri prendi coscienza di ciò che il corpo e la mente cercano di comunicarti. E io sono un disastro. Si avvicina e mi stringe a sé. Da tempo non ci scambiamo piú gesti affettuosi. Probabilmente perché siamo prese dal lavoro. Mi sento meglio. Sono cosí fragile e vulnerabile. Stavolta non riesco a trattenere i singhiozzi. Karen mi abbraccia piú forte. Non c'è nulla da dire. La mia intenzione di parlarle della lettera di Marceau svanisce, per il momento è superiore alle mie forze.

– Sarah, mi arrangio da sola, – mi sussurra all'orecchio. – Devi riprenderti. Rimani a casa e occupati dei bambini, ne hanno bisogno. Torna quando te la senti.

Sussurro un misero «Sí». Lei continua a interrogarmi con lo sguardo. Dentro di me sono completamente a pezzi, ma non dico altro.

– Segnami le urgenze sull'agenda, Sarah, ci penso io. Mi dispiace, devo lasciarti, c'è un cliente spazientito.

Il tizio con il cappello l'aspetta sul pontile. È un habitué, meglio non farlo attendere. Guardando Karen correre verso la riva, mi chiedo come faccia a occuparsi di tutto. Di sicuro non può contare su Rollin, che è sempre in giro in lungo e in largo con il ristorante ambulante. Tra la figlia Zoé, i compiti da seguire e le attività extrascolastiche, la gestione della casa, il lavoro alla *Nautique Loc'* – e Dio solo sa quanto c'è da fare – Karen va sempre di corsa. Riesce a gestire tutto e trova anche il tempo per farsi bella. Insomma è perfetta. In fondo riesce a mandare avanti la baracca da sola – me ne rendo conto e sono sgomenta. Io non ho mai raggiunto quel livello di organizzazione. Non ho mai davvero saputo gestire di pari passo lavoro e famiglia. Forse è per questo che Hermione mi ha detto che sono una «pessima madre» e che Benjamin mi evita. Finora mi sono occupata essenzialmente del lavoro. Un'altra delle ragioni che a poco a poco ha scavato una distanza tra me e Marceau. Forse mi sfuggiva già prima dell'incidente. Sfilano nella mia mente immagini intollerabili; il suo corpo fracassato, il sangue sul viso. Per un attimo chiudo gli occhi.

Parte seconda

Rincorrere le ombre

Capitolo 10

Karen

Sento il pick-up che si mette in moto. Non immagino Sarah al volante, ma Marceau. Gli piaceva quella vecchia carretta con il motore indistruttibile e la carrozzeria segnata dagli anni. Il ronzio sordo mi trafigge lo stomaco. Alzo lo sguardo e, attraverso il parabrezza, vedo Sarah con gli occhiali da sole. Eppure la giornata non ha niente di luminoso. È tipico di Sarah, preferisce la cecità. Non la giudico. È fatta cosí, si lascia guidare dall'istinto.

La sofferenza è come una calamita: quando ti si attacca, non tarda a piantarti elettrodi invisibili nella carne e a crivellarti di scariche. Sarah sa che capisco il suo dolore. Non immagina quanto. Non è l'unica ad accusare il colpo. Solo che io so dissimulare meglio le mie zone d'ombra. Chissà per quanto tempo ancora. Non posso sfogarmi con lei, né con nessuno tra l'altro – perderei il controllo. *Lei* ha il diritto di esplodere, io no. Lei è sua moglie, la sua vedova.

Assistere giorno dopo giorno al suo naufragio mi prende allo stomaco. Continua a colare a picco, non ha ancora toccato il fondo. E quando succederà, quando si sarà invischiata fino al collo nella psicosi, correrà rischi sconsiderati. È la sua impronta, la sua forza e la sua debolezza: è inevitabile. E mi fa paura, perché so che in un modo o nell'altro la pagherò a caro prezzo.

Lei risalirà in superficie. Risale sempre in superficie.

Sarah è un animale selvatico con un istinto di sopravvivenza tenace. L'ho percepito fin dal primo incontro. Una forza indomabile, instabile e ardente le scorre nelle vene. Oggi dentro di lei si sta addensando un nucleo di rabbia, lo sento, lo vedo nei suoi lineamenti – e non mi fa presagire nulla di buono.

Dai miei ricordi piú profondi appare un flash: un giorno sul lago andiamo a soccorrere con il rimorchiatore una delle nostre imbarcazioni in panne. Un cliente, garbato ma incauto, non ha rispettato il codice di navigazione. Ha urtato un altro natante. Gli costerà un bel po'. Sarah balza come un ghepardo sulla barca in difficoltà. Afferra una cima che il cliente ha faticosamente annodato a quella appena speronata. Tira con tale violenza da staccare la galloccia sul ponte. Non scorderò mai i suoi occhi furiosi. L'azzurro aveva virato al grigio del lago quando minaccia tempesta.

È la forza del nostro duo, siamo complementari. Sarah è capace di gesti che io non farei: in un'attività come la nostra a volte sono indispensabili. Con lei ho sempre saputo che avrebbe funzionato. La sua fiducia, la sua determinazione a servizio del nostro progetto. La promessa di un avvenire solido. Mi circondo soltanto di persone capaci; gli altri li sopporto a fatica. Dal momento che gli affari funzionano, mi sta bene cosí. Ho imparato a difendere il mio territorio e ad accaparrarmi ciò di cui ho bisogno in quello degli altri, se necessario. Sempre nei limiti della legalità, insomma quasi. Non sono *pulita* come sembro. Ma oggi esiste qualcuno di davvero *pulito*?

Ora come ora faccio di tutto per ovviare ai problemi di Sarah, anche perché cosí riesco a non pensare al fatto che Marceau è morto, che nulla sarà piú come prima. Che senza di lui Sarah non sarà mai piú come prima. Che anch'io sarò diversa. Rollin è già cambiato: è distante, distratto, si innervosisce piú spesso. In quanto a Zoé, è profondamente turbata dalla perdita di Marceau, dall'età che aveva al momento della morte. Per lei è troppo dura. Di notte si sveglia per gli incubi. Vorrei poterle dire com'era Marceau, luminoso e misterioso allo stesso tempo – com'era *davvero*. Ma non posso. Zoé lotta a modo suo. Sorride appena apro la porta della camera, mi mostra i suoi disegni piú belli. Ma i brani che ascolta in loop su YouTube tradiscono l'angoscia. Non sta bene.

Sono sempre riuscita a percepire le emozioni che mi circondano, anche le meglio nascoste. Non so perché, avrò preso da mia madre. Mio padre la picchiava parecchio. Cosí ha sviluppato un'allerta incredibile di fronte al minimo fremito di sopracciglia, al piú piccolo sbalzo d'umore, fino al giorno in cui gli ha restituito un pugno e mi ha portato via con sé, come unico bagaglio. Ho imparato da ciò che ho visto e che ho sentito anche premendomi le mani sulle orecchie, quand'ero ancora una ragazzina. Non ho fatto lo stesso errore di mia madre. Ho scelto con cura il padre di mia figlia.

Oggi continuo a prestare attenzione al mio intuito e a certe vibrazioni che si trasformano in sensazioni. In Sarah si preannuncia un brutto cambiamento. Si sta preparando un tornado con una serie di danni collaterali. C'è da dire che Marceau, morendo, si porta via parecchi segreti. E spero che se li sia portati via una volta per tutte.

Mi vibra il telefono in tasca, un sms.

> Sono appena tornata. Dov'è papà?

Rollin dovrebbe essere a casa. Non mi piace lasciare Zoé da sola, lui lo sa. Non è abbastanza matura.

> Tra poco torna, intanto fai merenda.

La tranquillizzo per prendere tempo e chiamo Rollin. Il telefono squilla a lungo, poi scatta la segreteria. Riattacco prima della fine, tento di nuovo la fortuna. Seconda telefonata, terza, poi lascio un messaggio. Le mie dita tamburellano sul legno della scrivania. Rispondo distrattamente a una cliente appena arrivata, le consegno un dépliant che illustra i servizi dell'agenzia. Mentre sfoglia le prime pagine, digito un sms per Rollin. È un tipo distratto, spero almeno che abbia il telefono con sé. Il messaggio indica «Consegnato», ma non ancora «letto».

Che cosa combina, Dio santo? Se tra un'ora non è da Zoé, mi sente. Litighiamo spesso a proposito di nostra figlia. Non abbiamo la stessa idea di educazione. La sua è quella del «padre amicone», da un lato e «nessun punto di riferimento», dall'altro. Con lui Zoé sarebbe abbandonata a sé stessa. Io veglio su di lei come una leonessa, cercando proprio di darle dei punti di riferimento. La sera in cui ho trovato Zoé con i capelli appestati di fumo, dopo che era stata con lui, l'ho spedito a dormire fuori di casa nel food truck. Il giorno dopo la bambina si lamentava ancora perché aveva la gola irritata. Sono stufa della libertà senza controllo né comando di Rollin – cosí come delle sue ambizioni un po' troppo modeste, tra l'altro. Io ho bisogno di sognare, sognare in grande. Questa cosa Marceau era capace di trasmetterla alla banda. Anche se a volte i suoi silenzi offuscavano la scena.

Sarah ci ha messo parecchio a descrivermi il lato piú cupo di suo marito. Non avrebbe dovuto. Lei non lo sa, ma questo ha cambiato svariate cose tra noi. Non ho piú guardato Marceau nello stesso modo. Ho trovato un'altra voce per parlargli. Sapevo che mi addentravo in una zona grigia, ma non mi sono fermata. Sono andata piú spesso in cerca delle confidenze di Sarah, aspettando il momento giusto. Non in agenzia, ma quando ogni tanto ci lasciavamo il pontile alle spalle, a bordo di una barca sul lago, in un momento di silenzio, allora lí si sentiva autorizzata a parlare. Come se il fatto di essere circondata da tutti gli elementi naturali le desse il permesso di alleggerirsi della zavorra, grazie allo sciabordio sullo scafo, lontano dalla riva e sopra le profondità del Lemano. Lo stesso fenomeno si replicava in montagna. Durante le escursioni, sotto gli alberi, persa nella vegetazione, si trasformava. E Marceau era affascinato, un giorno me l'ha detto. Quella specie di legame esclusivo con la natura che rende Sarah indefinibile, inafferrabile, indomabile. Una volta Marceau mi ha anche dichiarato di punto in bianco che prima o poi lei lo avrebbe lasciato. Senz'altro non immaginava di andarsene per primo, cosí presto, cosí brutalmente. Si chiedeva se i bambini avrebbero dato a Sarah una ragione sufficiente per restare, e intuiva che quella certezza sarebbe svanita man mano che fossero cresciuti. Per questo lui si faceva sempre piú distante dalla moglie – in modo impercettibile, ma reale. Per non soffrire troppo il giorno fatidico. Eppure lui la amava. E lei lo amava.

Anche Marceau si confidava con me quando ci ritrovavamo sballottati sul lago, a diverse centinaia di metri dalla riva. Insieme, nel piccolo motoscafo che lui e Sarah ormeggiavano al pontile privato in fondo al loro giardino. Un giorno, prima di indossare la maschera da sub e stringere tra i denti il respiratore, ha pronunciato alcune parole che ancora mi ossessionano.

– È pericoloso tuffarsi nel passato. Se ti avvicini troppo non te ne liberi piú.

Ci si sente sempre in colpa di fronte alle tragedie che si sarebbero potute evitare.

E poi, ogni volta, lui si lasciava cadere all'indietro come

fanno i sub. Mi ritrovavo da sola a bordo del vecchio legno dei Miller. Vedevo le pinne agili di Marceau penetrare nelle profondità cristalline del lago. Allora facevo scattare il timer per quarantacinque minuti. E per quarantacinque minuti Marceau ritrovava il Savage Bobber di suo padre sotto l'acqua a diverse decine di metri.

Avevamo un legame particolare, perché io non ho conosciuto né suo padre né sua sorella Jade. All'interno del gruppo ero un'intrusa. Estranea alla loro storia. Al contrario di Sarah, Rollin e Alexis, non avevo vissuto quei drammi direttamente. Con il passare dei minuti le bolle sparivano dalla superficie. Lui era da qualche parte lí sotto, nel suo mondo di tenebre, di tragedia. Ero l'unica a poterlo accompagnare, mi aveva scelta per questo. Eppure io ho sempre evitato di confrontarmi direttamente con ciò che mi ossessiona. Quella parte di lui mi faceva paura e mi attirava allo stesso tempo. Marceau non mi diceva mai cosa facesse in fondo al lago. Quelle scappatelle dovevano rimanere tra me e lui, forse Sarah ne aveva sentore… ma non me ne ha mai parlato. Marceau si tuffava sempre con una borsa di attrezzi. Lo immaginavo intento a sistemare i resti dell'apparecchio, a liberarlo dal plancton e dalle alghe per poi sedersi in fondo, forse per meditare nel silenzio e nella solitudine, schiacciato dalla pressione delle acque profonde. Non ho mai tentato di saperne di piú, per paura di spezzare l'incantesimo. E poi per me la fantasia è sempre stata piú importante dei fatti. Mi figuravo Marceau laggiú e lo aspettavo paziente per aiutarlo a issarsi di nuovo a bordo dopo quel piacere inconfessabile. Ci rimaneva sempre per quarantacinque minuti. Prima vedevo le bolle, la traccia del respiro, poi la sua figura si precisava nella torbida azzurrità del lago. Chissà se aveva trovato quello che cercava. Chissà se aveva lasciato sul fondo il peso insopportabile della sofferenza che gli leggevo nello sguardo. Di sicuro tornava sempre piú muto da quei viaggi solitari. Il rumore del motoscafo non era sufficiente a riportarlo del tutto alla realtà del momento presente. Aveva gli occhi lucidi, lo sguardo assente, la mente altrove. Mi ricordava un bambino abbandonato o colpito da uno stress post traumatico. Allora lo riportavo a riva.

Quando in tv sentivo parlare Marceau, sempre brillante nelle trasmissioni letterarie o nelle interviste, i presentatori gli chiedevano spesso: «Ma da dove trae l'ispirazione, Marceau Miller?» Lui ogni volta, prima di rispondere, faceva una pausa di due o tre secondi. Un giorno rimase in silenzio un po' piú a lungo. La critica non gliel'aveva fatta passare, e aveva colto l'occasione per stigmatizzare la sua pseudo vanità, il suo modo di esagerare, di darsi delle arie. Sapevo che il suo non era un atteggiamento. In quei momenti il viso assumeva un'espressione torbida, come quando tornava dalle immersioni e riusciva a dirmi qualche parola su Jade. Era come se cadesse la maschera che di solito portava in pubblico. Perché è vero, mentiva sistematicamente ai giornalisti, con un certo talento devo ammettere, era impressionante. Aveva la risposta pronta e il senso dell'umorismo, ma mentiva. Paradossalmente presentava un'immagine di sé disarmante per troppa sincerità, *perché c'era una parte di verità* – ma soltanto una parte. Il mistero che proteggeva gelosamente, il mistero che lo ispirava, forse ciò che aveva di piú intimo, implicava qualcosa di spaventoso.

A ogni uscita di un nuovo romanzo io, Sarah, Rollin e Alexis presenziavamo alla diretta della trasmissione letteraria piú popolare, una specie di rituale. Rollin e Alexis si comportavano come ragazzini, pronti a ridere a ogni battuta del compagno inondato di luce, piazzato davanti alle telecamere. Solo io e Sarah eravamo in grado di interpretare il turbamento quasi impercettibile di Marceau. Interpretare è una parola grossa, poiché né io né lei avremmo davvero saputo coglierne il vero significato. La cosa certa era che tenevamo a lui e che quella crepa ci preoccupava. Oggi mi manca l'aria. Non vedrò piú le bolle risalire in superficie. Il suo respiro è scomparso dalla mia vita.

Cerco le pagine dell'agenda con le date dei nostri appuntamenti a venire, che non verranno. Quelle dove compare la parola *Manureva*, il nome che lui dava alle nostre scappatelle, un modo per evadere e andare lontano, non importa dove. All'inizio non sapevo che *Manureva* era il nome della barca di Alain Colas... Il navigatore scomparso nel 1978 al largo delle Azzorre nell'occhio di un ciclone. Il suo corpo non è mai stato ritrovato, e neanche il relitto. L'unica traccia lasciata è stato l'ultimo disperato «Mayday, mayday, mayday». Con il senno di poi trovo che quel nome in codice scelto da Marceau fosse umorismo nero.

Cancello con la penna biro il *Manureva* programmato per la settimana prossima. Lo cancello con cosí tanta forza che il tratto si imprime come una cicatrice sulle pagine delle due settimane successive. A pensarci bene, *Manureva* era quasi premonitorio. È il nome di una barca decisamente maledetta. Il capitano della mia ode proibita si è spento.

Capitolo 11

Provo sentimenti contrastanti, non riesco a capire. Mi dispiace essere crollata davanti a Karen. La nostra complicità, il legame silenzioso che ci unisce da quando ci conosciamo, pare di colpo tingersi di un alone torbido. Per intenderci è sempre bastato un semplice sguardo. Oggi intuisco ombre che non vorrei vedere.

Il dolore di Karen davanti alla perdita di Marceau – sí, anche lei sta male – era quasi tangibile. Il fatto che si sia trattenuta per non piangere mi colpisce in un modo che non avrei mai sospettato. Le confidenze che le ho fatto in passato e i dubbi su Marceau mi si ripropongono come altrettante possibili infedeltà. I momenti condivisi tra loro due, le gite sul lago che fingevo di ignorare prendono una nuova dimensione. L'immagine di Marceau e Karen sul nostro motoscafo. Come se la mia migliore amica avesse rubato una parte di mio marito – a me che sento crudelmente la sua mancanza ormai.

Ripenso a Marceau, al suo bisogno di spazio, alle immersioni attorno al relitto dell'aereo di suo padre. Quel giardino segreto, che rispettavo per amore, adesso diventa un covo di dubbi. L'idea che lui abbia condiviso con Karen una parte di sé che mi era inaccessibile mi rivolta lo stomaco.

Piano piano si profila una domanda insidiosa: e se Marceau avesse confidato a Karen cose che a me non aveva mai rivelato? Un'idea seducente e spaventosa allo stesso tempo, che mi lascia combattuta tra il desiderio di sapere e la paura di scoprire.

Persa nei miei pensieri, per poco non salto l'uscita per la provinciale. Sterzo bruscamente e imbocco la strada per Thonon in direzione di Ginevra. Sfilano i paesaggi, sempre dominati in lontananza dalle montagne con le cime bianche, poi di lato dall'azzurro del lago che vedo a tratti fra gli spiragli della vegetazione come fossero finestre. Cerco di riordinare i pensieri. Tra meno di un'ora scoprirò cosa ci ha riservato mio marito. Solo Marceau Miller poteva ideare uno scenario del genere; chi altri avrebbe previsto la propria morte, a quarant'anni appena? O chi mai avrebbe lasciato come testamento un manoscritto in una cassetta di sicurezza in Svizzera? Cosa significa? Marceau ha sempre amato il gioco, ma non me lo figuro a manipolare i nostri sentimenti per puro piacere. Nella lettera parla anche di soldi. Da dove vengono? Non ho mai notato trasferimenti di denaro dal nostro conto corrente. Conoscevo piú o meno l'ammontare dei diritti d'autore, almeno credo, e lui mi aggiornava sui suoi investimenti. Mi sento invadere dall'angoscia e anche dai dubbi. Ho un solo desiderio, recuperare tutto, chiudermi in casa e tuffarmi nella lettura del testo.

Strano, quando era vivo non leggevo mai i suoi romanzi prima della pubblicazione, per paura di destabilizzarlo con commenti o critiche. Alla fine, tra l'altro, non chiedeva nemmeno piú il mio parere. Credo ne abbia sofferto. Lui assorbiva le emozioni come una spugna. E proprio lí stava il suo talento: sapeva estrarre la sostanza che vibrava in noi per nutrire i suoi personaggi. In fondo sono la prima responsabile della distanza che a poco a poco si è creata tra noi, che ha messo a rischio la nostra coppia senza che me ne rendessi davvero conto.

Supero la frontiera svizzera. Scorgo l'immenso getto d'acqua sul lago. Centoquaranta metri d'altezza, il simbolo di Ginevra che i turisti immortalano con gli smartphone dal Quai du Général-Guisan. Ormai sono a un isolato dalla Hsbc.

Il suono di un clacson mi fa sobbalzare, inchiodo ma per poco non manco il pedale del freno. Ho rischiato grosso. Il pick-up si è immobilizzato a circa venti centimetri dal paraurti di una berlina di lusso. I vetri oscurati del finestrino si abbassano. L'uomo al volante sembra l'unico passeggero. Davanti al mio sguardo vacuo alza una mano guantata di pelle poi, rassegnato, rialza il finestrino e prosegue. Il mio cervello è spossato dalle notti senza sonno. Ho i riflessi lenti.

Sto colando a picco, davvero.

Quando arrivo all'altezza della Hsbc, vedo una Porsche rossa parcheggiata davanti. Non so nulla di auto sportive, ma questa la riconosco: è una Targa del 1984. In genere vengono tenute come gioiellini. Questa no. Mi stupisce che Alexis non abbia avuto il tempo di far sistemare la leggera ammaccatura sul paraurti anteriore. E dire che si preoccupa tanto delle apparenze, non è da lui. È la sua auto. A Marceau piaceva tantissimo fare urlare la «sei cilindri». Alexis gli passava il volante controvoglia. Non aveva torto: è stato Marceau a lasciargli quel bel «souvenir».

Alexis era il leader del gruppo. Dopo il liceo ha studiato economia, poi è entrato in una multinazionale dove «combina affari», come gli piace ripetere. Sempre elegante, vestiti di sartoria, scarpe Berluti, trascorre gran parte del tempo in aereo, passando da un appuntamento all'altro in giro per l'Europa. Mi fa arrabbiare. Tutto mi fa arrabbiare. Poteva almeno avvertire che sarebbe venuto qui oggi. Sono la moglie di Marceau, cazzo. LA VEDOVA. Parcheggio a cavallo del marciapiede, prendo la borsetta e scendo dalla macchina dopo essermi districata dalla cintura di sicurezza. Al diavolo il parchimetro: se devo pagare una multa, tanto vale accumulare infrazioni. Mentre attraverso la strada senza nemmeno dare un'occhiata al traffico, partono i clacson. Gli occhi non mi si staccano dal bolide rutilante parcheggiato proprio di fronte, stendardo chiassoso del signorino «Quanto sono ricco». Arrivata davanti all'auto, guardo attraverso il finestrino anteriore. Sul sedile del passeggero c'è il cappellino di Rollin. Anche lui è qui? Non hanno perso tempo quei due! Ma cosa credono? Che il banchiere aprirà la cassetta di sicurezza senza aspettarmi? Solo io ho il diritto di recuperarne il contenuto! Il manoscritto, ho intenzione di leggerlo io per prima! Entro in banca senza nemmeno salutare l'usciere. Se prova a dirmi qualcosa, lo lincio. Lui e tutti gli altri.

Alexis e Rollin sono seduti su uno dei divani di pelle posti nella hall. Sono pallidissimi e io invece rossa di rabbia. Il piede destro di Rollin batte freneticamente a terra. Vedendomi, Alexis appoggia una mano sul ginocchio di Rollin per calmarlo. Indossa lo stesso vestito del notaio che ci viene incontro. L'uomo si accontenta di accennare un gesto di saluto, mentre rivolge lo sguardo verso la videocamera di sicurezza, poi ci invita a seguirlo senza ulteriori formalità. Nemmeno il tempo di chiedere ad Alexis e Rollin perché non mi abbiano chiamata prima di venire qui. Come se avesse capito la ragione della mia collera, Rollin comincia a giustificarsi. Impacciato come sempre.

– Me l'ha detto Karen che eri per strada. Alexis era vicino a Rivaz, è passato a prendermi lí. Sbarcare qui con il food truck non era l'opzione migliore. Insomma, ho mollato tutto davanti a *Vinorama*.

– Vi metteremo a disposizione la cassetta di sicurezza in una sala prevista all'uopo, – lo interrompe il notaio, che sembra voler accelerare la questione.

Precedo i ragazzi verso gli ascensori, seguendo il notaio che preme il tasto del secondo interrato. Attraversiamo un corridoio fino a una porta blindata. L'uomo rivolge un cenno del capo al vigilantes di turno, che lo lascia passare. Penetriamo finalmente nel caveau. È la prima volta, per quanto mi riguarda.

C'è una cassetta appoggiata su un tavolo piazzato in mezzo alla stanza. È tutto asettico, gelido. Sono stupita dalla grandezza – piú imponente di quanto immaginassi. Ho un attimo di esitazione prima di avvicinarmi al tavolo. Rollin e Alexis rimangono in disparte – il notaio indica loro due poltrone dall'altro lato della sala. Mi tremano le mani, non so cosa fare. Il notaio mi comunica all'orecchio il pin elettronico della cassetta, poi esce dalla stanza. Digito subito il numero sulla piccola tastiera. Uno scatto metallico libera il meccanismo di chiusura. All'interno si trova un borsone. Nient'altro. Lo tiro verso di me: è pesante. Alexis e Rollin non mi staccano gli occhi di dosso come per studiare ogni mio gesto. Come per controllarmi. Cerco di ignorarli e apro la cerniera.

Non riesco a crederci.

Il borsone è zeppo di banconote sfuse. Tanto denaro liquido, da dove viene? Marceau si credeva in un film? Édouard gli pagava gli anticipi sui diritti d'autore in contanti, o cosa? Infilo nervosamente le mani fino in fondo. Il manoscritto, di fatto, è l'unica cosa che mi interessa. Rivolto il mucchio di banconote, frugo e rovisto. Il mio respiro accelera.

– Tutto bene, Sarah? – si preoccupa Alexis.

Non rispondo e rovescio il borsone. Mentre lo scrollo con tutte le mie forze, le banconote volteggiano sopra il tavolo e si sparpagliano ai miei piedi. Mi metto a urlare come una pazza:

– Dov'è il manoscritto???!!!

La rabbia si mescola alle lacrime. È come se mi avessero rubato Marceau una seconda volta. Alexis e Rollin si scambiano un'occhiata perplessa. Sono ancora piú pallidi che al mio arrivo. Alexis non si smentisce e riesce comunque a mantenere un'aria stoica, mentre Rollin si prende la testa tra le mani e si lascia scappare un singhiozzo. Tutti i nostri ricordi risalgono in superficie. Jade. Un magma infame: flash, paure e domande ancora senza risposte. In una frazione di secondo lo stesso dolore – la stessa angoscia – ci assale tutti e tre. Lo tsunami che ha travolto il mio cervello mi impedisce di vederci chiaro, eppure in questo turbinio sento che qualcosa non quadra. Mi si irrigidiscono i muscoli, l'aria mi entra a scatti nei polmoni. Mi metto a girare attorno al tavolo come una furia, pestando decine e decine di banconote sparse sul pavimento. La fiducia di Alexis si è incrinata, fissa il borsone rosicchiandosi le unghie. Rollin dondola il capo, stordito, come un pugile che si è appena preso un destro direttamente in faccia. Troppi drammi, troppe cose non dette, troppi soldi.

Troppe coincidenze.

Come se dentro di me fosse scattato qualcosa, riavvolgo il film in pochi secondi e dichiaro:

– Non è caduto.

Rollin si risveglia brutalmente dalla trance e mi scruta con aria sconcertata. Alexis si è già alzato e si piazza davanti a me, mi fissa con uno sguardo penetrante e duro.

– Cosa stai dicendo?

– È stato ucciso. *È stato ucciso.*

Capitolo 12

Alexis mi appoggia una mano decisa sulla spalla. Non riesco a non sentire in quel gesto una certa aggressività trattenuta a stento. Mi ha sempre considerata una squilibrata, lo so. Ma non mi lascerò impressionare da questo misero tentativo autoritario.

– Sei completamente fuori di testa, Sarah. È caduto, lo temevamo tutti. Sapeva i rischi che correva, ce l'ha perfino scritto.

– No, no, no e no! *Non è stato* un incidente. Ne sono certa: qualcuno ha ucciso Marceau.

– Sarah, sul posto i gendarmi sono stati molto chiari. Se avessero avuto il minimo dubbio, se avessero notato qualcosa di sospetto, avrebbero aperto un'inchiesta.

Mi libero dalla sua presa. Non ho intenzione di mollare.

– Dovete credermi. Almeno voi due!

– Sarah, avremmo voluto tutti che non succedesse mai. Non eri l'unica a dirgli di smettere. È stato un tremendo incidente, ma era prevedibile. Sei sotto shock, è normale. Ma devi resistere, per i bambini.

Cambio bersaglio e mi giro verso Rollin, che sembra aver perso completamente il controllo. È madido di sudore, il viso paonazzo e il corpo attraversato da brividi, come se si fosse preso una brutta influenza. Ed ecco che si mette a piangere!

– Rollin, di' qualcosa, cazzo!

– Basta, Sarah! – urla Alexis. – Abbiamo tutti i nervi a fior di pelle, e... e ovviamente è come rituffarsi nelle vicende di vent'anni fa.

Poi rivolto a Rollin:

– Glielo vuoi dire, sí o no!? Glielo vuoi dire che è stato un incidente!

Con le labbra tremanti, Rollin farfuglia qualche parola tra i denti, cosí piano che nessuno lo sente.

– I... i gendarmi... È stato un incidente, Sarah, – finisce per balbettare.

Allora esplodo e scaravento contro il muro il borsone che avevo in mano.

– E il manoscritto? Dov'è, porca puttana?!

Allertato dal rumore, il notaio bussa alla porta, la socchiude e fa timidamente capolino. Alle sue spalle c'è il vigilantes, pronto a intervenire.

– Tutto bene, signori? – chiede con voce esitante.

– Sí, tutto bene, – risponde Alexis.

Per salvare le apparenze, mi prende tra le braccia e mi passa una mano tra i capelli, come se accarezzasse un cane spaventato.

– La nostra amica è molto scossa. Come può capire...

Tranquillizzato, il notaio richiude la porta. Mi allontano subito da Alexis. Non ho mai avvertito questa violenza sorda tra noi. Tutto bene un cazzo! Rollin si è seduto di nuovo in poltrona, sta per avere un malore. Sembrano entrambi terrorizzati ognuno a modo suo, e la loro paura rispecchia la mia. Ma la cosa piú spaventosa è che non mi credono. Peggio, pensano che sia pazza. Sono i miei migliori amici e non posso contare su di loro. E questa verità mi stordisce, mentre mi dirigo verso la porta calpestando le banconote senza vederle.

– No, è tutto tranne che un incidente, – mormoro con voce stanca.

Al mio passaggio il vigilantes si scosta. Il notaio si precipita nella sala, sento che si sforza di raccogliere le banconote. Continuo verso l'ascensore. Il notaio e Alexis si parlano sottovoce. Colgo soltanto qualche parola. «... prima volta... scenata del genere...» Che stronzo. Arrivata al piano terra, attraverso l'atrio senza prestare la minima attenzione ai clienti che aspettano il loro turno, e supero la porta girevole, ignorando l'usciere ancora una volta.

Ho in mano un osso che non ho intenzione di mollare.

Quel manoscritto, lo troverò.

Arrivo davanti alla Porsche di Alexis e sferro un gran colpo di tacco nella portiera. Due passanti increduli si fermano e mi squadrano dalla testa ai piedi. Ho ammaccato la carrozzeria, ma non abbastanza. Riesco a sorridere. Mi fa bene. Anch'io avrò lasciato un piccolo «souvenir» ad Alexis. Miracolosamente non mi hanno portato via la macchina e non c'è nessuna multa sul parabrezza. Scorgo il mio riflesso nel finestrino del conducente. Ho i capelli arruffati, gli occhi iniettati di sangue. Una chiazza rossa sul viso, un'altra sul collo. Sono un disastro.

Mi restano due ore per tornare a Yvoire, farmi una doccia ed essere presentabile davanti ai bambini quando torneranno da scuola. Loro sono già abbastanza scossi, non voglio turbarli ulteriormente. Benjamin mi preoccupa, dalla morte di Marceau ha cominciato a balbettare. Lo shock è stato violento. Ho pensato di portarlo da un neuropsichiatra infantile, ma mi sono mancate le forze. Anche perché non ho voglia di subire l'interrogatorio del medico che esplorerà sia la vita di Benjamin sia la mia. Sono in viaggio già da un po', frugo nella borsa in cerca del cellulare. Lo appoggio sul cruscotto per dare un'occhiata furtiva allo schermo. Da quando ho lasciato Ginevra, ha vibrato diverse volte. Tre sms di Alexis mandati a meno di cinque minuti d'intervallo.

Sarah, mi dispiace, non doveva andare cosí. Abbiamo tutti i nervi a fior di pelle. Se hai bisogno di aiuto sono qui. E non ce l'ho con te per la portiera, anche se adesso cigola un po' quando la apro.

Sarah, cerca di riposarti.
Lo troveremo, quel manoscritto.

Sarah, sono ancora io. Il banchiere ha fatto i conti. Marceau ci ha lasciato tre milioni centosettantacinquemila euro.

I soldi sono l'unica cosa che gli interessa. Detto questo, a quanto pare la lettera di Marceau lo ha parecchio scosso là sotto, nell'anticamera dell'inferno. In quanto a Rollin, è completamente fuori di testa. Mi gratto il collo, aggravando l'antiestetica chiazza rossa. Per fortuna quella sul viso sta andando via.

All'uscita di Douvaine decido di tirare dritto verso Thonon-les-Bains, anziché voltare in direzione di Yvoire. Il motore tossisce, accelero. L'indicatore della benzina è quasi sulla tacca della riserva. Il fondo del vecchio serbatoio è pieno di impurità e il carburatore le digerisce male, come succede alle barche. Supero un distributore senza fermarmi. Pazienza se sono praticamente a secco, ho un unico obiettivo: fare denuncia alla gendarmeria. La lettera di Marceau, il manoscritto, i soldi e soprattutto i miei dubbi riguardo l'incidente. Respiro sempre piú in fretta, il mio viso è agitato da tic che tradiscono l'ansia. Il pick-up sbanda leggermente, le ruote sfiorano il marciapiede. Riesco in extremis a rimetterlo in asse. Un'auto di fronte mi lampeggia. Rispondo piú volte a colpi di clacson. Ho voglia di urlare. Lasciatemi in pace!

Marceau, cos'è successo? Finché non otterrò una risposta non mi fermerò. Non importa dove andrò a finire.

Arrivata davanti alla gendarmeria di Thonon, parcheggio in un posto riservato, l'unico disponibile. Nell'atrio passo di corsa davanti all'agente di turno e procedo inarrestabile verso l'ufficio del capitano Robin Delmas.

– Signora, non si può! – grida un gendarme dietro di me.

E riesce ad afferrarmi la spalla con la sua mano larga.

– Ci penso io, – interviene il capitano, che mi ha vista arrivare.

Il tizio mi lascia andare. Mi massaggio nel punto in cui mi ha stritolato.

– Qui non si entra a piacimento, signora Miller. Venga nel mio ufficio.

Il capitano rivolge un cenno di intesa al collega, poi mi invita a seguirlo.

– So bene che sta attraversando un momento molto difficile, signora Miller, – comincia quando ancora non siamo neppure seduti.

– No, lei non sa niente.

Mi sembra di essere attaccata all'alta tensione – impossibile calmarmi. Come mai ho l'impressione che tutti ce l'abbiano con me? Mi siedo, e cerco in modo frenetico un fazzoletto nella borsa.

– Prego, signora Miller, – riprende Delmas con voce sdolcinata, – mi dica cosa la porta qui.

Mi esaspera il suo modo di ripetere di continuo «signora Miller». La sua condiscendenza mi fa perdere il poco di pazienza che mi resta. Trituro tra le mani il fazzoletto ormai a brandelli.

– Marceau mi ha mandato una lettera...

Il capitano sprofonda nella sedia, posando uno sguardo preoccupato su di me.

– Vorrà dire che ha *ritrovato* una sua lettera. Non è cosí, signora Miller?

Picchio con le mani sulla scrivania. Delmas mi scruta, perplesso, e non fa che aumentare la mia rabbia. Anche lui mi considera una squilibrata?

– *Signor Delmas*, stamattina ho ricevuto un plico dalla Hsbc, accompagnato da una lettera di Marceau che la banca doveva consegnarmi nel caso mio marito fosse scomparso. L'hanno ricevuta anche Rollin Uldry e Alexis Thorens. Nella lettera Marceau ci ha rivelato l'esistenza di un manoscritto contenente nuove informazioni sulla scomparsa di sua sorella Jade, vent'anni fa.

Delmas sgrana gli occhi come se gli fosse passato davanti un fantasma.

– Posso vedere la lettera, signora Miller?

– Ovvio, sono qui per questo.

Mentre appoggio il plico sulla scrivania, guarda alternativamente il mio viso e i fogli di carta che ha davanti a sé. Li apre con cura.

– Qui sulla carta ci sono delle macchie scure, è sangue. Può spiegarmi come mai, signora Miller?

– Non è niente. Mi sono tagliata aprendo la busta.

Evito di menzionare l'episodio della libreria e della bottiglia di Dalmore. Il suo sguardo si sofferma un momento su di me, come se dubitasse della risposta. Arrossisco contro la mia volontà e, per salvare le apparenze, riprendo un fazzoletto dalla borsa.

Lui legge la lettera con calma, a volte si interrompe fissandomi con insistenza prima di proseguire.

– I soldi, il manoscritto, – mi chiede infine, – li avete recuperati?

– I soldi soltanto. Be', se cosí si può dire… Tre milioni di euro in contanti, messi alla rinfusa in un borsone. Ma nella cassetta di sicurezza non c'era nient'altro.

– Tre milioni...

Delmas aggrotta le sopracciglia e riflette. Quando riprende a parlare, lo fa lentamente come se soppesasse ogni parola.

– Suo marito potrebbe non aver mai depositato il manoscritto nella cassetta... Dopo tutto la lettera non è datata, potrebbe essere vecchia. Oppure non ha finito di redigere il testo? Immagino che agli scrittori succeda. Non essere abbastanza soddisfatto del proprio lavoro, rivederlo ancora e ancora. Tutti quei soldi, invece, mi lasciano perplesso. Non si mettono da parte cosí tante banconote senza motivo...

Si ferma un momento e si gratta la testa, come imbarazzato di condividere il seguito della riflessione.

– Nella lettera... Lui parla di scappare. A cosa allude? E perché l'ha spedita anche ai vostri due amici?

Mi alzo e mi appoggio alla scrivania. Il suo profumo, una fragranza forte di cuoio e spezie, mi dà la nausea. Un effluvio decisamente troppo virile per un tipo come lui, privo di stile, basso e mingherlino. Mi ripugna. Ma devo farmene una ragione.

– Parliamone. Quando ho visto quei soldi, ho subito pensato che Marceau non fosse precipitato da solo da quella parete di merda. Di sicuro qualcuno lo ha spinto. E il manoscritto mica è sparito per caso. Mio marito non mi parlava mai di lavoro, e scoprivo il contenuto dei suoi libri solo una volta pubblicati. Quindi se nella lettera ne parla cosí esplicitamente, significa che esiste. E che è finito. Marceau afferma anche che Jade non è scomparsa, contrariamente alle conclusioni delle indagini di allora. Vent'anni fa è successo qualcosa che ignoriamo. Ha voluto scrivercelo.

Mi rimetto a sedere, di colpo esausta.

– Perché non prima? Perché non ce ne ha mai parlato prima... Non lo so.

Mi perdo un attimo nei miei pensieri. Poi mi impongo di riprendere:

– Ma se il manoscritto è introvabile, c'è di sicuro una buona ragione, capitano Delmas. Marceau è stato ucciso intenzionalmente. Deve credermi.

Il poliziotto non ha smesso di scrutarmi per tutto il tempo. Sembra esitante.

– Sta correndo un po' troppo, signora Miller. Suo marito arrampicava a mani nude. Conosceva i rischi. Lo ha scritto lui stesso nella lettera. Per quanto riguarda il manoscritto, controlli con piú attenzione la scrivania, il computer, la chiavetta Usb, le schede di memoria, i dischi di backup... Probabilmente lo ritroverà. Segua il mio consiglio. E se scopre nuovi elementi, torni da me.

– Mi prende in giro? E la ferita sul viso? È caduto sulla schiena, di sicuro è un colpo che ha ricevuto prima. Che qualcuno gli ha dato.

– Signora Miller... I miei uomini sono arrivati subito sul luogo dell'incidente. Non è stata trovata nessuna traccia, neanche il minimo indizio sospetto. Mi creda, hanno setacciato la zona con attenzione. Per la ferita, il medico legale non ha certezze nemmeno dopo le analisi aggiuntive. In quanto alla sorella di suo marito, il caso risale all'epoca del tenente colonnello Reynaud. È roba vecchia. E Reynaud è un tipo ostinato, se ci fosse stata la minima pista l'avrebbe seguita già molto tempo fa. Ogni anno in Francia vengono registrate nei nostri schedari piú di quarantamila scomparse. Mi perdoni se glielo dico ma, ahimè, il caso di Jade è «banale». Suo marito ha senz'altro messo in moto la sua fantasia di scrittore per inventare un altro finale alla storia della sorella.

Questo Delmas mi prende per scema. Raccolgo la lettera di Marceau e lancio via il barattolo di plastica pieno di penne appoggiato sulla scrivania. Con un gesto deciso, il capitano mi blocca il polso.

– Signora Miller, con me non funziona. La prossima volta che mi manca di rispetto la denuncio per oltraggio a pubblico ufficiale. Sono stato chiaro?

Ci fissiamo a lungo. Ma la sua esasperazione non è nulla in confronto al mio odio. Devo fare a meno di lui, a meno di tutti gli altri. Troverò le prove.

Capitolo 13

Il manoscritto

Ho esitato a lungo prima di scrivere questa storia. Dopo gli eventi mi ci sono voluti mesi per decidermi a riempire tante pagine. Il tempo per la gendarmeria di chiudere il caso e stabilire che Jade era «scomparsa». Ho buttato subito nel cesso tutte le schifezze che i medici mi avevano prescritto per superare la tragedia, ma che mi distruggevano il cervello. Il piú difficile è fatto: mi sono reso conto che non serve a niente aspettare una verità che non arriverà mai. Nessuno ha valutato l'impatto del trauma su di me. La psicologa che ho consultato mi ha definito fragile e ipersensibile – bella scoperta. Ha detto che la perdita di mio padre dieci anni fa ha aperto in me una crepa. Non immaginava a che punto e per quali ragioni. Non poteva, perché non le ho mai dato le chiavi di quel lutto impossibile. Secondo lei la scomparsa della mia sorellina ha aggravato la depressione, sprofondandomi in uno stato di inerzia totale.

Cosí ho deciso di battermi da solo, contro o assieme ai miei demoni, barattando le sedute dalla psicologa con la mia penna. Scrivere dimenticando la finzione, una volta tanto.

È bene mettere nero su bianco qualunque verità? Come immaginare le conseguenze di un racconto che non svelerò mai finché campo? Questa prospettiva mi ossessiona. Si potrebbe pensare – io stesso lo faccio – che questo gesto non sia altro che una fuga: liberarsi da un fardello senza temere gli sguardi esterni. Eppure lo vedo anche come un dovere. Il mio manoscritto come una bomba a scoppio ritardato, perché la verità sopravviva alla mia morte.

Molti casi giudiziari non trovano mai risposta. Nessuno ha dimenticato quel bambino dei Vosgi, nemmeno chi continua a tutti i costi a scavare nel baratro di quella storia per ripescare i segreti affogati nella Vologne.

Penso a Sarah e ai bambini. So che se un giorno trovasse il bandolo della matassa, Sarah lo tirerebbe. Il suo bisogno di capire tutto la rende a volte incontrollabile, imprevedibile... Con questo manoscritto spero di consegnarle le risposte che aspetta. Penserà che avrei potuto farlo prima. Ma non ne sono mai stato capace. Non ne sono capace. Sarebbe devastante. Lei si merita questa confessione postuma, e se la meritano anche i nostri due figli – e oso immaginare che capirà il senso di questa scelta. In quanto ad Alexis e Rollin... con me sono sempre stati di una lealtà inarrivabile. Senza la loro presenza e il loro sostegno, sarei colato a picco da tempo. Il nostro rapporto non ha mai smesso di rinsaldarsi fin dall'adolescenza. In qualche modo sono intimamente legati alla memoria di mia sorella che non si cancellerà mai, grazie a loro. Le vere amicizie si costruiscono nelle difficoltà, non nelle gite di piacere. La nostra amicizia è proprio cosí: solida, inalienabile.

Lavoro a questo manoscritto da anni e anni. Non si tratta in alcun modo di soddisfare un'ossessione letteraria – anzi, provo una nuova sensazione di libertà! –, ma di stabilire in modo sempre piú preciso la verità. Le stagioni che si succedono e il peso del senso di colpa, che cresce con il passare del tempo, portano una nuova luce.

«Scrivere la verità» è anche il mio modo di restituire a Jade la sua storia, compresa quella che non ha potuto vivere. La mia sorellina adorata non conoscerà mai la gioia di vedere crescere i propri figli. Non vedrò mai nessun filo argentato

spuntare tra i suoi capelli, né nessuna ruga incorniciare il suo sguardo. Sono in debito con lei. E poi: scrivere mi ha aiutato a vivere. E a diventare la persona che sono. Questo dovere scrupoloso di confessione ha catalizzato emozioni fino a qui invischiate nel pianto, e che in seguito hanno nutrito i miei romanzi. Un legame incestuoso, dove realtà e finzione si divorano a vicenda.

Fin dal mio primo romanzo ho conosciuto il successo. Una gloria che molti considerano una realizzazione. Eppure essa riposa su ferite intime, le stesse che sfrutto per mascherare la verità che non sono in grado di affrontare. La paura per me è sempre stata un motore. La paura di essere abbandonato, la paura di essere giudicato. La paura del ragazzino che ha combinato un guaio e tace per ritardare la punizione...

Tardare, ritardare. L'ho fatto troppe volte. È giunto il momento.

Per raccontare quello che ho da dire, devo iniziare dall'inizio.

Avevo otto anni quando abbiamo lasciato Nizza. A mia madre si era presentata un'opportunità di lavoro nel reparto di radiologia del Centro medico dello Chablais, a Thonon, in Alta Savoia. Mio padre, al quale la libera professione permetteva di trasferirsi dove voleva, aveva individuato nuovi territori da sorvolare con il suo piccolo aereo, il famoso Savage Bobber. Per me era stata una scoperta importante, la libertà di andare e venire all'infinito. L'incontro con la grande Natura. Trascorrevo la maggior parte del tempo in giro, a zonzo per la regione. Di fronte a quella nuova inclinazione, mia madre ha iscritto me e Jade alla «Maison de la Forêt». L'associazione serviva da succursale dell'ufficio turistico e proponeva numerose attività per bambini. Lí io e Jade abbiamo trovato il nostro ambiente. Anzi, ci abbiamo trovato un rifugio – fin dall'incidente che è costato la vita a mio padre.

Allora avevo dieci anni, e Jade undici mesi in meno di me. Abbiamo attraversato la tragedia come la si attraversa a quell'età. Volevamo essere dei bambini come gli altri, nonostante una disgrazia in piú e un padre in meno. Eppure passavano gli anni e la sofferenza continuava a scorrere in noi. Vivevamo con un fantasma, sperando che da adulti ci saremmo liberati di lui e avremmo scoperto nuovi orizzonti.

L'estate in cui ho compiuto diciassette anni, «La Maison de la Forêt» mi ha assunto come stagionale. Il mio primo lavoro estivo. Jade mi ha raggiunto in quella avventura: come guide di montagna sui sentieri segnalati piú accessibili e praticabili. È lí che io e Sarah ci siamo incontrati. Anche lei era una guida. Il leggero accento valdese e il modo sensuale di arrotare le «r» mi sono piaciuti immediatamente. Ma ancora piú, il fatto che contasse alla maniera svizzera, usando «nonante» anziché «quatre-vingt-dix», che chiamasse le pozzanghere «gouille» o i deficienti «bobets». E poi a ogni piè sospinto mi ricordava che ero un «frouze», un francese.

Sono rimasto subito affascinato dalla forza di Sarah. Dal suo bisogno di libertà. Viveva soltanto nell'attesa dell'estate, di quel periodo felice e selvaggio in cui poteva attraversare la frontiera svizzera e andare a vivere da sua nonna Louise – nella casa che sarebbe diventata «la nostra casa», dove avremmo costruito una famiglia, cresciuto i nostri figli. Sarah non ne avrebbe voluta nessun'altra.

È stato Yves Reynaud, il gendarme, a curare la nostra formazione come guide. All'epoca doveva essere sulla quarantina e, quando poteva, dava una mano all'associazione. Quella vecchia volpe conosceva già la montagna come le sue tasche, un vero segugio. Con lui Sarah si comportava come una piccola selvaggia. Lui tentava sempre di contenere le sue esuberanze. Adesso penso che lei avesse bisogno di liberarsi dallo stress di un intero anno trascorso con i genitori opprimenti a Losanna.

Mi è subito piaciuto fare squadra con Sarah. Dal primo giorno trascorso insieme, la sua presenza mi è diventata indispensabile. Sprigionava un fascino singolare, quello di una ragazza capace di sopravvivere in ambiente ostile. Le foreste immense e il lago erano il suo regno. Già intuivo che, se avessi tentato di addomesticarla, la mia vita sarebbe stata sconvolta per sempre. Per questo mi sforzavo di rimanere abbottonato. Per evitare l'incidente fatale. La nostra amicizia non era priva di liti. Ma ogni discussione ci avvicinava, anziché allontanarci. Ogni parola un po' sopra le righe ci permetteva di capire meglio il linguaggio dell'altro. Di creare un lessico comune. Nonostante l'intensità della nostra relazione, passare al registro amoroso in quel periodo avrebbe cambiato tutto. Entrambi sapevamo che non era ancora giunto il momento.

Ci sono voluti tre anni e una tragedia, perché ci scambiassimo il primo bacio. Viene da pensare che la presenza di mia sorella alzasse tra noi un muro invisibile: solo dopo la sua scomparsa la mia relazione con Sarah ha preso una piega piú intima. Per ora parlo della «scomparsa» perché mi fa comodo. La realtà è molto diversa ed è il motivo per cui scrivo. Il destino di questo testo non dipenderà da nessun editore. Non giacerà nemmeno in fondo a un cassetto o nella cassaforte di una banca. È un airbag che aspetta l'urto per scoppiare e gonfiarsi.

Vado avanti con gli anni. Quindi, scomparsa di Jade. Le indagini per ritrovarla sono state affidate al vecchio Reynaud. Ha organizzato le ricerche, si è fatto in quattro, perlustrando giorno e notte la montagna che pensava di conoscere cosí bene. Era furibondo perché gli resisteva. Proprio lui che ci aveva insegnato l'umiltà di fronte agli elementi naturali. «Ricordate che a ogni stagione, a ogni cambiamento meteorologico, la foresta, la montagna e anche il lago si trasformano». E cosí, dopo la fase delle battute, dei cani, degli elicotteri, delle ricerche sparse, a poco a poco il caso è scivolato in fondo alla lista delle priorità di una squadra di gendarmi scoraggiati. Quel fascicolo ha spento qualcosa in Reynaud. Il giorno in cui è andato in pensione, molti anni dopo, si è portato via gli ultimi scatoloni, trascinandosi dietro anche quel peso morto.

Mi dispiace moltissimo.

Doveva andare tutto diversamente.

Capitolo 14

Sono a secco. Ora conosco il limite del serbatoio, prima dei singhiozzi del motore. La piccola tacca sotto la quale l'ago non deve scendere. La tanica vuota mi batte contro la coscia mentre cammino sul ciglio della strada. Cerco di restare sulla sinistra, nel senso opposto ai veicoli, evitando di prendere una storta tra il margine sconnesso dell'asfalto e le erbacce. Quasi una decina di chilometri mi separa da Évian-les-Bains e quasi altrettanti dal confine svizzero. Sto camminando verso Lugrin. Penso al nome di uno chalet davanti al quale ci siamo fermati spesso io e Marceau, passeggiando nei dintorni. *Vapiplan*. In dialetto savoiardo «Affrettati lentamente». Ironia?

Due chilometri come minimo prima di trovare qualcosa da dare in pasto al motore e tornare indietro. Una punizione che cade a sproposito, ma la colpa è solo mia. Atto mancato? Un desiderio inconscio che tutto finisca?

Sull'altra corsia arriva un veicolo alle mie spalle. Mi giro e faccio un cenno con la mano, alzando la tanica. La signora nel cabriolet, nascosta dietro gli occhiali da sole, non mi calcola. Ovviamente una donnaccia come me non ha nessuna possibilità di appoggiare il sedere sul prezioso tessuto del suo caro bolide. Un misto di sudore, olio, terra e un po' di benzina. Sulla strada per Crétal, poco frequentata rispetto alla provinciale appena sopra, ho ancora meno speranze di incontrare un'anima caritatevole. Rifletto. Camminare mi aiuta a fare il punto della situazione, che riassume abbastanza bene il mio stato attuale: abbandonata sul ciglio della strada, sudicia e appestata, costretta a mendicare un aiuto che pochi hanno voglia di darmi. Sarah Miller, zero. Vuota, come la tanica.

Intravedo il lago tra le case poi, dopo una ventina di minuti, il distributore di Lugrin. Non c'è un cane, e di fronte a me una prima pompa di benzina è fuori servizio, fuori tempo massimo, con l'etichetta sbattuta dal vento. La seconda pompa accetta la mia carta di credito. Sgancio l'erogatore e lascio colare a scatti il carburante nella tanica. La pompa arranca e mi dà l'impressione che stia svuotando il fondo della cisterna. I vapori di benzene mi aggrediscono, mi sporco tutte le mani. Riparto con cinque litri che trasporto di peso, impreco a voce alta, esausta. Mi sono anche schizzata i vestiti di carburante e la giornata è tutt'altro che finita. Faccio passare di continuo la tanica da una mano all'altra. Gli effluvi di benzina mi ricordano le motoseghe rombanti usate dai boscaioli nelle foreste qui vicino. Io preferisco l'odore del legno appena tagliato, dei trucioli che volano via e profumano l'aria, della linfa e della resina, del bosco – un odore che mi fa venire l'acquolina in bocca. Anche a Marceau piaceva respirare la foresta. A volte lo scriveva nei romanzi. Chissà se nel manoscritto saranno presenti almeno un po' di queste cose.

Arrivata al pick-up, svuoto la tanica nel serbatoio: ovviamente una parte cola fuori. Ho un'autonomia sufficiente per raggiungere la persona, forse l'ultima, capace di ascoltarmi, di capire il mio sconforto – e la mia determinazione.

Con il piede premuto a fondo sull'acceleratore mi mangio i nove chilometri rimanenti, poi individuo il bivio selvaggio verso la strada forestale che porta a una proprietà privata nascosta. Il pick-up non ha difficoltà a percorrere il sentiero nel bosco coperto di erbacce. Mentre le estremità dei rami ribelli e delle felci sferzano la carrozzeria, le ruote si conficcano nel tracciato di altri pneumatici fino in riva al lago. Due profondi solchi impressi nel terreno. Dei binari nel caos che finalmente sembrano guidarmi.

Qui, in uno chalet ristrutturato, camuffato tra gli abeti rossi, abita il vecchio Reynaud. Tutto intorno c'è una fitta vegetazione: sento l'influsso, le sensazioni che risveglia in me quando sfioro con le mani la corteccia irregolare di un tronco, quando ficco il viso tra le foglie. Mi ricorda le parole del giornalista e autore Christian Charrière: «Crediamo di osservare la natura, ma è la natura che ci guarda e ci permea». Scendo dal pick-up, cammino un po' e trovo Reynaud seduto sotto il portico dello chalet, con un libro sulle ginocchia – *La macchia umana* di Philip Roth, un romanzo che lascia il segno, l'amarezza singolare di un eroe che ha dovuto abbandonare la sua attività per proteggere un segreto. Seduto sulla sedia a dondolo, a quanto pare Reynaud si era addormentato di fronte al lago. Il rumore del motore lo ha strappato dalla siesta, adesso si sta ancora destando e non dissimula un certo torpore. Fa un mezzo sorriso e parla per primo.

– Quel pick-up lo guidavo io ancora prima che tu avessi la patente. È indistruttibile. Ma puzza tantissimo di benzina. Se vuoi ci do un'occhiata.

Ingrigito, ma forte come una roccia. L'occhio vivace, sempre.

– Non c'è bisogno, sono io che puzzo di benzina. Avrei dovuto dargli da bere prima...

Mi squadra. Mi conosce benissimo. Si avvicina per abbracciarmi. Allora sento il petto sollevarsi, e i singhiozzi risalgono senza preavviso. Lui è la spalla sulla quale sono autorizzata a essere me stessa, a sfogarmi, un po'.

– Manca anche a me.

Aspetta che i singulti si diradino, che mi torni il respiro.

– Ti preparo un caffè. Mettiti comoda, guarda il lago e ascoltalo.

Sono le sue parole rituali, nei momenti difficili. Mi fa un gran bene sentirle oggi. Dal funerale di Marceau non ero ancora venuta a trovarlo. Quando mi lascia la barca in agenzia per delle riparazioni, mi dice sempre parole adeguate. Potrebbe sistemarla da solo, ma è tutta una scusa per passare a trovare me e Karen.

Reynaud appoggia le tazzine da caffè sul tavolo e mi si siede accanto.

– Vuoi che ne parliamo, oppure ti racconto le mie vecchie storie? Sono sicuro di averne ancora qualcuna in serbo.

Gli rivolgo uno sguardo tenero, per dirgli «Non oggi». Preferisco andare dritto al dunque.

– Marceau aveva preparato una cosa qualora fosse... Insomma, hai capito. Io, Alexis e Rollin abbiamo ricevuto una lettera.

– È strano, ma non mi stupisce. Quel disgraziato vuole sempre avere l'ultima parola.

– Ma qui è diverso, ci... Ci ha scritto... a proposito di Jade. Ha scritto che deve dirci la verità.

Reynaud si volta verso di me e riappoggia la tazzina. La sua espressione tradisce il risveglio di una vecchia ferita, profonda, mai rimarginata nonostante gli anni.

– La verità... su Jade? Ma di cosa stai parlando?

– Ha riportato tutto in un manoscritto. Sono andata in banca, quella in cui doveva averlo depositato. Alexis e Rollin erano già lí quando sono arrivata.

Il suo respiro si fa pesante. Non ha piú scampo. Vuole sapere, ovviamente.

– Abbiamo trovato un borsone con circa tre milioni di euro in banconote di piccolo taglio. Ma niente manoscritto.

– Questa cosa, invece, non è da lui. Vi ha detto che l'avreste trovato lí in banca? Hai la lettera? Vorrei vederla.

Reynaud è di nuovo in servizio, reazione da gendarme. Gli trema il foglio tra le mani. Proseguo:

– Io credo che Marceau non sia caduto. Sono convinta che non sia stato un incidente e che qualcuno lo abbia ucciso.

Reynaud distoglie lo sguardo dalla lettera. Mi scruta con un'espressione che non riesco a capire bene.

– Ne hai parlato al comando? – mi chiede finalmente.

– Sí, a quello stronzo di Delmas, che mi ha presa in giro. Non ha mosso un dito.

– Delmas... Un opportunista vanitoso. Ha sempre sognato di cacciarmi via. Uno senza le palle, solo capace di vantarsi.

– Dice che per procedere e aprire un'inchiesta ci vorrebbero delle prove.

– Ma certo, e l'assassino dovrebbe presentarsi con i polsi in avanti, preferibilmente in orario di apertura degli uffici. Che sfigato!

So che posso contare sul vecchio Reynaud. Spero solo di non procurargli rogne. Si alza ed entra nello chalet con passo vivace per la sua età. Dall'ingresso lo sento frugare laggiú nel suo studio, rovistare in qualcosa che suppongo essere un baule metallico. Il soggiorno dove faccio capolino svela il suo universo: vari fucili da caccia appesi alla parete. Armi lucenti, ben tenute. Attrezzatura da pesca in perfetto stato. Piú in là una credenza, cornici con le foto, persone che riconosco, altre no. In una si vede Marceau con me e i bambini. In fondo, dissimulata tra i viventi, Jade in un ritratto di qualche giorno prima della sua scomparsa.

– Sei pronta?

Mi giro come colta in fallo. Cerca con gli occhi ciò che ha attirato la mia attenzione.

– Dove andiamo?

– Dove l'altro imbecille sarebbe dovuto andare seduta stante, nell'attimo in cui lo hai informato della lettera.

Capitolo 15

– Non so che programmi hai per stasera, Sarah, ma l'escursione ci porterà via parecchio tempo.

– Ho mandato un messaggio a Karen per chiederle di tenere i bambini a casa sua.

Stiamo viaggiando da un po', la tensione che mi attanaglia da giorni si è allentata impercettibilmente, e sprofondo sempre piú nel sedile del passeggero. L'aria risoluta di Reynaud e il tepore all'interno del veicolo, al riparo dalle raffiche di vento primaverili, mi rassicurano. Come se lui sapesse esattamente quello che fa e si caricasse parte del mio fardello. Arrivati a Ginevra, Reynaud trova parcheggio vicino alla Hsbc. All'ingresso l'usciere con lo sguardo insistente di certo mi riconosce. Reynaud tira fuori il tesserino da gendarme – scaduto da cinque anni – che placa all'istante le velleità dell'uomo. Reynaud non ha la faccia di uno al quale chiedere conto.

– Dobbiamo farle alcune domande su uno dei vostri clienti.

– Non posso rilasciare questo tipo di informazioni senza autorizzazione.

– Capisco… Ma è importante. Conosceva bene il signor Marceau Miller?

Il viso dell'impiegato perde la tipica impassibilità professionale e si anima. Il nome di mio marito fa spesso questo effetto.

– Ah, Marceau Miller, non era un normale cliente! Mi piacevano un sacco i suoi romanzi. Me li ha autografati quasi tutti.

Reynaud coglie la palla al balzo e addolcisce di proposito i toni della conversazione.

– Se apprezzava l'autore, mi deve aiutare, lo faccia per lui. Potrebbe darci una mano a capire le circostanze della morte. Può dirmi quando si è presentato qui l'ultima volta?

L'impiegato annuisce, visibilmente emozionato. Consulta rapidamente il computer davanti a sé.

– Se posso essere utile... Ecco, era da un anno che il signor Miller non veniva, ma si è presentato tre settimane fa, durante le mie ferie... Peccato, perché non ho potuto fargli firmare il suo ultimo libro... È stato... giovedí 22 aprile, per la precisione.

– Poco piú di una settimana prima della morte, – commenta a voce alta Reynaud. – Può stamparmi quel documento, per favore?

– Certo.

– Vorrei anche vedere le registrazioni delle telecamere di videosorveglianza. A chi mi devo rivolgere? Il signor Miller deve essere stato filmato da una di quelle, – dice Reynaud puntando l'indice sul sistema di sicurezza.

– Per questa cosa, devo chiedere...

L'impiegato lancia una rapida occhiata intorno a sé.

– Ma potrei farvi guadagnare tempo... Seguitemi nella control room... Mi devono un favore.

Reynaud mi precede. Poche ore fa, in questo stesso edificio, mi ribolliva il sangue e mi inalberavo in preda al dubbio e al furore. Adesso ho il cuore che batte ancora un po' rapido, ma le mie intuizioni prendono forma. Stiamo andando avanti, in senso letterale e figurato. Entriamo nella stanzetta buia, con mobili moderni e stracolma di materiale informatico e video, e sto per rivedere Marceau. Marceau proiettato su una decina di schermi in bianco e nero, pochi giorni prima di morire.

– È molto semplice, – comincia il *geek* della Hsbc, dopo che il direttore della banca è stato interpellato e ha dato l'autorizzazione, – basta inserire il giorno e l'ora e peschi direttamente quello che ti interessa. È un sistema fantastico.

Sfilano i secondi. Al centro di tutti gli schermi c'è la porta girevole all'ingresso della banca. Rimane ferma a lungo, poi appare Marceau. Mi tappo la bocca con la mano. Mai avrei immaginato che una scena cosí banale potesse un giorno strapparmi il cuore!

– Le 16.44, – prende nota Reynaud.

– Posso accelerare la velocità per due o per quattro. Cosí becchiamo l'uscita.

– Faccia pure, – dice Reynaud.

– Hop, rieccolo.

Il tecnico procede con il fermo immagine.

– Sono le 17.04. Esce dopo venti minuti con un pacchetto sotto braccio… – constata Reynaud.

Questo conferma ciò che sospettavamo.

Chiudo gli occhi.

– Una busta di carta da pacchi della grandezza di un manoscritto. Il tipo di busta che utilizzava per gli scambi con l'editore.

Reynaud si volta verso il tecnico.

– Mi stampi gli screenshot dell'entrata e dell'uscita con il suo super sistema all'ultimo grido, le dispiace?

Conclusa l'operazione, Reynaud mi spinge piano verso l'uscita, senza dimenticare i preziosi documenti ottenuti.

Raggiungiamo la sua auto. Ha un'espressione molto concentrata, mentre regola gli specchietti che tuttavia non dovrebbero essersi mossi dal nostro arrivo. Mi lascio guidare dalla sua implacabile autorità.

– Ecco un vero lavoro da gendarme. E ora allacciati la cintura, Sarah.

La 4x4 si unisce al traffico, Reynaud manovra tra le file di veicoli al ritmo dei clacson. Si fa strada come un segugio spinto dalla foga di una preda invitante. Non so dove stiamo andando. Sono presa da una leggera preoccupazione, subito cacciata via dalla fiducia che ho in lui. In pochi minuti il vecchio Reynaud ha saputo alleggerirmi di un peso gravoso, dando ragione ai miei dubbi: non sono pazza.

Sfilano i chilometri. Attorno a noi la foresta si infittisce. Dopo un po' svoltiamo verso le montagne. Riconosco la strada, ma stavolta aggiriamo il massiccio e il lago di Neuteu. Quando il sentiero si fa impervio, mi aggrappo alla maniglia. Un sentiero non segnalato, da dove senz'altro è passato Marceau.

– Gli ammortizzatori sono da cambiare, ma mantengono la schiena giovane, – esclama Reynaud.

Da lontano scorgo il resto di un sigillo che delimitava la zona dov'è stato ritrovato il corpo di Marceau. Il vecchio gendarme mi lancia un'occhiata, mentre imbocca una strada secondaria adiacente.

– Far cadere un arrampicatore senza corde, con l'intenzione di ucciderlo, può succedere solo lassú.

Avanziamo in una via percorsa di rado, l'erba raggiunge l'altezza dei finestrini. Nient'altro che una pista dimenticata per girovaghi o bracconieri. Non sale fino alla cima, ma ci fa avvicinare. All'improvviso il fondo del veicolo raschia contro qualcosa. La 4x4 fa un salto. Reynaud stringe i denti e rallenta. Percorre ancora qualche metro, poi dà un'occhiata nello specchietto retrovisore e si ferma.

– Non si riesce ad andare oltre. Ma siamo vicinissimi, – dice slacciandosi la cintura di sicurezza.

Mentre scendo dalla 4x4, un odore di fumo, di erba secca bruciata, mi riempie le narici. Reynaud si dirige verso la roccia che ha urtato il telaio della 4x4. Lo raggiungo.

– Se è successo a me, è successo anche ad altri. Nelle ultime settimane la vegetazione non è per niente cambiata.

– Cosa cerchiamo di preciso?

– Se vieni con l'intenzione di uccidere, devi essere sicuro di poter scappare in fretta. Per precedere l'ascensione di Marceau, ci vuole un elicottero oppure arrivi nei dintorni con una 4x4. L'elicottero però potrebbe dare nell'occhio.

Mi guarda mentre annuso l'aria. Ritorno a essere quella ragazza che ascoltava le lezioni sulla foresta.

– Da quale direzione arriva l'odore, Sarah?

– Stavo proprio cercando di capire.

– Ricordati cosa ti ho insegnato.

– La direzione del vento... Ma siamo in alto, e in mezzo alla foresta... non saprei.

– Sarah, che odore è?

– Combustione di erba secca.

– E quindi?

Faccio mente locale. Non voglio deluderlo.

– Le api. Affumicano un alveare. Degli apicoltori!

– Bene! E adesso ragiona, Sarah. Dove si potrebbero sistemare delle arnie qui nei dintorni? Cioè, quale può essere un posto al sicuro e comunque di facile accesso?

Mi guardo attorno con tutti i sensi in allerta. Ascolto la foresta. Respiro profondamente, come un predatore in cerca della preda.

– Lassú! Risalendo fino al limitare degli alberi, prima della radura.

Mi tende una mano e aggiunge al gesto le parole.

– Andiamo a vedere.

Risaliamo il sentiero tagliando attraverso gli alberi. Dopo pochi passi Reynaud mi indica con il braccio un veicolo parcheggiato piú su. Il portellone è spalancato, due apicoltori si alternano per svuotare le arnie dai preziosi telai con i favi carichi di miele. Reynaud mi fa cenno di fermarmi. Lo vedo esaminare i dintorni con lo sguardo. Mi avvicino a lui, un ramo scricchiola sotto i miei passi. I due apicoltori in tuta bianca con indosso la maschera, a metà strada fra quelle usate nella scherma e dalla Nasa, si girano verso di noi. Percepisco un attimo di esitazione, come se fossero pronti a scappare.

– Veniamo in pace, – esclama Reynaud, invitandomi ad alzare le braccia come lui.

Ci avviciniamo. L'odore di fumo si fa piú intenso. Per poter accedere al miele senza difficoltà affumicano le arnie, cosí che le api diventino paradossalmente piú inoffensive e si raggruppino attorno alla regina, concentrandosi su un altro pericolo.

Gli insetti disorientati cominciano a volare a decine attorno a noi. Invece le api che viaggiano e non riescono a tornare all'alveare sono eccitate. Le scaccio con il rovescio della mano appena si avvicinano troppo.

– Rimanete a distanza, non venite avanti altrimenti vi pungono, – esclama uno degli apicoltori.

Si scambiano un cenno del capo. Uno di loro ci viene incontro, si libera delicatamente dagli insetti che si aggrappano alla tuta. Quando è davanti a noi, solleva la maschera.

– Non state qui. Non vogliamo problemi.

– Facciamo presto. Solo qualche domanda, ma non sulle api, – risponde Reynaud mostrando il tesserino da gendarme.

– Sentite, troviamo un accordo. Abbiamo un *deal* con un vostro collega.

Evviva, dei bracconieri. Lascio che Reynaud prosegua l'interrogatorio.

– Del bracconaggio me ne frego, – continua, – non sono qui per questo.

– Volete del miele?

La proposta strappa un sorriso al vecchio Reynaud.

– No, ma di sicuro è il migliore della regione.

– Certo, perché nessuno porta le arnie fin quassú.

– Quando le avete sistemate qui?

– Quattro o cinque mesi fa.

– Avete notato dei veicoli nei paraggi?

– Da qui non passa mai nessuno, è per questo che ci veniamo. C'entra con il cadavere che hanno trovato due settimane fa, vero?

– Infatti.

– Dicono che il tizio arrampicasse senza corde. Che razza di deficiente.

Sento che sto per sbottare.

– Calmati, Sarah, – anticipa Reynaud appoggiandomi una mano sulla spalla. – Dica al suo collega di avvicinarsi, per favore, è importante.

L'uomo sta azionando energicamente il soffietto dell'affumicatore, creando una voluminosa nuvola di fumo vicino alle arnie. Interrompe il lavoro e ci raggiunge.

– L'incidente per noi è stato un bel casino. Con tutta quella gente abbiamo dovuto lasciare le arnie senza sorveglianza per piú di una settimana.

– Ma forse avete visto qualcuno o sentito qualcosa subito prima dell'incidente? O il giorno stesso?

– In questo periodo vengo ogni due o tre giorni. La vigilia dell'incidente c'era stato parecchio vento, e capita che un ramo rovini un'arnia. Ero venuto a controllare in tutta fretta. Ho sentito un motore. Faceva un rumore un po' diverso dal vostro. Era qualcuno che perlustrava la zona. Mi sono nascosto. Temevo fosse un poliziotto.

– Ma in che senso nascosto? Non ha comunque cercato di vedere chi fosse? Che ore erano?

Il tizio scrolla le spalle.

– Noi non vogliamo casini. Meglio non farci vedere. L'ora me la ricordo, era la pausa pranzo.

– Ma che tipo di rumore faceva quel veicolo?

– Un rumore di motore, non so che altro dire. A parte che il tizio aveva l'assetto dell'auto troppo basso. Come voi. E quindi ha grattato per terra con il telaio. Un baccano del genere fa scappare tutta la selvaggina in un raggio di cinque metri.

Lancio un ultimo sguardo agli apicoltori. Reynaud si congeda, torniamo indietro.

– Ci restano due ore di luce prima che cali la notte. Cerchiamo di salire fino in cima. Bisogna chiamare la Scientifica per fare esaminare la roccia che ha graffiato il telaio della nostra macchina e del tizio.

Si gira verso di me; ha gli occhi illuminati dalla passione, come quando era ancora in attività.

– Lo sai che sotto il tunnel de l'Alma, a Parigi, con una sola scheggia di vernice gli esperti sono risaliti alla Fiat Uno che ha urtato la Mercedes di Lady D? Hanno potuto individuare la marca, il modello e l'anno di fabbricazione. Anche Scotland Yard era impressionata. Quella volta i francesi hanno fatto un figurone, ed era il 1997!

Reynaud rimane ancora perso nei suoi pensieri per qualche secondo, poi riprendiamo il cammino.

Ci vogliono circa venti minuti a piedi attraverso la fitta foresta per raggiungere la cima, dal versante opposto alla parete verticale scalata da Marceau. Una traversata del genere deve per forza lasciare tracce, indizi. Ma chissà se ci salteranno agli occhi. Bisogna trovare la via piú breve o la piú «praticabile» in questo universo di natura selvaggia. Non ci siamo messi d'accordo, ma entrambi sappiamo qual è la nostra missione. Riaffiora in superficie l'angoscia delle ricerche per Jade, vent'anni fa. Vedere l'altro avanzare al nostro fianco, non perderlo di vista, battere, sondare, annusare ogni minimo dettaglio, rami spezzati in modo anomalo, impronte di passi, di sangue, brandelli di stoffa – tutto e niente allo stesso tempo. Gli occhi ovunque, in alto, in basso, davanti, di lato e anche dietro, nel caso...

I rami mi graffiano le braccia, l'ascesa è impegnativa, come se la foresta mi tirasse indietro. Dopo trenta minuti di salita, esausti, raggiungiamo finalmente la cima. Qui c'è un cornicione, poco meno di venti metri quadrati in affaccio sul vuoto.

Vertigini.

Siamo sul bordo del precipizio.

Il panorama delle montagne in lontananza e del lago è mozzafiato. Ecco una parte di ciò che Marceau veniva a cercare qui, oltre all'adrenalina: l'isolamento, una forma di libertà... e quello che non diceva. Solo al mondo, su un trespolo proibito. Reynaud mi fa segno di non calpestare il terreno sabbioso, sperando di raccogliere eventuali tracce. Saliamo sui massi attorno allo strapiombo.

– Dovranno analizzare tutto quanto, e anche in fretta.

Stringendo gli occhi, noto delle strisce particolari sul terreno. Reynaud le stava già osservando.

– Sembra che qualcuno abbia cancellato i suoi passi con cura, probabilmente aiutandosi con un ramo. Sarà necessario raccogliere tutti i rami spezzati qui in giro.

Mi guardo intorno: di rami ce ne sono ovunque. Sarà un inferno. Reynaud giunge alla stessa conclusione. Scandaglia la foresta con gli occhi, aggrottando appena le sopracciglia. È il primo segno di scoraggiamento che si lascia sfuggire dall'inizio di questa storia.

Sulla strada del ritorno sono sopraffatta dalla stanchezza. In montagna è uno dei primi pericoli che può costare un incidente: il calo d'attenzione. Rallento il passo. Reynaud se ne accorge e si avvicina. Reynaud sempre fedele. Nel momento in cui mi aspetto che mi appoggi una mano sulla spalla, lancia una bestemmia e si ferma di colpo. Alza un braccio in aria nella luce del giorno che cala. Ha trovato qualcosa.

Capitolo 16

Sono attraversata da una sferzata di energia. In questo momento mi occorrono l'ostinazione e la volontà di Reynaud. Alza davanti a me un ramo con cui è riuscito a raccogliere, senza toccarlo, un oggetto decisamente riconoscibile: una cinghia da alpinista per trasportare l'attrezzatura. Smarrita qui nei paraggi, dove non viene mai nessuno. Un posto che non figura tra i siti per arrampicata e che non presenta alcuna traccia del recente passaggio di un alpinista. Soltanto Marceau, che amava con tutto sé stesso queste cime, e che odiava altrettanto regole e raccomandazioni, poteva avventurarsi su un picco cosí isolato. I miei ultimi dubbi si stanno dissipando, forse è l'inizio di una pista.

A poco a poco l'oscurità riveste la foresta; dobbiamo andarcene. La luce cala in fretta sotto le chiome. I tronchi diventano grigi, i colori si spengono man mano che torniamo a casa. I nostri passi sono malfermi. Ogni sforzo mi costa parecchio, e mi sto facendo prendere da una certa agitazione – sono al limite dello sfinimento. È tempo che la giornata volga al termine.

Per scendere a valle al volante della 4x4, Reynaud manovra con difficoltà. L'abitacolo è scosso da violenti sobbalzi. Poi il sentiero informe e nascosto lascia spazio a una strada piú praticabile. Finalmente i sussulti si placano. Il mio cellulare si mette a vibrare; mail, sms e chiamate perse si agitano sullo schermo. Lasciando il picco isolato e la foresta siamo usciti dalla zona senza campo. Appena giunti a valle, è tornata la civiltà. Consulto lo smartphone.

Con Benjamin e Hermione tutto a gonfie vele, nonostante la situazione.

Le parole di Karen mi tranquillizzano a metà. Hermione in questo periodo sa essere odiosa, e Benjamin riproduce il comportamento di suo padre: si tiene a distanza.

Sarah, dobbiamo vederci, dobbiamo parlare.
Sono preoccupato per te.

Alexis. Tutta questa storia ha fatto esplodere il piccolo cerchio che conteneva l'intero mio mondo. Marceau, cos'hai scatenato?

Nell'auto nessuna parola squarcia il silenzio. Si sentono solo cigolii meccanici. La mia mente corre. Uno scervellarsi che mi ubriaca e destabilizza, e mi sembra di perdere il controllo. Reynaud non stacca gli occhi dalla strada. Non so cosa gli passi per la testa: il suo viso appare chiuso, i tratti duri, preoccupati. Questa giornata mi ha scombussolata del tutto.

Scende la notte, i fari illuminano l'asfalto. Lasciamo la strada principale. La segnaletica a terra si smorza. Reynaud rallenta appena all'approssimarsi del sentiero forestale che porta al suo chalet. L'alone dei fari scaccia la fauna notturna, che scompare in fretta tra gli alberi. Lontano, lo scintillio discreto del lago mi ipnotizza. All'improvviso due lampi luminosi sbucano tra le alte felci e le conifere. Reynaud schiaccia il pedale del freno. Gli pneumatici sdrucciolano per due metri. Un cervide, ormai adulto, sfiora la parte anteriore del veicolo, proprio davanti al parabrezza. D'istinto Reynaud butta il braccio su di me per proteggermi. Il mio cuore batte all'impazzata. Sono stata sorpresa quanto lui da quell'apparizione. Viste le mie condizioni attuali, se fossi stata al volante, l'animale avrebbe di certo sfondato il vetro. Reynaud mi rivolge uno sguardo benevolo, quasi paterno.

– In questa stagione ce ne sono tanti. La sera li sento dal terrazzo. A volte li vedo passare come ombre sotto la luna. Rimarrei per ore a guardare le sagome stagliarsi sul lago dove vengono a bere.

Capisco perché si sia infatuato di questo posto, ancora molto selvaggio e cosí isolato. Quando ferma il motore e soprattutto spegne i fari, il lago si svela furtivamente. Contemplo l'immensa distesa scura, a tratti scintillante, picchiettata dalle luci sparse di barche ancora in viaggio. Quel volume colossale di acqua dolce racchiuso tra le montagne ha sempre esercitato su di me una forza magnetica. Conosco il sapore del Lemano e la sua temperatura a ogni stagione dell'anno. So che mi fa stare bene quando mi avvolge. Dalla proprietà di Reynaud parte un sentiero che permette di accedere alla riva. Mi lavo le mani nell'acqua scura della notte. Mi sfrego il viso, mi pettino. Non vedo il mio riflesso, forse è meglio cosí. E mi volto verso Reynaud, in piedi accanto a me.

– Grazie… per quello che fai.

– È normale, Sarah… Le cose si annunciano piuttosto complicate.

Si gira appena e mi chiede timido:

– Sei in grado di tornare a casa? Se vuoi, puoi dormire qui.

– Ce la faccio, devo anche recuperare i bambini.

– Riposati. Lo sai cosa ti aspetta domani.

Reynaud mi affida il sacchetto che ha preparato con il frutto della nostra raccolta di oggi. Mi abbraccia. Inspiro profondamente per tenere ancora a freno ciò che mi sconvolge. Poi salgo sul pick-up. Rimango un momento seduta senza mettere in moto e mi ripasso in testa gli avvenimenti della giornata, come fossi stordita.

Un ultimo sguardo a Reynaud, già entrato nello chalet. Dalle ampie finestre lo vedo maneggiare il fucile da caccia. Apre la culatta, lo lucida, considera la lunga canna e introduce una scovolino sottile con un'asta flessibile.

Anche lui si sta preparando.

Parte terza

La figlia del lago

Capitolo 17

– Giornata lunga? Hai i capelli pieni di foglie e rametti.

Karen mi porge una tazza. Appena tornata a casa, sono crollata sul divano. Karen ha sentito il pick-up e ha preparato subito il caffè. Quello al cardamomo, che mi ha portato dal suo viaggio in Turchia. L'avevo messo in fondo alla dispensa senza mai assaggiarlo. Mi dibatto come un animale sfiancato. Lei mi squadra con tristezza. Non oso immaginare in che stato sono. Sporca, brutta e devastata? Karen continua a parlare, fa finta di niente.

– I bambini non hanno bisticciato tanto. Ma Hermione ha proprio i nervi a fior di pelle... e il balbettio di Benjamin è peggiorato dall'incidente di Marceau, o sbaglio?

Contemplo il caos intorno a me e ascolto con un orecchio solo. Traduco «non hanno bisticciato tanto» con «sono stati insopportabili». La mia casa sta diventando un vero bordello. Mi sento ancora piú sudicia e impotente. Il caffè non basterà.

– Ho aggiustato la finestra vicino alla libreria. Si è rotto un vetro? Finché non lo sostituisci, ho trovato nell'hangar un po' di nastro isolante e un pezzo di cartone.

– Grazie, Karen.

– Poi ho trovato una bottiglia di Dalmore in giardino... Ne rimane un dito. Ne vuoi un po'?

Mi rivolge un sorriso complice e appoggia la mano sulla mia. Stringo il pugno.

– A questo punto, tanto vale finirla.

Karen porta due bicchierini e li riempie. Giurerei che la testa di cervo sulla bottiglia mi stia sfidando a bere il *single cask* alla goccia.

– Ci vorrà un po' di tempo, – comincia Karen dopo un sorso. – Ma... sono sicura che ritroverai un equilibrio... nonostante l'assenza di tuo marito.

Ne dubito. Però voglio tagliare corto. Nemmeno lei riesce a pronunciare il nome di Marceau, qui in casa sua. È ancora troppo difficile. Allora alzo il bicchiere senza ulteriori formalità, apprestandomi a vuotarlo in un colpo solo.

– Visto il prezzo, meglio gustarselo.

Karen e il suo impeccabile sorriso sulle labbra.

Fermo il bicchiere ad altezza narici. Questa volta ne riconosco gli aromi zuccherosi. Profumo di banana mescolato a... pasta di mandorle. Questo cazzo di whisky costosissimo mi ricorda la mela caramellata di una misera sagra di paese. Riappoggio il bicchiere.

– Scusami se in questo periodo ti chiedo tanto.

– So cosa stai attraversando... Rollin mi ha raccontato della cassetta di sicurezza in banca, dei soldi e... del manoscritto.

Non le dico cosa abbiamo scoperto io e Reynaud. Stasera non ho la forza di scendere nei particolari, rimestare in una vicenda che mi torce le budella.

– Sarah, lascia che ti dia una mano con i bambini.

La guardo con sincero stupore, in qualche modo un po' offesa.

– So che forse non dovrei immischiarmi... Ho sistemato un po' per aiutarti... E... ho trovato questo.

Ha in mano il diario con i voti di mio figlio. Lo apre a una pagina precisa e me lo porge. La scuola ha scritto diverse annotazioni, per me – mai lette, mai firmate. Esplosioni di rabbia di Benjamin in classe, due assenze non giustificate, pasti saltati in mensa. Allora mi vengono in mente le richieste di appuntamento lasciate dall'insegnante nella segreteria telefonica. Non ho mai richiamato. Era Marceau che gestiva i problemi scolastici. Cambiare queste abitudini mi sembra insormontabile.

– Dove l'hai trovato?

– Sotto la libreria, quando ho spazzato le schegge di vetro.

La pessima madre è smascherata. Mi assale la vergogna. Cieca nella mia stessa casa. Come avrei potuto trovare il diario: ho eliminato la parola «pulizie» dal mio vocabolario. Karen si morde il labbro inferiore. Reggo il suo sguardo. So bene cosa le ispiro: solo pietà. Io che ho sempre ostentato con orgoglio una sete feroce d'indipendenza. Marceau amava la guerriera che era in me. Cosa penserebbe se mi vedesse oggi? Anche lui proverebbe pietà?

– Ho aiutato Hermione a fare i compiti, – riprende Karen. – So che voi due state attraversando un periodo difficile.

– Non riesco piú a comunicare con lei. Se tu ce la fai, sei fortunata. Potrei pagarti per venire qui.

Karen scrolla la testa con un sorriso teso sulle labbra. È punta dalla mia ironia.

– Stasera dopo cena mi ha proposto di preparare una tisana. Mentre era indaffarata in cucina, sono andata in camera sua a posare dei vestiti che avevo piegato. Ho notato una scatolina fatta da mia figlia, hai presente, la scatola che Hermione ha decorato con le foto di loro tre. Quelle del campeggio in giardino, l'estate scorsa, quando Zoé ha dormito da voi per alcune sere.

Non sono in vena di parlare di *scrapbooking*.

– Insomma, Karen, cos'hai trovato?

Prende un respiro e mi lancia di getto:

– Hermione ci nasconde delle sigarette rollate. Che non hanno soltanto odore di tabacco...

Abbasso lo sguardo verso il tavolo. Allungo il braccio, e questa volta il Dalmore scende giú alla goccia.

– L'abbiamo fatto tutti, Sarah, le passerà.

– Non avevamo dodici anni quando lo facevamo.

In fondo la cosa che piú mi ferisce è scoprire i primi veri problemi di mia figlia dalla voce della mia amica. Hermione inizia l'adolescenza in un caos tremendo, e io non sono presente per proteggerla. Il senso di colpa è un pessimo vestito quando te lo senti addosso. Prude, si appiccica.

Rimaniamo in silenzio alcuni minuti, non sappiamo piú cosa dirci. Karen si alza e fa per andarsene.

– Domattina mi devo alzare presto. L'agenzia... Riposati. Lo so che non sopporti l'idea di non lavorare, ma prima devi pensare a te stessa. Fatti una bella doccia calda, ti sentirai meglio, e infilati a letto.

Mi abbraccia e si chiude la porta alle spalle. La misura è colma: mi dicono anche di fare la doccia, come ai bambini. All'improvviso le lacrime mi bagnano le guance. Per oggi pensavo di non averne piú. Mi faccio schifo. Mi sale la nausea, ho il viso in fiamme. Non riesco a raggiungere il lavello e vomito sul parquet. Ci mancava solo questa – lo sporco al sommo grado. Per le scale dei passi discreti risalgono verso le camere. Mi sento troppo vuota per seguirli. La madre indegna rimarrà nascosta nell'ombra e cercherà di pulirsi da tutto. A cominciare dal vomito sui vestiti.

L'acqua sale piano piano nella vasca. Prima di immergermi, decido di andare a ispezionare il territorio di Marceau, il *suo* studio. Frugo per dieci minuti buoni tra le mensole, dentro i mobili. Niente. Nessuna traccia del manoscritto. Rimane soltanto il computer di Marceau, che però non riesco a controllare. Non so la password. Provo una serie di combinazioni, ma nessuna mi fa accedere a questo cazzo di computer. La moglie che conosce cosí bene l'uomo della sua vita, tanto da entrare nei suoi pensieri e indovinare la sua password? Esiste solo nei romanzi o nei film.

Uno *splash-splash* insistente turba le mie ricerche. Il bagno.

– Merda!

Attraverso il corridoio di corsa. La vasca da bagno trabocca. Il sistema di scarico è tappato. Adesso capisco dove sono finite le saponette che spariscono dopo essere state lavorate come pongo da Benjamin... Apro il tappo per qualche istante, quanto basta ad abbassare il livello.

Abbandono la ricerca persa in partenza, mi immergo lentamente nella vasca diventata piscina a sfioro. Il mio corpo sparisce sotto la schiuma, ma non le mie domande ossessive. Fra le quali la piú semplice e la piú insopportabile: «Dove cazzo è il manoscritto?»

Il calore dell'acqua riesce ad avvolgermi il corpo in un torpore che non mi aspettavo piú, ma le domande danzano in superficie come galleggianti da pesca. Immergo la testa sott'acqua il piú a lungo possibile, poi riprendo fiato. E cosí via, finché non mi si raggrinziscono i polpastrelli.

Rimango nella vasca mentre si svuota. E faccio scorrere i ricordi di Marceau – solo lí posso sperare di vedere ciò che non ho ancora notato. Ricordo il suo odore, il sorriso, la voce, la bocca, gli abbracci... La tortura che mi infliggo mi attraversa la carne, già tremante per l'aria fredda, adesso che l'acqua non mi protegge piú.

La schiuma mi scivola sulle gambe, sulla caviglia destra, rivelando l'unico tatuaggio. Il lago circondato dalle montagne e nel cielo il piccolo aereo, quello che Jade mi aveva scongiurato di non dimenticare. Mi aveva mostrato quel disegno l'estate prima della sua scomparsa, il giorno dell'esame di Marceau per il brevetto da pilota. Con uno sguardo e un'intensità mai viste prima, Jade mi aveva chiesto se volevo farmelo tatuare sulla caviglia destra, insieme a lei. Ricordo ancora le sue parole:

Figlie del lago Lemano, delle sue montagne e del suo cielo, ormai abbiamo affrontato insieme il battesimo dell'aria... Eredi del sogno di mio padre, ravvivato dal volo di Marceau sopra queste acque.

La sua voce carica di emozione mi risuona ancora nelle orecchie. Per lei era importantissimo. Anche per me. Il lago, le montagne, Jade e Marceau. E cosí quel giorno ci eravamo fatte tatuare entrambe dallo stesso bel ragazzo coperto d'inchiostro dalla testa ai piedi. Ricordo che gli piaceva Jade, come a tutti gli altri maschi.

Ho la pelle d'oca e mi avvolgo in un asciugamano. È ormai mezzanotte, bisogna andare a dormire. In mutande e maglietta, mi infilo sotto il piumone. Allungo la mano dalla parte destra del letto. Sento la leggera conca del materasso, il segno della presenza di Marceau al mio fianco. Non voglio che sparisca. Stringo i denti aspettando che la coscienza mi abbandoni. Gli scatti delle gambe mi disconnettono dal mondo, lo sento. Ma è il seguito che mi fa paura. Ogni notte si ripete la stessa scena: scivolo qualche ora nel sonno, poi arriva l'incubo. Durante una scalata la mano di Marceau manca l'appiglio. Vedo che la agita nel vuoto, poi la tende verso di me, ma io non riesco ad afferrarla, come se avessi perso il controllo degli arti. Grido a squarciagola, lui articola una risposta, non sento niente. Mi assillano le immagini della cima su cui siamo saliti oggi pomeriggio. Questa visione dettagliata è nuova e mi spaventa. Mi chino sul burrone, Marceau mi sfugge, si dibatte nel vuoto, urla terrorizzato, ma è come se una spessa lastra di vetro infrangibile ci separasse. Non posso fare niente per lui. Percepisco solo l'immagine, senza suono. Lui mi sta dicendo qualcosa. Mi avvicino ancora per cercare di sentirlo, spaventata dal pericolo e dal vuoto, poi precipito anch'io, nessuna presa a cui aggrapparmi. Lo vedo sfracellarsi a terra e scomparire, mentre lo raggiungo a una velocità spaventosa. Il cuore mi esplode in petto, incrocio le braccia davanti al viso e scatto a sedere sul letto.

Sudata, ansimante, soffoco.

Allora mi alzo, come quasi tutte le notti, scendo le scale ed esco di casa. Sconvolta, perseguitata dalle mie tenebre, ho bisogno di ritrovare *lui*. Mi sento aggredita da ogni parte, come assalita nel mio limbo da un nugolo di pipistrelli invisibili. Di solito dopo pochi minuti riesco a uscire dall'incubo. Non questa notte. Questa notte attraverso il giardino a piedi nudi, poi corro sul pontile, dritto verso il Lemano, e salto. L'acqua gelida della notte mi avvolge. Paralizzata dal freddo, non reagisco subito e sprofondo nel lago con la mente altrove, ancora addormentata, come se lo shock non bastasse a riportarmi alla realtà. Inghiottita nell'abisso opaco, non distinguo assolutamente nulla, nemmeno le bolle che soffio via urlando la mia rabbia. Tra pochi secondi mi mancherà l'aria. Allora mi dibatto, colpisco demoni invisibili. In realtà non nuoto, affondo sempre di piú. La pressione dell'acqua sui timpani diventa insostenibile. Ho appena superato il limite dei quattro metri di profondità. *Sto per annegare*. I polmoni sono sul punto di aprirsi, implorano aria vitale. Riesco a non respirare ancora per un po'; dalla bocca mi escono le ultime bolle.

Sono la figlia del lago, delle montagne e del cielo. Il Lemano è sempre stato qui per me.

Capitolo 18

Il manoscritto

Durante la prima estate come guide di montagna, Reynaud ci ha impartito le poche giornate obbligatorie di formazione. Ci costringeva ad annotare sui taccuini le sue raccomandazioni. «Per diventare guide bisogna ascoltare, conoscere e capire la montagna». «Accompagnerete i gruppi e sarete responsabili. Non dimenticate mai le regole fondamentali, anche sui percorsi che fate ogni giorno, soprattutto lí. Bisogna sempre diffidare maggiormente di quelli che conosciamo meglio...» Non avevamo la certezza che Reynaud parlasse soltanto dei sentieri escursionistici.

Io, Sarah e Jade eravamo entusiasti, ma non coglievamo la vera portata delle sue parole. Spinti dalla spensieratezza, aspettavamo solo il giorno in cui avremmo abbandonato i taccuini e le lunghe lezioni, i divieti e gli ammonimenti per godere finalmente delle gioie del lago. Non basterebbe una vita intera per esplorare e capire l'inafferrabile Lemano. Trasportavamo i kayak da una spiaggia all'altra sui ciottoli, sulla sabbia o sull'erba, a seconda dei luoghi. Poi, con grandi pagaiate, ci allontanavamo dalla riva spruzzandoci a vicenda. Una gara che vincevo spesso, tranne quando Sarah e Jade si coalizzavano contro di me. Credo che il legame tra Sarah e Jade si sia consolidato grazie a quelle intese. Le figlie del lago, le figlie delle montagne e presto, grazie al mio brevetto di pilota, le figlie del cielo sopra il

Lemano. Ho mantenuto la promessa, ho ottenuto il brevetto. E le ho portate in volo sopra il lago.

Già da bambino sognavo solo di volare. In cucina papà imbarcava me e Jade nelle sue storie d'aereo, finché nostra madre gli chiedeva di atterrare. Allora papà fingeva di interessarsi al contenuto del piatto, e appena finito di mangiare filava nell'hangar a coccolare il Savage Bobber. Dotato di grossi pneumatici anteriori, non è certo la prestazione né la velocità a caratterizzarlo. Piuttosto era la capacità di «short take off», decollo e atterraggio a velocità molto bassa su appena pochi metri, a sedurre mio padre. Ha portato me e Jade cosí tante volte in volo sul lago e sulle cime del Monte Bianco che la carta della regione ci si è impressa in rilievo nella memoria. In rare occasioni, quando a bordo eravamo soltanto noi due, mio padre mi permetteva di tenere i comandi con le mie manine di bambino. Ed ero sempre attraversato da un brivido, che mi percorreva dai polpastrelli alla nuca, fino in fondo al cervello: volavo davvero. Mamma non doveva venirlo a sapere, ovviamente. Ma io l'avevo detto a Jade, la sera stessa. Certe promesse di bambino diventano bei ricordi, altre sono fardelli pesanti che corrodono l'anima. E cosí lei si è ingelosita, credo. Ma io e mia sorella condividevamo tutto – segreti, paure, grandi emozioni: nessuna frustrazione ci avrebbe separati.

Quando il Savage Bobber si è inabissato nel Lemano, non sono guarito dal virus che mio padre mi aveva inoculato. Peggio, dovevo tramandarlo, scongiurarlo, dimostrarmi piú forte di lui. Era diventata un'ossessione. Quando ho compiuto quindici anni, l'età minima per iniziare a volare in doppio comando, mia madre non mi ha dato il permesso. Ho dovuto aspettare un anno, prima di poter accumulare le ore di volo, e mi sono presentato all'esame di pilota privato a diciassette anni. Quando sono tornato con il brevet-

to, cappello in testa e occhiali da sole sul naso, ho letto nel suo sguardo l'orgoglio, nonostante la contrarietà. Lo stesso sguardo che una volta rivolgeva a mio padre. In un certo senso stavo scongiurando il destino. Ero diventato adulto ai suoi occhi, e cercavamo di voltare pagina. Mia madre aveva compiuto la sua missione. Nonostante i miei sforzi, non sono mai riuscito a convincerla a rimettere piede su un aereo. Da casa ci osservava sorvolare il lago, con un'ansia che l'avrebbe abbandonata soltanto al suo ultimo respiro.

L'arrivo di Sarah nel nostro gruppo ristretto ha portato subito un'immensa ventata d'aria fresca, simile a quella che serpeggia tra i valichi alpini a inizio primavera. Sarah e Jade erano unite da una singolare complicità. Se non fosse stato per l'accento svizzero di Sarah, le avrebbero scambiate per sorelle. Quando portavo Jade con me in volo sopra il lago e le montagne attorno, a volte chiudevo gli occhi e lasciavo che fosse lei a guidarmi, come nelle corse a mosca cieca in giardino quando eravamo bambini. Ci conoscevamo cosí bene che i suoi occhi, le sue parole e persino il tono della sua voce diventavano miei. A volte mi appoggiava le mani sulle spalle e pilotavo per interposta persona. Sempre con gli occhi chiusi, trasferivo la pressione di Jade dalle spalle ai comandi di direzione del Savage Bobber. Dopo poco anche Sarah ha voluto condividere quei momenti in volo. Jade era sinceramente entusiasta. Temeva che la mia passione per gli aerei scavasse un solco invisibile tra me e la sua amica. Sarah ha scoperto per la prima volta la bellezza del territorio visto dall'alto. Se n'è innamorata ancora di piú, e credo che in quel periodo il suo amore si sia riflesso pure su di me che le permettevo quella relazione esclusiva. Mi ha aperto nuovi spazi da sorvolare, e me ne raccontava la storia. Per me lei era già un vero e proprio libro aperto, e a ogni capitolo mi affezionavo di piú.

Poche settimane dopo il nostro primo volo, mentre andavamo a fare il bagno, ho notato quel disegno sulla caviglia. E ho capito perché evitavano di venire a fare un tuffo con me, anche se da due settimane l'estate era già al culmine. Il tatuaggio doveva cicatrizzare. Quando mi sono avvicinato alla caviglia di Sarah, mi si è stretto il cuore. Il disegno era tale e quale a quello di Jade che, già in acqua, mi guardava silenziosa.

E Sarah mi ha raccontato... la sua versione.

– Rappresenta me e Jade. Ci siamo fatte entrambe tatuare il suo disegno sulla caviglia.

Doppio colpo di scure. Davanti a Sarah mi sono trattenuto, ma piú tardi ho fatto promettere a Jade di non andare mai oltre quel tatuaggio. Aveva inchiostrato parte del segreto sulle loro caviglie. Era pericoloso. Oggi il manoscritto è depositario di quella storia.

Il legame tra Jade e Sarah era cosí forte che non potevo oppormi a tutto.

Scivolavano nelle acque trasparenti del lago con la naturalezza dei fera argentati, i coregoni tipici del lago, che ondeggiano graziosi tra le correnti invisibili. Sarah aveva partecipato a piú riprese alle traversate del Lemano. Ma tutto avrebbe potuto finire in fretta per colpa del suo impeto. A cinque anni, sulle rive svizzere, era sfuggita al controllo dei genitori. Convinta di saper nuotare bene come tutti gli altri, era saltata da un pontile. Il suo corpicino era colato a picco come un sasso liscio nell'acqua, in un silenzio quasi perfetto. Affermava di avere provato soltanto serenità, anche diversi metri sott'acqua. Il lago non avrebbe potuto portarla via, non lei.

Quando aveva ripreso conoscenza, era stesa sulla spiaggia a circa venti metri dal pontile. Tutti avevano tirato un sospiro di sollievo vedendola tornare tra loro. A Sarah dole-

vano soltanto un po' la testa e il cuoio capelluto. Era stato un cane a salvarle la vita e riportarla a riva, trascinandola per la treccia. Il padre di Sarah, sconvolto, le aveva fatto un massaggio cardiaco. Lei aveva sputato acqua, tossito tanto. E alla fine aveva concluso che, sí, sapeva nuotare.

Capitolo 19

Mi sembra di vedere dei puntini luminosi in fondo alle tenebre gelide del lago. Eppure lo so che a creare quelle mosche scintillanti sono i miei movimenti incontrollati e la mancanza d'aria. All'improvviso, sotto i piedi nudi, sento il contatto freddo e scivoloso dei ciottoli coperti di plancton e alghe sottili; mi risveglio dal sogno. D'istinto mi spingo con le gambe, con tutta la forza rimasta nei miei muscoli indeboliti. Inizio la risalita, cinque metri in verticale, ancora non riesco a vederci niente. La luce delle stelle e della luna si scorge solo in superficie. I miei gesti ritrovano l'efficacia della nuotatrice provetta. Potenti, precisi. Ma i muscoli sono tesi, lo sento. La perdita di controllo è imminente. Meno di una manciata di secondi, è tutto ciò che mi resta. La pressione sui timpani è ancora fortissima. Mi muovo a scatti, mi si irrigidiscono dapprima le braccia, poi le gambe rallentano il battito. Il nero assoluto ancora e sempre. Mi inarco, la gabbia toracica si solleva. La testa squarcia la superficie e, nel medesimo istante, aspiro a un tempo l'aria e l'acqua che mi scorre sul viso in uno spasmo incontrollabile. Una scarica elettrica mi attraversa le membra. Mi dibatto, spruzzando tutto intorno a me. Tossisco fino a perdere fiato, espello l'acqua dai polmoni. Il dolore si mescola alla paura.

Finalmente ritrovo il pontile. Le mani afferrano un palo di sostegno e scivolano sulla pellicola viscida di alghe verdi. Riesco ad abbracciare il pilastro come fosse una corda per arrampicarsi. Riprendo il controllo a poco a poco, non sento piú il freddo, il mio corpo ha attivato altre priorità vitali. Non potendomi issare sul pontile, avanzo da un palo all'altro fino a riva, tossendo ed espellendo dal mio corpo l'acqua residua. Finalmente sulla spiaggia, in ginocchio nell'erba, tutto il mio corpo trema, ma respiro. Vedo una luce flebile alla finestra della camera di Benjamin. Deve essere la lampada del comodino. Eppure sono sicura che quando mi sono coricata era tutto spento. Mi rimetto in piedi a fatica sulle gambe che vacillano, percorro il giardino costeggiando la foresta. Gocciolante, mi passo le mani tra i capelli per strizzarli e spingerli indietro. Ma all'improvviso mi blocco. Un rumore anomalo, deciso, tra gli alberi a pochi metri da me. Dai capelli cola nell'erba un ultimo filo d'acqua. Tendo l'orecchio in direzione del bosco buio, dovrei scappare, ma mi avvicino di pochi passi. Il mio cuore batte troppo forte e mi impedisce di udire oltre il silenzio. Attraverso il fruscio delle foglie mi sento osservata. Non è un animale, sarebbe fuggito. E poi non li temo. Qui c'è qualcuno, fin dall'inizio. Tutto ciò che mi succede non ha nulla di normale. Non posso fare niente contro la notte, ma affronterò i miei incubi uno dopo l'altro. Il pericolo è decisamente reale. Il nemico non è solo nella mia testa.

Aspetto ancora qualche istante senza muovermi. Poi prevalgono il freddo e la stanchezza. Riprendo a camminare verso casa. Tra meno di tre ore, attraverso le montagne, il lago si scalderà con i primi raggi del sole.

Metto i vestiti bagnati nella cesta vicino alla lavatrice. Prendo un asciugamano dalla pila della biancheria che non sistemo da secoli. La pila crolla. Mi asciugo e pesco a caso dei vestiti caldi dal mucchio. Non sono in grado di tornare a letto. Eppure un'estrema stanchezza mi consuma come una cancrena. Ma non riuscirei ad addormentarmi, ho troppa adrenalina in circolo. Torno nello studio di Marceau con la ferma intenzione di trovare qualcosa per alimentare le mie ossessioni.

Capitolo 20

Karen

Apro gli occhi, la radiosveglia indica le 4.00. È una notte agitata, ma era prevedibile. Allungo una gamba per sfiorare quella di Rollin. Non la trovo, mi giro. Nella penombra e nel dormiveglia non distinguo le forme, non sento nemmeno il suo respiro. Stendo un braccio, il suo posto non è neanche tiepido. Mi alzo, completamente sveglia ora. La camicia da notte di seta mi scivola sulla pelle. In casa non ci sono luci accese, non c'è il minimo rumore. Ma dove diavolo è? Accendo nel corridoio dell'ingresso: c'è il suo cappotto, e anche le sue scarpe. Accendo in soggiorno questa volta, e il mio cuore fa un balzo.

– Ma sei pazzo a startene cosí al buio?! Mi hai fatto una paura tremenda!

Rimane seduto sul divano, senza muoversi.

– Rollin, che succede?

– Come vedi, non riesco a dormire.

– Per la lettera di Marceau?

– Secondo te?

Devo trovare l'origine del male. E mantenere il controllo.

– Ma quando sono tornata da casa di Sarah, stavi dormendo.

– Ero distrutto e ho preso qualcosa. Mi ha messo KO, ma non abbastanza. La storia del manoscritto… sto impazzendo. Io e Marceau ci dicevamo tutto, come mai adesso... Sarah è andata fuori di testa. E, conoscendola, farà un casino. Un gran casino.

Ogni famiglia nasconde segreti e ombre. Non ho nessuna voglia di scoprire le cose dalla bocca di terzi troppo tardi, come Sarah. Allora tento un approccio soft.

– Non hai niente da temere, Rollin... Di che casino parli? Nel manoscritto ci sono fatti che ci riguardano?

Scavo, faccio domande, cerco. Voglio proteggere innanzitutto la mia famiglia. E non so se posso contare su di lui.

– Cosa vuoi che ci sia, Karen? Niente, solo ricordi tremendi, ma che bisogno c'è? Non voglio che... venga infangata la memoria, capisci.

Mi prende in giro. Devo rimanere morbida.

– Cosa vuoi dire? Meglio non ritrovare il manoscritto? Rispondi, Rollin.

– Sarah non sarebbe d'accordo, darebbe di matto. Ma forse è giusto cosí.

– Quelle cose... quell'estate... è stato prima che ci conoscessimo. Però me le devi dire, puoi farlo. Adesso. Voglio saperle da te... E preferirei evitare problemi, se possibile. Pensa a Zoé.

Rollin alza finalmente lo sguardo su di me, con le labbra serrate. Rimane in silenzio a lungo.

– Ma non c'è niente da dire! È solo che... che forse parla di Jade. E con lo stile di merda che aveva Marceau nel raccontare storie, un manoscritto del genere ci dà il colpo di grazia. Sai, Karen, quell'estate ha lasciato dentro di me... un germe di sofferenza. Avevo vent'anni, ero terrorizzato, capisci? Di solito succede soltanto in televisione o a casa degli altri! Jade non è *mai* tornata. Non passava giorno senza che io e Jade ci sentissimo. All'epoca eravamo insieme. Avevo progetti, mi... e poi non l'abbiamo mai ritrovata.

– Lo so, queste cose me le hai già dette.

– Karen, senza di te sarei ancora rintanato in fondo alla mia grotta. Ecco perché non voglio ritrovare il manoscritto. Mi manderebbe fuori di testa. Chissà perché Marceau ha sentito il bisogno di rivangare tutto quanto...

– Perché era uno scrittore, e si sfogava con la scrittura. Perché c'è qualcosa che non ha mai digerito, come te. Di cui non ha mai parlato.

Quel malessere di Marceau, lo conoscevo bene. Con Sarah l'argomento era quasi tabú, forse l'unico che non affrontavamo mai. Jade era il fantasma di Marceau, e mi sembrava che nemmeno Sarah potesse parlarne, come se temesse di rievocarne lo spettro. Ma ho visto la foto di lei e Jade che tiene sempre nella borsa. E poi c'erano le nostre uscite sul lago con Marceau, le immersioni che la dicevano lunga. Non aveva neppure accettato la morte del padre, quindi figuriamoci la scomparsa di Jade. Marceau aveva tante ferite dentro di sé. E mi disperavo in silenzio, per lui e anche per Sarah.

Come un pesce fuor d'acqua Rollin apre la bocca a fatica e chiede debolmente:

– Come stava Sarah... Quando l'hai vista ieri sera?

– Prima o dopo averle parlato di Hermione e Benjamin?

Rollin aggrotta le sopracciglia.

– A cosa ti riferisci?

– Fanno un sacco di stupidaggini alle sue spalle. E non è la prima volta, purtroppo. Ieri Sarah era devastata. Ma non potevo continuare a nasconderle che i suoi figli stanno male. Per farle guadagnare tempo, e poi perché sono amici di Zoé. Non voglio che nostra figlia si faccia influenzare.

Gli racconto tutto, facendogli promettere di tenere il becco chiuso su questo tema. Riguarda soltanto Sarah.

– Zoé si fa condizionare, lo so bene, – dice Rollin. – Ma ti ascolta. Piú di me, lo so. Conosce le regole.

– Pensiamo sempre cosí. Ma è ancora una bambina.

– Sarah ha soltanto noi. Me, te e Alexis… Comunque con i figli è sempre difficile.

– Sí, lei ha noi…

Ma Sarah aveva soprattutto Marceau. Grazie a lui imparavo a conoscerla meglio, la capivo meglio. Era lui il collante del nostro duo.

Cosa farai adesso, Sarah? Dopo Marceau, perderò anche te? Quali conseguenze a breve termine ci riserverà, o *mi* riserverà, tutta questa situazione? Non ho mai visto un simile turbamento in Rollin. Sta andando tutto in frantumi.

Capitolo 21

Guardo rapida il mio riflesso nello specchietto retrovisore. Il bianco degli occhi ha lasciato il posto a un velo rossastro, un insieme di stanchezza, tristezza e rabbia. Non sono ancora le otto e sono già al volante, determinata. Cerco di fissare l'attenzione sulla strada. Frenare, mantenere le distanze, controllare nello specchietto, spingere la frizione prima di scalare e nello stesso tempo riflettere: tutto in una volta sola.

Nel parcheggio davanti alla gendarmeria di Thonon-les-Bains è libero uno dei posti riservati. Lo occupo sotto lo sguardo di un ufficiale che sta finendo una sigaretta. Mentre chiudo la portiera, il gendarme scrolla la testa e mi fa segno di risalire sul pick-up. Gli lancio in faccia le chiavi, che lui prende al volo. Tanto che gli cade il mozzicone. Approfitto del suo stupore per entrare rapidamente nell'edificio. Passando sbatto la carta d'identità sul bancone all'ingresso, e il piantone alza il naso dal cellulare. Lo sento gridare il mio nome dietro di me, senz'altro dopo che lo ha letto sulla carta d'identità.

Il capitano Robin Delmas esce dall'ufficio. Il piantone, mezzo esasperato mezzo sollevato, gli fa capire che ha la situazione sotto controllo.

– Dove crede di essere per piombare qui in questo modo? – chiede Delmas.

– Omicidio.
– Non sono stato abbastanza chiaro oppure ha difficoltà di comprensione, signora Miller?
– Oggi la signora Miller ha le prove. Non volevate delle prove?
– Ma chi si crede di essere?
– Una persona che avvertirà il procuratore, se non ci pensa lei. Mi creda, sono fatta cosí.
– E le regole, le procedure? Lei non ne tiene conto, signora Miller? Molti finiscono per mangiarsi le mani.
Afferra rabbioso la busta di carta da pacchi che gli porgo.
– Sono sicura che apprezzerà, – gli dico.
– Se dentro non c'è nulla di probatorio, signora Miller, la faccio rinchiudere in una cella per il tempo necessario.
Delmas tira fuori le foto delle telecamere di sicurezza della banca. L'occhio si sofferma su ogni dettaglio, date, luogo e il cerchio rosso tracciato con l'indelebile che circonda ciò che tiene in mano Marceau. Delmas guarda nella busta e capisce che c'è dell'altro. Mi ordina con un tono autoritario:
– Venga nel mio ufficio.
Mi accomodo di fronte a lui, pronta a cominciare il secondo round. Il portapenne è stato riparato con lo scotch. Delmas appoggia la busta e, per riflesso o per prudenza, avvicina a sé le penne.
– Se le viene voglia di spaccare qualcosa, la spedisco in cella. Ok?
Insiste con la cella.
– Dipende solo da lei, capitano Delmas.
– Non mi provochi, Miller, non è il caso.
Dopo tutto, perché dovrei essere sempre l'unica di cattivo umore?
Delmas analizza i rilievi degli accessi in banca di Mar-

ceau. Alza il sopracciglio destro. Considera sospette anche le strane date. Niente per piú di un anno e, una settimana prima della morte, Marceau si ripresenta. Tira fuori il sacchetto trasparente che contiene la cinghia da alpinismo trovata sul Dent du Vélan. Un sacchetto ufficiale, annotato con cura come insegnano alla scuola di polizia, lo vedo che non apprezza. Poi alza lo sguardo su di me.

– Cos'è questa messa in scena?

– Gliel'ho detto, sono fatta cosí.

Diffidente, ne ispeziona il contenuto. Le dita premono il materiale in un punto preciso. Strizza gli occhi, poi alla fine bussa all'ampia vetrata che dà sull'open space della squadra. Con un gesto interpella un ufficiale, che si alza subito.

– Capitano?

Delmas porge il sacchetto trasparente al gendarme, che rimane sulla soglia.

– Questa marca, qui, sull'etichetta... per caso non ha a che fare con il furto di materiale registrato diversi mesi fa? Puoi controllare?

L'ufficiale maneggia con attenzione l'oggetto e abbozza un sorriso.

– Posso confermarglielo subito: la marca corrisponde. Da dove viene?

– Ce l'ha appena portato la signora Miller qui presente.

Muoio dalla voglia di saperne di piú. O si tratta di un altro caso e allora io e Reynaud ci siamo sbagliati. Oppure abbiamo in mano qualcosa.

– Cos'è questa storia di furto? – chiedo.

Occhiata all'ufficiale, poi Delmas riprende la parola.

– Circa sei mesi fa i locali de *La Maison de la Forêt* hanno subito una rapina. Non è stato rubato granché, e hanno fatto pochi danni. Il colpo non è stato realizzato da criminali, ma da ragazzini di al massimo dieci anni. Avevano le chiavi. Si vedono nelle registrazioni video, ma non riusciamo a identificarli: le immagini sono di pessima qualità e loro indossavano dei cappellini con la visiera. Hanno portato via soprattutto i dolciumi che erano lí per una festa, e per trasportarli hanno usato l'attrezzatura presente nei locali. Concreti e furbi, quei ragazzini. Ma da qualche anno *La Maison de la Forêt* lascia una traccia discreta a pennarello indelebile sulle etichette di tutta l'attrezzatura. Come una firma.

La Maison de la Forêt. La nostra giovinezza, mia e di Marceau, risuscitata lí, solo citando quel nome. Nello stesso istante mi tornano in mente le parole di Karen di ieri sera. E se i miei figli avessero partecipato a quella scemenza? Il pensiero di Hermione e Benjamin mi abbatte. Mi accascio sulla sedia, tutta la mia combattività si è spappolata di colpo. Devo farmi violenza, per riprendermi.

– Cosí come indicato sul sacchetto, il materiale è stato rinvenuto in prossimità del luogo in cui hanno ucciso mio marito. Ci sono altre tracce in cima alla parete che Marceau scalava, e alcuni apicoltori hanno notato nei dintorni un veicolo poco prima che lui morisse. Bisogna fare rilievi sul posto... Invece non ho trovato nulla nel suo studio, né il manoscritto, né una chiavetta Usb o un back-up qualunque, a parte forse la stampante. Ho letto nelle istruzioni che è possibile analizzare lo storico dell'utilizzo. Ma non posso accedere al computer portatile di mio marito, non conosco la password.

Ho spiattellato tutto in una volta sola, per liberarmi come vomitassi bile. Delmas si è adombrato. Senza staccarmi gli occhi di dosso, china leggermente la testa prima indietro, poi di lato.

– Dietro a tutto questo c'è quel vecchio pazzo di Reynaud, vero?

Mi viene voglia di schiaffeggiarlo. E anche di strappargli quegli occhietti da corvo. Stavolta sono io a chinare la testa, ma in avanti, dritto verso di lui.

– Finché non aprite un'inchiesta, mi avrete fra i piedi.

– Non sta a lei decidere, e ancora meno venirmi a spiegare come devo fare il mio lavoro. Sta sfiorando l'oltraggio.

– Ma lasciate che vi aiuti, cazzo!

– Se ne vada! Fuori dal mio ufficio, immediatamente!

Lo fucilo con lo sguardo.

Ho deciso. Marceau aveva una rubrica di indirizzi piuttosto corposa. Adesso mi sarà utile.

La giornata di Delmas sta solo cominciando.

Capitolo 22

C'è un'unica persona che mi ha sempre dato il suo amore da quando sono al mondo, senza alcun giudizio, alcuna manipolazione, solo sentimenti forti e autentici: mia nonna Louise.

Respirare pace in sua presenza, e per un momento abbandonare le mie domande come valigie in fondo a un armadio. Non dubitare, ricevere un'attenzione sincera, generosa, amorevole. Accettare di abbassare un attimo la guardia, senza temere un pericolo imminente.

Sulle alture di Évian guido con i finestrini abbassati, inebriata dal profumo delle siepi appena potate, dai prati curati, dagli accostamenti odorosi di caprifoglio con note di arancia, di eliotropio con punte di vaniglia e di belle di notte dalle fragranze tropicali. Oltre i tetti, tra le abitazioni e la vegetazione, si offrono allo sguardo il lago e l'immensità delle montagne che fanno da sfondo. Risalgo Avenue de la Dent d'Oche verso le Verdannes, la casa di riposo dove vive mia nonna. Dalla sua camera, in una struttura moderna che l'architetto ha avuto la bella idea di rivestire di legno, vede il lago, le montagne e le foreste. E da lí riempie tutto il giorno taccuini, nel reparto Alzheimer.

Abbandono il pick-up nel parcheggio visitatori e salgo le scale di cui conosco a memoria ogni gradino. Le operatrici sanitarie mi salutano. A quest'ora mia nonna non è ancora in giro per i saloni o in giardino. Busso alla porta seguendo il nostro rituale, accarezzo i disegni dei miei figli, attaccati con lo scotch sotto il numero 27. Aspetto la frase di Louise – è il codice per entrare.

– Qui dentro soltanto la porta è tocca, non nonna Louise, – esclama una voce lontana, ma ancora limpida per le sue novantadue primavere.

Qui tutti la chiamano nonna Louise. Il suo sorriso mi dà calore. È seduta nella poltrona vicino alla grande finestra. La sua pelle racconta la storia degli anni piú belli della mia vita, ricordi impressi su ogni ruga. La stanza è semplice ma arredata bene, con qualche suo ricordo. Nessuno si stupisce che in famiglia ci sia uno scrittore famoso, visto il numero di taccuini scribacchiati, impilati nell'armadio e sui mobili.

– Ti rendi conto che hanno tagliato gli alberi vicino alla chiesa? E gli uccelli, poverini? Era bello vederli volare via a ogni rintocco di campana.

Indignata, mai rassegnata. Continua, sorrido.

– Vabbè, cosí vedo una parte in piú di lago. Comunque chiamerò il Comune per dirglielo.

Le consegno un ciottolo che ho raccolto sulla riva. Una nostra abitudine, da anni. Lo prende, segue una venatura bianca sul grigio profondo del sasso tipico del Lemano, lo annusa: il verdetto è sempre lo stesso, ma bisogna esserne certi.

– Ha un buon odore. Proviene proprio dal lago.

Poi, come ogni volta, vuole che le racconti di preciso dove ho trovato il nuovo sasso, che giorno, a che ora. Annota le informazioni sul taccuino, dopodiché aggiunge un numero sotto il ciottolo e lo riporta su una pagina. Alla fine mi descrive il luogo da cui proviene il sasso e le cose che lei ha vissuto lí. Perché nonna Louise sa tutto del lago.

E nei taccuini registra in maniera scrupolosa una lista lunghissima da far girare la testa. Poi trascorre ore nel laboratorio di pittura a decorare i ciottoli, prima di collocarli nelle aiuole davanti all'istituto. Una vera artista che immortala le proprie emozioni e i propri ricordi.

Seduta in poltrona, Louise mi tende le braccia. Mi metto in ginocchio davanti a lei, appoggio la testa sulle sue gambe. Mi accarezza i capelli come quand'ero bambina, chiudo un attimo gli occhi. Dimentico il mondo, sento le sue dita nodose ma ancora agili massaggiarmi i capelli fino alle radici. Il contatto delle sue mani mi calma immediatamente.

– Devi dire a Marceau di passare a trovarmi. Ogni settimana mi spiega come procedono i capitoli, ma sono diversi giorni che non lo vedo.

Mi si stringe il cuore, chiudo le labbra. Si è dimenticata. Con Louise è cosí. Può essere felice piú volte nella stessa giornata per la stessa buona notizia, e anche triste, non solo per la cattiva, ma perché la memoria le gioca brutti scherzi e ogni tanto se ne accorge. Anno dopo anno, ahimè, il metodo dei taccuini e dei ciottoli diventa meno efficace. Il tempo e la malattia si fanno strada.

Cambio argomento, parlo dei bambini. Le mostro nuove foto sul telefono. Anche Benjamin e Hermione la vengono a trovare spesso. Portano i loro ciottoli. Allontano l'argomento Marceau per allungare questo momento, come se non ci fosse stata nessuna disgrazia.

– A quest'ora dovresti essere al lavoro, Sarah! Sbrigati, non lasciare Karen da sola.

Gli ingranaggi non sono del tutto inceppati.

– Ho solo fatto una breve deviazione per vederti, nonna. Torno presto.

– E non dimenticarti di dire a Marceau di venire, ho un taccuino da portare avanti, io. Cerca anche di riposarti, sei palliduccia.

Mi si serra la gola. Ma lascio che mi si arrossino gli occhi solo una volta chiusa la porta della camera alle mie spalle.

Il telefono si mette a vibrarmi in tasca, come per distogliermi dal pianto: un messaggio dalla persona che ho contattato dopo aver frugato centinaia di biglietti da visita trovati nello studio di Marceau. Avevo l'imbarazzo della scelta. L'appuntamento è fissato nel dehors del ristorante sul porto di Yvoire. La voce ferma della donna al telefono non lascia nessun dubbio sulla sua professionalità. Mi sta già aspettando.

Nella città medievale di Yvoire, ogni pietra sussurra una storia remota, una melodia di epoche passate. Entro da un'antica porta di pietra, sormontata da un erpice arrugginito, testimone silenzioso di secoli di protezione. Le mura della città, ancora robuste, presentano le cicatrici del tempo, raccontando storie di guerre, amori e tradimenti a cui mi sembra quasi di aggiungere il mio dramma insignificante.

Le strette stradine acciottolate si snodano tra edifici secolari, come un labirinto tessuto di ombre e luci. I passi dei viaggiatori, turisti numerosi quanto curiosi, risuonano come echi fedeli di chi li ha preceduti per centinaia e centinaia di anni. Ogni angolo della città è un quadro vivente, una celebrazione della storia e della natura.

Le facciate delle case a graticcio, alcune delle quali risalenti al Trecento, sono decorate con gerani scarlatti, gelsomini e caprifogli che pervadono l'aria con il loro profumo. Le vetrate colorate proiettano bagliori variopinti sul selciato, come se pezzi d'arcobaleno fossero finiti lí, come se non fosse successo niente. Vorrei attingere da questa bellezza la forza che mi manca.

Continuo a inseguire la felicità degli altri in una piazzetta isolata, dove troneggia una fontana di granito scolpita a motivi floreali e intrecci. Intorno i dehors dei caffè invitano a fermarsi, a degustare un vino locale, ascoltando il frastuono delle conversazioni e le risate dei bambini che giocano a nascondino dietro le statue.

Piú lontano il giardino dei Cinque Sensi, un'oasi di pace con un'esplosione di colori e fragranze. Le rose, che vanno dal rosso intenso al rosa pallido, costeggiano la lavanda, gli iris e gli emerocallidi. Le farfalle volteggiano eleganti, lasciandosi cullare dalla melodia del vento tra le foglie.

Mi inebrio il piú possibile.

Scendendo verso il porto, il lago esercita un potere fascinoso, e qui offre una vista mozzafiato sulla distesa azzurra. Un blu profondo che scintilla sotto i raggi del sole, evocando miriadi di zaffiri in movimento. I maestosi cigni di Yvoire scivolano sull'acqua, come se regnassero su questo punto privilegiato del Lemano. Nel porto gli eleganti velieri convivono con le barche dei pescatori, e sembrano sospesi nel vuoto, tanto l'acqua limpida svela il fondale. Con tranquilla maestosità le Alpi vi immergono il loro riflesso. Manca quello di Marceau.

Qui si fondono passato e presente. Ma per me il miracolo non avviene piú.

Allora mi metto a cercare con lo sguardo la donna che devo incontrare sul terrazzo dell'*Hôtel-restaurant du Port*. La riconosco da come si è descritta: bruna, capelli raccolti, camicetta chiara, occhiali da sole, seduta a un tavolino all'ombra. La raggiungo con passo incerto. Mi osserva: mi squadra dalla testa ai piedi. Probabilmente non immaginava cosí la moglie del famoso romanziere. Mi sento meno a mio agio di Marceau quando incontrava gente come lei.

Le porgo una chiavetta Usb, come da accordi. Trascorriamo insieme piú di un'ora, ed è lei a pagare il conto. Poi passeggiamo ancora un po' tra il porto e i vicoli. Alla fine mi stringe la mano e mi ringrazia.

Ormai il dado è tratto.

Sulla strada per Lugrin mi ritrovo a guardare in modo compulsivo nello specchietto retrovisore. Sono pronta a scommettere che l'auto che mi segue è la stessa che era parcheggiata poco distante da me a Yvoire. Alla guida distinguo un uomo con gli occhiali da sole, una figura banale, niente da dichiarare. Cento metri davanti a me individuo una larga rientranza di fronte a un campo di grano, un accesso per i veicoli agricoli. Senza preavviso mi fermo bruscamente sulla piazzola, in una nuvola di polvere. Quando si dissolvono le ultime volute, sento avvicinarsi la macchina.

Arrivata alla mia altezza, mi supera a passo d'uomo, il guidatore mi fissa e mi rivolge un cenno inequivocabile con la mano. Ecco, forse sono pazza. Stringo ancora forte il volante tra le mani, poi mi gratto il collo. È riapparsa la chiazza. Provo a inspirare con calma, ma sono un fascio di nervi: completamente esaurita, continuo ad andare avanti e non recupero mai. Mi sembra di vivere un giorno senza fine – il prolungamento di un incubo con finti momenti di sollievo. La sensazione orribile che tutti siano contro di me, che tutti ce l'abbiano con me.

Lascio il motore, scendo a prendere una boccata d'aria. Faccio il giro del pick-up e sferro un calcio su ogni pneumatico, ho voglia di urlare, di sfogare la mia rabbia, le frustrazioni, il dolore, ma non succede niente. Impossibile liberarmi dal peso insopportabile dell'esistenza attuale. Risalgo a bordo e riparto. Le ultime abitazioni di Lugrin sono ancora visibili all'orizzonte, mentre mi inoltro in una zona boscosa. Un riflesso troppo rapido ha attirato la mia attenzione all'imbocco stretto di un sentiero che ho appena superato. Il cofano di una macchina? Ne sono quasi certa. È andato tutto troppo in fretta per il mio cervello, che non elabora piú le informazioni come dovrebbe. Non stacco lo sguardo dagli specchietti retrovisori fino al bivio che porta dal vecchio Reynaud. Stranamente mi sento piú al sicuro nel bosco. Nessuna traccia di inseguitore, né alcun rombo di motore nelle vicinanze, mentre fermo il pick-up di fronte allo chalet.

Spazzo l'aria con la mano davanti a me, tra dubbi, preoccupazioni e finte ragioni. Sto diventando matta, e la cosa piú inquietante è che me ne rendo conto. Reynaud è sul terrazzo. Quando lo raggiungo mi fa un mezzo sorriso e gira il tablet verso di me. Ha preso confidenza con il regalo della pensione. Guardo cosa scorre sullo schermo.

– Di già!?

– Un thread Twitter del «Dauphiné» è stato ripreso da un comunicato dell'Agence France-Presse. Guarda: «Omicidio o incidente? Che cos'è davvero successo al famoso romanziere Marceau Miller?» e qui c'è radio Rtl: «La tesi dell'incidente precipita in caduta libera per l'alpinista e celebre scrittore Marceau Miller, morto due settimane fa in Alta Savoia vicino al lago Lemano».

Reynaud fa un gran sorriso. Anziché spaccare un'altra volta i soprammobili della scrivania di Delmas, ho svelato tutto alla stampa, a quella giornalista incontrata a Yvoire. Mentre Reynaud continua a enumerare i media che parlano del caso attribuendogli una risonanza nazionale, fisso l'attenzione su uno strano aggeggio piazzato sul terrazzo. Un cavalletto.

– Ti lanci in attività artistiche oltre alla caccia?

Reynaud posa il tablet come un bambino che abbandona il videogioco. Si alza, scompare dentro lo chalet. Lo seguo. D'istinto do un'occhiata alle foto sul mobile sotto la finestra. Quella di Jade non c'è piú. Reynaud torna e mi fa segno di spostarmi per lasciarlo passare. Trasporta una specie di lavagna larga quasi un metro e mezzo. La posiziona sul cavalletto. Non credo ai miei occhi.

– Riprendiamo tutto da capo, Sarah. Sulla stessa lavagna che ho usato per anni durante le indagini.

– Quindi per te la pensione è solo un concetto astratto?

Sbuffa agitando una mano in aria, come per farmi tacere. Ovviamente io sono al settimo cielo. Tra le foto e i documenti già attaccati sopra, ritrovo la foto di Jade. Reynaud commenta uno a uno gli elementi che ha disposto. Intuisco che nella sua testa di ex gendarme l'abbozzo dell'indagine era già iniziato da un po'. C'è anche una mia foto attaccata con una puntina. Risale alla scorsa primavera. Sono sul lago, a bordo di una barca. Poi quelle di Karen, di Rollin, di Alexis e anche dei bambini. Il rombo di un motore interrompe la lezione.

– Aspetti qualcuno? – mi chiede Reynaud.

Scrollo le spalle e faccio no con la testa. Lui bofonchia:

– A quest'ora non ci viene nessuno qui...

Rientra in casa per prendere il fucile da caccia, il suo preferito fra i tre appesi alla parete. Faccio un passo indietro mentre esce di nuovo, pronto ad accogliere i visitatori.

Capitolo 23

Un'auto parcheggia dietro al pick-up. Leggo la parola «Gendarmeria» sulla fiancata. Si spegne il lampeggiante, i flash azzurri scompaiono dalla vegetazione. Nell'aria vibra un crepitio metallico, segno che il veicolo è caldo, che ha viaggiato di gran carriera per arrivare fin qui. Delmas scende dalla macchina sbattendo la portiera, seguito da un ufficiale corpulento. Si dirige verso di me con passo fermo.

– Ma lei si rende conto?! Lo sa che casino ha combinato?

– Finalmente possiamo dire che sono iniziate le indagini, capitano?

Vedo il viso di Delmas farsi rosso, la vena del collo e quella sulla fronte si gonfiano a intermittenza. I suoi occhi sono neri come l'inchiostro di una seppia pronta a neutralizzare il nemico.

– La procuratrice mi sta col fiato sul collo, la gendarmeria si è trasformata in un vero e proprio call-center. Chiamano da tutta la Francia! I giornalisti hanno occupato il parcheggio, bussano alle porte e alle finestre. Gli alberghi sono al completo, qualcuno si è perfino accampato! Ma cosí manda tutto a rotoli! Non si parla d'altro, ed è la mia squadra a pagarne le conseguenze.

L'ufficiale che accompagna Delmas si china su di lui e gli mostra il cellulare.

– Splendido! – esclama il capitano. – Ci mancava solo questa. I fan di suo marito hanno creato una pagina di supporto sui social, *La verità sulla morte di Marceau Miller*. L'editore l'ha condivisa e anche il «Dauphiné», siamo a posto!

Delmas si rivolge a me.

– Adesso mi aspetto che sbarchino orde di lettrici a rallentare le indagini!

Arrogante e misogino. È decisamente il mio tipo. L'ufficiale si avvicina di nuovo al superiore.

– Capo, il sindaco chiede di vederla subito. Vuole organizzare una conferenza stampa per tentare di calmare gli abitanti e quelli delle città vicine.

Delmas non gli presta attenzione. Fissa Reynaud. Il telefono del capitano vibra in continuazione e rischia di scaricarsi a breve, vista la quantità di messaggi e chiamate. Delmas e Reynaud si fissano. Alla fine il capitano abbassa lo sguardo sul fucile, poi sbarra gli occhi quando vede la lavagna.

– Ma cosa sta facendo? Ditemi che sto sognando!

– La mia faccia non le è mai piaciuta, vero Delmas? Il problema è che quando un gendarme fa male il proprio lavoro, presto o tardi viene fuori.

– Con tutto il rispetto, caro ex collega, ma quello non era piú il suo posto. Prima o poi bisogna farsi da parte. E oggi lei non ha piú nessuna autorità in termini di inchieste criminali, mi sono spiegato?! Sa benissimo cosa rischia, quindi non glielo ripeterò un'altra volta!

Reynaud prende tempo prima di rispondergli.

– Delmas, se lei canna questa indagine, fa un passo falso da cui non si riprenderà mai piú. Glielo dice un «ex». Ormai questa storia è diventata un caso mediatico. Se non l'affronta come si deve, lei sarà il primo a saltare sollevando uno scandalo clamoroso. Rischia piú lei di me.

La maschera di risentimento di Delmas si frantuma.

Uno a uno, palla al centro.

Reynaud tiene il giovane in carriera per le palle. Un leggero sorriso illumina il viso dell'anziano. Una genuina soddisfazione che ricorda quali sono le regole del gioco. E chi è il capo.

– Non faccia piú nulla senza tenermi informato, – riprende Delmas nel tentativo di darsi un contegno. – Sono iniziate le indagini. D'ora in poi il suo operato sarà considerato un ostacolo alla giustizia. Non mi faccia piú tornare qui.

Delmas e il colosso risalgono in macchina e ripartono in una retromarcia rumorosa. Incrocio lo sguardo di Reynaud con la sensazione di rivivere il passato, un dolore acuto mi attraversa la pancia. Dopo vent'anni un nuovo dramma. E la medesima sensazione di un'inchiesta che ci taglia fuori, nonostante alcune piccole vittorie. Su di noi si abbatte il silenzio, come una foschia cieca che mi gela il sangue. Reynaud tira fuori la cartuccia dal fucile e appoggia l'arma sul tavolo della terrazza. Si fa rotolare la cartuccia nel palmo della mano e la fissa. Mi pare il momento buono per condividere le mie intuizioni. E le mie intenzioni.

– Sai… Quello che è successo tante estati fa, con Jade… In verità non ci ho mai creduto. Certo, mi fidavo completamente di Marceau. Ma ho bisogno di capire, è necessario. In fondo sono convinta che la morte di Marceau sia legata alla scomparsa di sua sorella. Bisogna ricominciare le ricerche da capo.

Reynaud fa una pausa di silenzio prima di rispondere.

– Non è cosí semplice, Sarah. Il caso di Jade è chiuso, ci vogliono nuovi elementi, direttamente connessi. Non ci si può basare solo sulle intuizioni.

Mi avvicino a lui.

– Me ne frego alla grande dei tuoi discorsi da gendarme. *Tu* prenderai le cose in mano. Per me, per Marceau, per Jade e per te. Che cazzo vuole, Delmas. Può andare affanculo, lui e le sue minacce.

Reynaud abbassa la testa. In lui sembrano lottare rimorsi che risalgono a vari decenni fa. Alla fine commenta, con una vocina che proprio non gli si addice:

– Non capisco dove ho cannato, Sarah. Ho passato tutto al vaglio. Esplorato tutte le piste, per anni e anni. Non c'era niente, niente di niente, come se Jade si fosse volatilizzata. Sono vent'anni che mi rode.

Poi, attraversato da uno slancio improvviso, Reynaud si alza e, afferrandomi per un braccio, mi invita a seguirlo. Facciamo il giro dello chalet. Dietro una pila di ceppi di legno alta tre metri si inginocchia accanto a una botola a doppio battente, chiusa con un robusto catenaccio. Sembra l'entrata di un bunker antiatomico. Reynaud la spalanca e preme un interruttore. Mi fa segno di precederlo. Scendo le scale piuttosto ripide, facendo molta attenzione.

Lo scantinato si estende su una superficie immensa, a quanto pare sotto l'intero chalet. Da un lato nicchie di pietra riempite di bottiglie di vino. Piú lontano un banco da lavoro carico di attrezzi. Poi uno stretto corridoio, illuminato da una lampadina a basso voltaggio, conduce a una porta rivestita da un pannello blindato, almeno credo. C'è una grossa serratura. Un logo giallo e nero mostra il simbolo del nucleare.

Si susseguono numerosi scatti man mano che Reynaud gira la chiave nella serratura. Entro nella stanza buia, nessuna eco. Qui le voci sono soffocate, come quelle dei segreti taciuti da tempo. Dall'esterno non si potrebbe sentire nemmeno un urlo.

Capitolo 24

Il manoscritto

Abbiamo tutti un giardino segreto piú o meno grande.

Chissà quanto tempo dura un segreto, però. Sarah conosce l'ingresso del mio giardino. Ho buttato la chiave, ma il cancello è aperto.

Ben presto ho avuto bisogno di spazio, bisogno di andare a respirare altrove. La prima volta, non sapendo come affrontare la cosa, e soprattutto non volendo trovarmi di fronte a un rifiuto, sono fuggito. È stato pochi mesi dopo la morte di mio padre. Avevo circa dieci anni. Mi ero limitato a lasciare un bigliettino sul letto. «Torno domani». Il primo giorno mia madre ha aspettato. Poi il secondo giorno, ovviamente, è andata alla gendarmeria. Reynaud, che a quei tempi non era ancora capitano, ha avuto il compito di ritrovarmi. Allora era un giovane gendarme di nemmeno quarant'anni. Mi ha scovato in meno di ventiquattr'ore, che vergogna. Avevo deciso di rimanere lontano dai sentieri segnalati e mi ero spinto nel cuore della foresta e delle montagne. Era come se Reynaud avesse un sesto senso. Mia madre aveva fatto bene a contattare la gendarmeria. In realtà mi stavo perdendo.

Anziché farmi la morale, Reynaud mi ha iniziato. Non mi ha giudicato. Come la foresta, era pronto ad accogliermi senza preoccuparsi di chi fossi, e io ero molto soddisfatto. Avevo con me un piccolo bagaglio: di che dormire, mangiare, bere e leggere. Un vero scout. Ma avevo dimenticato l'estate e il suo corteo di zanzare. La conoscenza della foresta è cominciata lí.

Almeno tra gli alberi non si parlava della morte di mio padre, era come se non fosse successo. Che sollievo. Reynaud mi ha insegnato i rudimenti, come si insegnano a un ragazzino di dieci anni. Solo che io imparavo in fretta. A poco a poco la foresta è diventata il mio territorio. Con il passare degli anni mia madre non si preoccupava piú se ogni tanto sparivo, sapeva che ne avevo bisogno. Lasciavo sempre lo stesso bigliettino, «Torno», e tornavo. Mia madre non me ne parlava mai e non ne parlava con nessuno, tra l'altro.

Jade rimaneva a casa. Solo Jade sapeva perché partivo. Ma non avevamo bisogno di dirlo a voce alta. Quando ho cominciato a lavorare a «La Maison de la Forêt» per diventare guida, non avevo detto a nessuno che conoscevo già la foresta molto meglio dello stesso Reynaud. Neppure Jade immaginava fino a che punto. Per non farmi notare fingevo di meravigliarmi come gli altri e di cadere nelle stesse trappole di Jade o Sarah. Prendevo appunti sul taccuino in modo diligente, come i miei compagni. Però morivo dalla voglia di approvare certe affermazioni di Reynaud, di confutarne o rifiutarne altre. Ma mi sono tenuto tutto dentro.

Un altro segreto.

La foresta invece sapeva. Come un dialogo silenzioso tra lei e me. Non mi ha mai tradito. Al contrario, è stata il mio piú grande sostegno.

Da qualche parte abbiamo tutti un albero che ci somiglia. Ho trovato il mio dopo diversi anni di vagabondaggio. La foresta è viva, come noi, ma con un'intelligenza molto superiore. Vive seguendo il proprio ritmo. Si adatta all'ambiente, mentre noi cerchiamo di adattare l'ambiente. Non percepiamo un centesimo degli animali che si aggirano attorno a noi nei boschi, a meno di essere stati istruiti. I nostri sensi sono arrugginiti dalla civiltà. A breve il tatto riconoscerà soltanto i prodotti industriali. Le capacità primitive del nostro olfat-

to si sono addormentate, ostacolate da potenti aromi chimici che ingannano ogni interpretazione. L'acuità visiva si sta riducendo e reagisce soltanto ai pixel, iniezione robusta di luce artificiale nelle nostre retine, informazioni ingannevoli per il cervello. Abbiamo perso il controllo di preziose capacità – soprattutto difese e punti di riferimento.

Dentro di sé Sarah ha il mio stesso virus. Solo che io sono piú malato di lei. Un abisso che a volte lei coglie nel mio sguardo, ma non appieno. Io appartengo a questo mondo, anche se non del tutto.

Capitolo 25

Avanzo nella penombra del bunker di Reynaud. Lui preme un altro interruttore e la luce si diffonde da una fila di lampadine attaccate al soffitto. Attorno a me le pareti sono ricoperte di cartine della regione, ritagli di mappe, foto che mi sono familiari, ma anche disegni, schemi, materiale per alpinismo ed escursioni. Barcollo come investita da un'onda scellerata di ricordi, giunti dal profondo della mia memoria.

– Vent'anni di indagini, Sarah, vent'anni che investigo, vent'anni che dubito, vent'anni che cerco di capire, vent'anni che desidero ancora credere all'impossibile.

Mi ci vogliono numerosi, lunghissimi minuti per riconnettermi alla realtà e scacciare la vertigine. Il mio sguardo si fissa su ogni dettaglio, passando da una parete all'altra. Mi avvicino a un disegno, accarezzo con la mano un volto abbozzato a matita. Sono senza parole.

– Quattro anni fa ho chiesto a un ritrattista di immaginare come potrebbe essere oggi Jade, sulla base di foto dell'epoca.

Avvicino gli occhi a pochi centimetri dalla parete. Mi inabisso nel volto di quella che potrebbe essere Jade se fosse ancora viva. Poi passo in rassegna ogni foto, come se avessi una lente d'ingrandimento. Ne stacco una, mentre mi raggiunge Reynaud. Non gli chiedo niente, sa perfettamente quali domande mi frullano in testa. E tra tutte, conosce *quella* domanda.

– Non so perché, Marceau non voleva che te ne parlassi, – dice alla fine. – Credo che fosse per via delle armi, per non spaventarti o per paura che tu gli vietassi di continuare.

Nella foto Marceau è in posa con Reynaud, entrambi con un fucile in mano. Guardo il volto di mio marito, per essere certa che si tratti proprio dell'uomo che pensavo di conoscere meglio.

– Cacciavamo molto di rado. Il motivo *non era* la caccia, Sarah, ma ancora e sempre la ricerca delle maledette tracce di Jade, anche irrilevanti. Dove andavamo noi, dubito che mai nessuno ci abbia messo piede.

– Allora perché armati?

– Quei fucili non li usavamo praticamente mai, erano piú per sicurezza che altro. L'unica cosa che posso dirti è che quando sparavo, non ho quasi mai fatto centro. Eppure durante gli allenamenti ero uno dei migliori della brigata. Marceau, invece, beccava sempre il bersaglio. La foresta non gli nascondeva nulla, né minacce, né animali, tranne Jade. Era come se avesse un dono. Anticipava molto meglio di me. Io non facevo in tempo a girarmi che lui aveva già preso la mira.

Scandaglio i ricordi, ripasso mentalmente centinaia di situazioni alla velocità della luce.

– I giri nella foresta erano per questo? Con te? Li faceva da quando era ragazzino.

– Non lo accompagnavo sempre. Non mi diceva tutto, sai. Ogni tanto gli capitava di chiedermi in prestito un fucile, e in genere tornava con lo stesso numero di cartucce.

Mi guardo intorno. Scatoloni zeppi di documenti di indagini, ore e ore di analisi, e altrettante domande che sorgono dal limbo della mia mente.

– Dove andavate tu e Marceau, voglio dire, che posti avete esplorato?

Reynaud afferra uno degli scatoloni pieni di cartine dell'Institut Géographique National. Ne apre una sul banco da lavoro. È quasi completamente ricoperta di segni a pennarello. Ne apro un'altra, e un'altra ancora. Stessi segni a pennarello, ovunque, con le date scritte in piccolo. C'è uno sgabello accostato a un armadio senza ante: me lo avvicino, ho bisogno di sedermi. Reynaud mi appoggia una mano sulla spalla.

– Tutto bene, Sarah, vuoi bere qualcosa? Sai, ne ho scolate parecchie di bottiglie, qui.

Fisso lo sguardo su un angolo della stanza, c'è una brandina con una coperta appallottolata.

– Ufficialmente, alla fine avevo ricevuto l'ordine di interrompere tutte le ricerche sul caso. Ufficiosamente, tutti sapevano che continuavo, in un modo o nell'altro.

– Perché non mi avete mai detto niente tu e Marceau? Perché?

Reynaud mi guarda come un animale impaurito, non lo sopporto.

– Perché è necessario voltare pagina, se non si vuole impazzire.

Questa frase con tutte le sue implicazioni risuona a lungo dentro di me. Mi alzo dallo sgabello, ancora frastornata. Faccio scorrere la mano sulle mensole, controllo le scatole una a una. Osservo ancora una volta le foto di Marceau appese alla parete: mi trafiggono l'anima. Sono sempre piú convinta che sia morto per via di quella storia, che ci sia un legame. E intendo trovarlo.

– Chi sapeva delle vostre ricerche nella foresta? Delle vostre sedicenti «battute di caccia»?

– Nessuno, e comunque non incontravamo praticamente mai anima viva. Erano zone troppo selvagge e isolate.

Continuo a esplorare la stanza e a rimuginare. Cerco tutto e niente allo stesso tempo.

– Vi è mai successo di avere la sensazione di essere seguiti?

Reynaud fa una pausa, si siede e percorre con lo sguardo le pareti.

– Non che mi ricordi. Con un radar come Marceau, nessuno avrebbe potuto seguirci senza che lui se ne accorgesse.

La mia attenzione è catturata da una scatola metallica nascosta sotto un mucchio di vecchi dischi rigidi che sembrano inutilizzati da tanto tempo.

– Ci vorranno ore per scartabellare tutto, Sarah. Dovresti fare una pausa.

Apro la scatola e lascio cadere il contenuto sulla mensola dove l'ho appena trovata.

Ancora foto.

Le guardo una a una.

Jade sulle rive del Lemano con Reynaud che le circonda le spalle con il braccio. Jade su un sentiero, sorriso smagliante, accanto a Reynaud. Jade e Reynaud in canoa. Jade nella foresta che guarda dritto nell'obiettivo con il primo bottone della camicetta slacciato. Jade, ancora Jade, sempre Jade, attraente, nuda, che esce dal lago... in compagnia di Reynaud. Una trentina di foto.

Lo guardo interdetta. Anche lui si è immobilizzato.

– Non avresti dovuto vedere queste foto, Sarah.

All'improvviso mi rendo conto che sono in un rifugio antiatomico, nella cantina di uno chalet isolato, da sola a riesumare uno a uno i segreti di persone che pensavo di conoscere. In compagnia di un uomo che credevo di conoscere.

Lancio via le foto e scappo di corsa. Sento chiamare il mio nome tre volte mentre risalgo le scale, esco dall'abisso e richiudo i battenti della botola. Per rallentarlo almeno un po'. Mi ritrovo all'aria aperta, inciampo e mi accascio a terra, accanto ai ceppi impilati per bene. Non riesco a rialzarmi, respiro a fatica, mi manca l'aria, allora procedo carponi, ho bisogno di respirare, mi gira la testa.

Jade per me era come una sorella. Condividevamo tutto. Almeno credevo. Svaniscono tutte le mie certezze, in senso proprio e figurato. I miei punti di riferimento crollano come tessere del domino allineate. Dietro di me il rumore dei pugni di Reynaud contro il metallo della botola chiusa.

Capitolo 26

Vado avanti, mi bruciano le ginocchia e i palmi delle mani, devo riprendermi. Le dita si contraggono a terra in un miscuglio di fango, erba e ghiaia. Mi rimetto in piedi, riesco a correre bene o male fino al pick-up. Tiro fuori di tasca la chiave che mi cade dalle mani tremanti, la raccolgo. Non riesco a trovare la serratura e graffio la vernice della portiera già danneggiata. Finalmente a bordo, metto in moto alla svelta sperando di non ingolfare il motore capriccioso. Premo piú del dovuto sul pedale dell'acceleratore. Le ruote scagliano sulle fiancate un getto di terra e fango. Tengo un occhio sul retrovisore mentre imbocco il sentiero forestale. Acquisto velocità e comincio a respirare, ma scorgo Reynaud che sbuca dalle alte felci lungo il sentiero. Con il piede spingo ancora di piú sull'acceleratore e lo supero. Mi dileguo come una lepre sorpresa ai margini di un bosco. La figura del vecchio gendarme scompare finalmente dal retrovisore.

Quando raggiungo l'asfalto e la civiltà, il mio telefono emette una serie di bip che segnalano l'arrivo di messaggi. Il bunker dell'eremita è davvero tagliato fuori dal mondo. Li leggerò piú tardi, adesso desidero soltanto una cosa: tornare a casa.

Finalmente il mio rifugio.

Ma la quiete dura ben poco, perché mentre mi avvicino noto attraverso i rami un'agitazione anomala. L'ansia mi scorre nelle vene. Accanto all'auto di Karen è parcheggiata quella della gendarmeria. Fermo il pick-up e raggiungo il viale che conduce alla porta d'ingresso. Lí mi aspetta uno strano comitato di benvenuto: due gendarmi, uno vicino all'hangar che ispeziona il Savage Bobber di Marceau, l'altro sul pontile in fondo al giardino. Karen mi saluta con la mano, mentre Benjamin mi corre incontro. Hermione rimane seduta sul divano della terrazza accanto a Zoé, entrambe assorbite dagli schermi dei telefoni.

– Pe-pe-perché se-sei tutta sporca, ma-ma-mamma?

Mi sfrego i jeans, ma le tracce di fango sulle ginocchia non vanno via. Mi guardo le mani, la terra mi si è incrostata in tutti i solchi della pelle e sotto le unghie. Peggio di una giornata di giardinaggio senza guanti. Mi rendo conto che in questa storia tutto mi sporca.

Quando alzo la testa, lo sguardo di commiserazione di Karen mi fa orrore. Solo ora mi accorgo della presenza del capitano Delmas, poco distante, sulla porta di casa. Accarezzo i capelli di Benjamin. Cerco di tranquillizzarlo, nonostante la presenza della polizia che non aiuta il suo balbettio, nonostante… nonostante la *mia* presenza.

– Oggi ho fatto giardinaggio senza cambiarmi, non va per niente bene.

Un misero tentativo. Benjamin non sembra cascarci. Karen, dando le spalle a Delmas, mi sussurra:

– Prima di venire qui sono passati in agenzia. Oggi pomeriggio tengo chiuso. Mi occupo io dei bambini, non ti preoccupare.

Hermione non mi degna di uno sguardo. Karen tira la manica di Zoé, che finisce per salutarmi. Un gendarme si accovaccia accanto a lei.

– Che bel cappellino.

Zoé non capisce. Un brivido mi percorre la schiena ripensando al furto commesso dai ragazzini a *La Maison de la Forêt* e al commento dei poliziotti sui cappellini che avevano in testa.

– L'hai comprato in vacanza? Dove l'hai preso?

– È un regalo di mio padre. Ha un food truck. Fa i panini migliori della regione, non lo sapete?

Karen circonda le spalle della figlia e la scosta leggermente dal gendarme. La madre leonessa protegge la prole.

– Mio marito ne aveva una partita che ha fatto realizzare per una pubblicità. Perché glielo chiede?

– Ne ho regalati un po' in giro, ne ho dato uno a Hermione e uno a Benjamin, – taglia corto Zoé.

Adesso sono io sulla difensiva, mentre il gendarme mi guarda con insistenza.

– Non so se i miei figli li hanno ancora.

– Posso prendere in prestito il cappellino di sua figlia? – chiede il gendarme a Karen.

Karen mi lancia uno sguardo duro. Poi accade tutto molto in fretta, Zoé scatta come un razzo cogliendoci tutti di sorpresa.

– Zoé! Zoé! – urla Karen rincorrendo sua figlia sul prato.

Raggiunge Zoé, bloccata dalla presenza di un altro gendarme in fondo al giardino. Lei tenta di abbracciarla, ma la piccola si dibatte.

– Non ho fatto niente! Non ho fatto niente! Non ho fatto niente!

E la ragazzina scoppia in lacrime. Il gendarme raccoglie il cappellino volato via nella corsa indiavolata di Zoé. Karen mi si avvicina, con la figlia ancora stretta a sé.

– Mi vuoi spiegare cosa sta succedendo, Sarah?

In questa storia non so piú esattamente chi deve prendersela con chi, allora le racconto quello che so.

– Qualche tempo fa *La Maison de la Forêt* ha ricevuto visite. C'erano le telecamere di sorveglianza e hanno individuato dei ragazzini con in testa dei cappellini con la visiera. A quanto pare avevano tutti gli stessi. Non si vedevano le facce.

Zoé ha smesso di gesticolare tra le braccia di sua madre, come paralizzata.

– Non si sa chi ha partecipato. E da chi è nata l'idea, – esclama Karen prima di andarsene, portando via Zoé e i miei figli.

Dal suo tono capisco che non ci sarà modo di evitare una discussione delicata. Ma in me si agitano troppe cose. Non è proprio il momento.

Delmas esamina il cappellino lanciandomi occhiate insistite. Mi sta aspettando, è chiaro. Quando arrivo vicino a lui, mi squadra dalla testa ai piedi.

– La vostra attività si occupa di navigazione, giusto? Le tracce di grasso o olio di motore, posso capire. Ma il fango che ha addosso, da dove viene? Sotterra cadaveri, per caso?

Nelle mie vene ribollono adrenalina, paura, sfinimento. Ma la mia indole mi permette ancora di trovare la forza per provocarlo.

– Laboratorio di caccia e pesca presso il vostro ex collega.

– Vi ho già detto di smetterla, voi due. Ancora non avete capito? Sapete cosa rischiate?

Apro la porta; sogno camera mia, sogno di cambiarmi, di stare in casa. Poi porgo il mazzo di chiavi a Delmas.

– La chiave lunga apre la cantina e quella con il pezzo di stoffa è per il retro della cucina. Lo studio di Marceau è di sopra.

Delmas chiama i suoi uomini che, colti in fallo con le scarpacce inzaccherate, mi lanciano un'occhiata prima di entrare avendo cura di pulirsi i piedi sullo zerbino. Chi sono io per giudicare? Filo in cucina, apro il rubinetto. Sposto le stoviglie abbandonate in fondo al lavello e con una spazzolina mi sfrego le unghie per diversi minuti. Aumento il getto dell'acqua. Il rumore copre quello dei singhiozzi che alla fine hanno la meglio su di me. Soffoco con la mano bagnata i gemiti pronti a uscirmi di bocca.

Mi sciacquo la faccia, cancello le lacrime, poi afferro uno strofinaccio e mi asciugo le guance, le mani – nonostante i rimasugli di terra rimasti sotto le unghie. Salgo in camera con l'intenzione di cambiarmi i jeans e tentare di liberarmi dal sudiciume piú evidente. Anche di riposarmi, magari. Passando davanti allo specchio, ho l'impressione di vedermi con un incalcolabile numero di anni in piú.

Nel corridoio i gendarmi trasportano tutto il possibile. Uno di loro passa davanti a me con una pila di scatoloni provenienti dallo studio di Marceau. Corro a chiudermi nella camera di Benjamin. Almeno non li vedrò andare avanti e indietro. Mi siedo sul letto e mi guardo intorno. Da quanto tempo non osservo questo posto con la dovuta attenzione? Dato che mio figlio non è un tipo confusionario, di solito attraverso la camera come un automa – per cambiare le lenzuola, dare l'aspirapolvere, sistemare i vestiti puliti. Da quando ha un cestino sotto la scrivania, non l'ho mai svuotato: ci pensa lui. Osservo il suo universo intorno a me come fosse la prima volta. I poster dei cartoni animati sono stati sostituiti da eroi di videogiochi e da sportivi di alto livello. E da sopra l'armadio sporge una visiera. Mi metto in punta di piedi e la sfioro con le dita. Un lungo braccio mi supera e afferra il cappellino. Mi giro verso il gendarme giunto alle mie spalle.

– È proprio lo stesso della sua amica. Ha visto? Quindi non l'ha perso...

Vedere il gendarme in divisa nella camera di mio figlio, con in mano ciò che di sicuro considera un elemento probatorio, mi terrorizza.

– Signora Miller, la cerca il capitano Delmas. È nello studio di suo marito.

Sono stanca, faccio un sospiro. Prima di lasciare la stanza, mi fermo sulla porta e, con un tono piú perentorio che di preghiera:

– Voglio parlare ai miei figli prima che li interroghiate. Non fate nulla senza il mio consenso.

Il poliziotto annuisce, mentre infila il cappellino in una busta trasparente. In questo istante è come se una bomba carica di onde negative esplodesse in casa mia. Raggiungo lo studio di Marceau, con la sensazione di essere attraversata da tutte le radiazioni nocive che rimbalzano sulle pareti e tornano indietro piú potenti, piú distruttrici.

Delmas indossa guanti bianchi in lattice. Uno dei suoi uomini scatta foto in continuazione. Un altro è seduto davanti al computer di Marceau.

– Senta, signora Miller, ha per caso la password?

Scrollo la testa: negativo.

– Portiamo via solo ciò che ci sembra utile, – dichiara lui, – niente di superfluo.

Ora ho una visione diversa di questo luogo. Cerco il riflesso di una verità che non conosco, come tutti i segreti di Marceau. Di colpo ogni cosa mi è estranea.

– Nel MacBook di suo marito abbiamo trovato documenti relativi all'acquisto di un sistema di salvataggio esterno, il «Time Capsule». Uno scrittore deve per forza fare dei backup.

– Come le dicevo, non ho trovato niente. Né disco

esterno, né chiavetta Usb, né tanto meno il vostro sistema «Time coso».

– Qui, signora Miller, c'era un dispositivo. Lo vede questo tondo senza polvere? C'è perfino la traccia del cavo elettrico. Non ricorda un dispositivo piazzato qui?

Scrollo di nuovo la testa. Ma adesso non ho piú nessuna certezza, neanche su me stessa. Il gendarme che deve essere l'esperto informatico si affaccenda attorno alla stampante modificando le impostazioni. Vi connette un computer che ha con sé.

– Ho recuperato la lista dei documenti stampati negli ultimi sei mesi, capo.

Delmas si china sullo schermo e mi fa segno di avvicinarmi. Scorre i nomi dei file. C'è di tutto, in tutti i formati, jpg, docx, pdf… Alcuni nomi presentano parole evocative, «psicologia», «sanitario», «media»… Poi alla data del passaggio alla Hsbc, un nome attira la nostra attenzione. «Il romanzo di Marceau Miller», un file in formato docx seguito da una combinazione di cifre e lettere, una decina, come un numero di serie. Tipico gergo informatico.

– «Il romanzo di Marceau Miller», che strano, vero? È il titolo che dava ai libri in lavorazione? – mi chiede Delmas.

– Non so niente. Soltanto l'editore potrebbe confermarlo.

– E tutti questi numeri? Date, numeri di versione, le fanno venire in mente qualcosa?

– Non ne ho idea. Non mi diceva niente dei suoi lavori in corso.

– Ok… Ha per caso il telefono dell'editore, signora Miller?

Ovviamente ce l'ho. Édouard Payet chiamava me quando non riusciva a parlare con mio marito. Delmas registra il contatto e lo chiama.

– Metto il telefono in vivavoce. Di sicuro avrò bisogno anche di lei.

Al secondo squillo Édouard Payet risponde.

– Capitano Delmas, gendarmeria di Thonon-les-Bains.

– Buongiorno, mi aspettavo questa chiamata.

– Le telefono per...

– Certo! Seguo le indagini, sa, i media lo considerano un caso importante. Quello che è successo è terribile. E Sarah, come fa a sopportare una cosa del genere?

Non sentivo la voce di Édouard da quando mi aveva fatto le condoglianze per Marceau e chiesto di firmare il documento per la pubblicazione del romanzo in lavorazione.

– La signora Miller è in vivavoce, – risponde Delmas. – Ho alcune domande da farle. In questi ultimi tempi Marceau Miller lavorava a un nuovo manoscritto? Le aveva per caso comunicato un titolo o l'argomento del libro o delle sue ricerche?

– Marceau era il tipico scrittore discreto. Umile, appartato. Lo lasciavo fare perché consegnava sempre in tempo, cosa piuttosto rara in questo mestiere. Marceau lavorava *sempre* a qualche manoscritto, era uno stacanovista. Mi ha spedito la prima versione del libro poco piú di tre mesi fa. Eravamo abituati cosí. Solo allora scopro il nuovo romanzo in arrivo, cioè quando ha un testo completo da sottopormi, mai prima.

In questo momento mi rendo conto che lo stesso Édouard non sapeva granché della genesi dei romanzi di Marceau. Mio marito, ancora piú solitario e isolato di quanto immaginassi. Delmas, sempre con la fronte aggrottata, snocciola una serie di domande.

– Se le dico «Il romanzo di Marceau Miller»? Le risulta che sia il titolo provvisorio che dava a tutti i suoi manoscritti durante la prima fase di lavoro?

– Che razza di idea! Marceau non era cosí egocentrico. Ma lei ha letto almeno un suo romanzo? Se vuole gliene mando qualcuno. No, non sceglieva il titolo. E comunque era compito mio. Un titolo è una scelta impegnativa e soprattutto strategica.

Comincia la lezione di editoria, un terreno scivoloso per il capitano.

– A cosa stava lavorando ora?

– È un'informazione confidenziale, capitano. Lei si rende conto che ho perso un amico e il mio migliore autore. Sa quante copie abbiamo venduto del precedente romanzo? Su, dica una cifra.

– Il tema del prossimo libro, mi serve soltanto quello, signor Payet.

– 325 000 copie! In edizione rilegata! A ogni pubblicazione sfioriamo il premio Goncourt.

Incredibile, davvero incredibile...

Non cambia mai. Cifre, strategia... Anche in lutto, un editore rimane sempre un editore. Intervengo io.

– Édouard, sono Sarah. È molto importante per le indagini sapere a cosa lavorava Marceau.

– Però non voglio che l'argomento esca sui giornali! Il manoscritto è sotto contratto. Pago un mucchio di soldi al ghost-writer per finire il lavoro, Sarah, ne abbiamo parlato. Ok... Vi racconto...

Nella mia mente sono già altrove. Ai piedi della montagna di segreti che mio marito ha lasciato dietro di sé. E ho davanti un'immensa distesa cangiante di silenzio.

Capitolo 27

I gendarmi hanno alzato le tende, portando via altri scatoloni e il computer ancora bloccato di Marceau. Sono rimasta seduta sulla sedia di mio marito, in attesa che i rumori del giardino e della foresta vicina riempissero di nuovo la casa. Intorno a me un caos disgustoso. Tutto è stato frugato da mani estranee, lasciando un disordine che sbrodola da scaffali e armadi. Come un lenzuolo sollevato, impudico, che non nasconde piú alcun segreto. Eppure nemmeno io, sua moglie, vedo nulla.

Sms di Karen.

> Vuoi che ti tenga i bambini stanotte?

Esito un breve istante.

> Passo a prenderli tra un'ora, grazie Karen. Devo parlare con loro.

Quali parole una madre può trovare in simili circostanze? Devo rimproverarli per delle sciocchezze da ragazzini? Rivelare che quell'episodio potrebbe avere un legame piú o meno stretto con ciò che è successo al padre? «Tutto si sistemerà, bambini, e troveremo chi ha ucciso papà… e perché».

È strano: dovrei essere terrorizzata all'idea di ritrovarmi da sola in casa, con Reynaud che potrebbe vagare qui attorno, ma non provo nulla. Tra l'altro non ho raccontato niente a Delmas, mi avrebbe presa per pazza. Non è proprio il caso, adesso che finalmente ha fatto partire le indagini.

Chiudo gli occhi. Cinque minuti, ho bisogno di cinque minuti.

Nello studio di Marceau comincia a penetrare l'oscurità. Scorgo sul soffitto uno scintillio quasi invisibile. Non ci venivo praticamente mai. Scopro questo universo soltanto ora, è assurdo. Riconosco le stelle fosforescenti che piacevano tanto a Benjamin. Chissà se aveva chiesto lui a suo padre di tappezzarne il soffitto dello studio. Poi i miei occhi scorrono sulla griglia di aerazione, ma qualcosa mi trattiene. Non capisco cosa. Sistemo una sedia proprio sotto la griglia e mi arrampico. Manca una vite, e la griglia non è sporca di polvere. Noto che anche le altre tre viti sbucano dal soffitto, tanto che riesco a sfilarle con le dita. Uso quel poco di unghie che mi restano. Lascio cadere le viti per terra una a una, e reggo la griglia. Se, come Hermione, avessi paura dei ragni, dovrei mettermi i guanti e stringere i denti per ispezionare l'intercapedine attorno all'apertura. Esploro a tastoni con la mano sopra il controsoffitto. Le dita urtano una cosa pesante, di cui afferro l'estremità. Estraggo l'oggetto col fiato sospeso.

Ho in mano una pistola, sto stringendo la canna. Il metallo è freddo. Scendo dal trespolo, con l'impressione nauseante che Marceau stesso mi abbia messo un'arma tra le mani. Sotto il mio tetto e quello dei miei figli, un ferro. Sapendo di cosa sono capaci gli adolescenti insensati, non approvo assolutamente.

Ma a questo punto, persa per persa… Forse dovrei imparare almeno come funziona.

Con la canna dell'arma ancora in mano, continuo a ispezionare la stanza, come se questo oggetto di morte fosse il primo indizio di una caccia al tesoro che potrebbe portarmi ad altre scoperte sconcertanti. All'improvviso sento bussare alla porta di casa. Do un'occhiata dalla finestra dello studio. Fa quasi buio, ma grazie alla luce attivata dal rilevatore di presenze scorgo una figura. Non è Karen. Poi vedo il tettuccio di una Porsche rossa parcheggiata sul prato. Scendo di sotto imprecando.

– Ciao, Sarah. Ero preoccupato perché non avevi risposto ai messaggi. Karen e Rollin mi hanno detto che oggi sono passati i gendarmi. Come stai?

– È difficile, Alexis.

Si accorge di colpo che ho in mano la pistola.

– Sarah! Riprenditi, pensa ai bambini! Mettila via, per favore.

– Se devo fare un gesto estremo, non lo faccio con questa.

Agito leggermente l'arma nella mano e senza volere premo un pulsante sull'impugnatura. Il caricatore viene espulso e cade a terra. Una pallottola dorata rotola sul parquet.

Ad Alexis sfugge un sorriso.

– In effetti, probabilmente sarebbe una soluzione destinata al fallimento.

Raccoglie la pallottola, poi il caricatore, quindi mi sottrae piano piano la pistola e mi stringe tra le braccia. Le mie lacrime calde e silenziose gli bagnano la camicia. Sento le sue dita confortanti posarsi sui miei capelli. Non dice nulla finché riprendo a respirare con piú calma.

– È una situazione sconvolgente, anch'io sono destabilizzato. Scopriamo troppe cose all'improvviso. È il motivo per cui a volte mi tengo a distanza dalla gente, diversamente dall'immagine che mi sono costruito. Forse per paura di essere tradito o deluso, o entrambe le cose, e starci male. Fidarsi non è facile.

Faccio un passo indietro e gli sto di fronte. Mi asciuga

le guance e mi guarda con tenerezza. Per la prima volta da settimane non ho la sensazione di vivere in un mondo malefico.

– Ho trovato quella pistola nel suo studio, nascosta sopra la griglia di aerazione. I gendarmi si sono concentrati sui libri, le bozze del manoscritto, il materiale per la scrittura, e non se ne sono accorti.

– Devi consegnargliela, Sarah. Un ferro come questo non è da sottovalutare.

– Ma perché un'arma del genere? Non serve per la caccia. Si sentiva minacciato?

– Non saprei. Anzi, mi sembra che fosse circondato solo da fan sinceri e piuttosto tranquilli. Non sollevava polemiche. Nonostante il successo, rimaneva abbastanza discreto, o no? Il tipo che cura la propria immagine e rispetta i lettori e anche i colleghi, almeno credo.

Mi sto chiedendo se conoscessi Marceau soltanto attraverso ciò che leggevo sulla stampa – le foto su carta patinata, il Marceau degli studi televisivi. Forse tutta la nostra storia non era che un'abile sceneggiatura. E la casa, un set cinematografico? Dove sta la realtà, dove sta la finzione nella nostra storia? Nella mia mente tutto si confonde. Alexis mi appoggia le mani sulle spalle e mi tira fuori dal mio rovello interrogandomi.

– E i gendarmi, hanno spiegazioni?

– Fanno il loro lavoro, hanno in mano pochi elementi. Non mi pare che stiano facendo progressi, proprio no.

– Sono solo all'inizio. Tu puoi contare su di me, sai che sono qui. Stiamo tutti attraversando un momento difficile. Se posso aiutarti a chiarire le cose, mi sembrerà di esserti utile. Bisogna ritrovare una parvenza di vita normale, almeno per i bambini.

Mi manca la quotidianità, sono stanca delle sorprese, lo confesso. Anzi esausta.

Ma docile, lo seguo all'esterno. È scesa la notte, che avvolge il mondo con un velo d'inchiostro. L'aria si è rinfrescata, carica degli effluvi silvani circostanti. Una brezza leggera come un sospiro fa ballare le foglie argentate delle betulle con una melodia che si mescola all'eterna ninnananna del Lemano. La luna, pallida regina di questo regno, intesse un sentiero di luce sulle acque di ossidiana. In questa scena ipnotica si ergono le Alpi, giganti assopiti dai contorni sfocati, con le cime che sfiorano un cielo punteggiato di stelle scintillanti. Un gufo reale, baritono solitario, intona un'aria ricordando che la sera non è mai davvero silenziosa per chi è capace di ascoltarla. Sotto i miei passi l'erba del giardino assorbe già l'umidità della notte. Alexis apre l'auto e accende i fari. Il fascio di luce si allunga fino al pontile in fondo al giardino. Per questo si è spinto cosí avanti sul prato. Si china all'interno e afferra qualcosa nel vano portaoggetti.

– Sai che ogni tanto prendo in prestito una barca dell'agenzia. Karen mi fa usare quasi sempre la stessa, quella rimasta quando gliela chiedo all'ultimo momento. Ho clienti che firmano qualunque mia proposta, quando li porto a fare un giro sul lago. È una tecnica molto efficace.

Accompagno Alexis mentre mi parla. Camminiamo in direzione del pontile. Non riesco a identificare l'oggetto che tiene in mano, fino a che non lo allunga davanti a sé, mettendolo accanto a un altro, simile in tutto e per tutto.

– È proprio come pensavo. Questo pezzo serve di sicuro a coprire uno dei pali del pontile.

In una frazione di secondo individuiamo il copripalo mancante.

– Suppongo che ormeggiando un'imbarcazione in modo maldestro e ritirando in fretta la cima, possa capitare di rimanere incastrati in questo aggeggio. Il caso vuole che non sia finito in acqua. Io e Marceau siamo usciti parecchie volte dal vostro pontile, per questo mi è venuto in mente. Ma che ci faceva il copripalo nell'Antares Fly dell'agenzia? Quella barca è troppo grande per ormeggiare qui!

– Fa undici metri e passa e pesa piú di sei tonnellate. A ormeggiarla qui, si corre il rischio di fare dei danni. No, non è possibile…

Le mie stesse parole mi lasciano perplessa. Alexis non turba il silenzio, si sente solo lo sciabordio del lago sotto di noi. Per le nostre navigazioni private non adoperiamo le barche nuove dell'agenzia, ma soltanto il vecchio guscio di noce rabberciato e improponibile per la clientela. L'Antares Fly non aveva *nessun motivo* di attraccare qui.

Mentre la Porsche di Alexis lascia il giardino in un ronzio sordo, continuo a ispezionare il bordo del pontile con la torcia del telefono. Cerco ogni minima alterazione del legno o qualche residuo di vernice. Supponendo che si accosti in fretta, ormeggiare rapidamente ai pali non è una manovra semplice, e i vecchi copertoni appesi a mo' di parabordi non proteggono piú granché da anni, soprattutto un modello di quelle dimensioni.

Mi sembra di procedere nella nebbia, di lanciare domande nelle acque profonde del lago senza alcuna speranza di ricevere risposta. Arrivare a dubitare di tutto e tutti risveglia in me angosce che pensavo scomparse da anni. Chissà se prima o poi possiamo guarire dalle nostre ossessioni.

Guardo l'ora sul telefono: le 23.15. Ho dimenticato i bambini. Senza nemmeno chiudere casa, salgo sul pick-up. Ma un'altra intuizione mi tormenta. Non ci penso oltre e imbocco la strada per l'agenzia. Non ci metterò molto tempo. La storia della barca mi assilla. Ogni elemento capace di farmi fare un passo avanti in questa storia si trasforma in ossessione.

Tra qualche minuto sarò da sola all'agenzia.

Capitolo 28

Le luci degli chalet si spengono piano piano sulle rive del lago. Il Lemano è già immerso nel buio. Parcheggio il pick-up di fronte all'agenzia, lasciando i fari accesi puntati sulle barche. Le conto: sono tutte attraccate – ballano leggere sull'acqua calma della sera. Appena entro accendo il computer. Mentre si avvia, consulto l'agenda a spirale gestita da Karen. Allora vedo infilato tra le pagine il biglietto da visita di Delmas, il capitano della gendarmeria. Che cosa è venuto a cercare qui? Karen me l'aveva detto che lui e i suoi uomini erano passati: avranno perquisito anche qui come a casa mia? Arriva la schermata di login: digito la password, rifiutata. La digito una seconda volta, rifiutata. Cominciano a tremarmi le mani, ma sono sicura di inserire la password giusta, sono anni che la digito in modo automatico. Ci provo ancora e ancora. Niente da fare. Picchio con il pugno sulla scrivania. Non importa, farò a meno delle prenotazioni. Devo controllare soltanto tre barche, quelle grandi generalmente utilizzate da Alexis: gli Antares Fly. È su uno di quelli che ha trovato il copripalo del mio vecchio pontile.

Prendo dall'armadietto il mazzo di chiavi delle barche in questione, poi da sotto la scrivania la lampada a maniglia Wolflite. Premo l'interruttore e controllo che la torcia funzioni. Nelle bagnarole che ci riportano i clienti ci sono sempre stive da illuminare e controlli da effettuare: fughe di liquidi, oggetti dimenticati, danni…

Esco, salgo sul pontile e illumino le barche, le linee di galleggiamento, poi i dritti di prua. Alcuni pesci seguono il fascio di luce lungo gli scafi, senz'altro con la speranza di trovare qualcosa da mangiare. Sulla parte anteriore di uno degli Antares Fly individuo dopo poco una traccia, invisibile a uno sguardo distratto. Si trova sotto il livello del pontile. Per forza, da me la passerella è piú bassa. Non c'è dubbio, questi dritti sono venuti in contatto con i copertoni di gomma corrosa e porosa che ho fissato io stessa ormai dieci anni fa come parabordi di fortuna.

Salgo a bordo. La barca ondeggia appena, date le dimensioni. Muovo il fascio di luce sul ponte, sulla cabina, sulla battagliola, sul pozzetto. L'Antares Fly è in condizioni perfette, ha meno di cinque anni, è praticamente nuova. La revisione è stata fatta da poche settimane, come per le altre due. Me lo ricordo bene, ho guidato io fino al *MotorBoat*. Victor, il proprietario, è un collega di fiducia che ha un'officina autorizzata sul lago, piú lontano.

Apro la cabina con le chiavi ed entro facendo attenzione al gradino. E invece sbatto la parte alta della fronte, come mi succede a volte; di sicuro la violenza dell'urto mi lascerà un brutto livido per diversi giorni. Un'altra ferita. Mi siedo su un divanetto: prima controllo l'insieme dell'abitacolo, poi passo alle cose serie. Non lasciare niente al caso. Apro e rovisto uno a uno tutti i bauli, tutte le panche, tutti i doppi fondi del pavimento. Nessuna traccia, nessun elemento sospetto. Poi mi intrufolo come un serpente impacciato nel minuscolo vano tecnico che accoglie il motore entrobordo. Lí alzo un sottile rivestimento che garantisce la tenuta stagna, lato motore. Sempre armata di torcia, illumino una vaga forma bianca lucida. Provando a rimuoverla, capisco che si tratta di un sacchetto di plastica, apparentemente stagno. Lo tiro verso di me con difficoltà, vista la posizione in cui mi trovo. Pesa come minimo un chilo. Sento il cuore battermi nel petto; questo sacchetto non dovrebbe stare qui. I segnali lampeggianti di un'intuizione passano al rosso.

E se fosse il manoscritto?

Appoggio la torcia in modo che il fascio di luce illumini ciò che sto per spacchettare.

Apro.

Subito l'odore mi allarma. C'è una puzza di guai che mi arroventa le narici.

Cannabis. In tutte le salse: foglie essiccate, panetti di resina, palline da mandare giú come caramelle. In un flash ripenso a ciò che ha detto Karen su mia figlia. «Hermione nasconde delle canne in camera sua». Meno male che ho trovato io questa robaccia, e non Karen. O peggio, la polizia. E poi mi torna in mente quel buono a nulla del figlio di Victor, il proprietario del *MotorBoat*. Ha sedici anni e spesso segue suo padre. Per dargli una mano, a volte guida le mie barche. E addirittura esce con Hermione. Chissà se l'ha già portata in gita sul lago per darsi un tono. Svuoto il resto del sacchetto e trovo una scatola di... preservativi.

Che stronzo, cosa intende fare con mia figlia?! Ha dodici anni, cazzo!

Certo, da un po' ormai Hermione non mi tratta piú come la sua dolce mammina, e comincia a essere formosa. E quindi?... Afferro quello schifo di cannabis ed esco dalla cabina sbattendo di nuovo la testa. Sferro calci a destra e a manca contro il pozzetto per la rabbia e il dolore, ma non mi calmo. Svuoto la droga nell'acqua. Un tipo di cannabis va a fondo immediatamente... un altro galleggia. Afferro la gaffa agganciata al parapetto e mi accanisco su quella cazzo di erba secca per mandarla a fondo. Raccolgo i sacchetti vuoti, poi mi sposto sul secondo motoscafo.

Stessa cosa.

Quel bastardo sfrutta le nostre imbarcazioni per i suoi loschi traffici!

Poco dopo lascio il pontile con tre grandi sacchetti di plastica opachi, le bustine vuote e le scatole di preservativi. Davvero previdente quello stronzo: una in ogni barca. Raggiungo quasi di corsa la scrivania dell'agenzia. Con le forbici del cassetto vicino al computer, taglio i preservativi a pezzettini, trovo una grande busta pluriball e ci metto dentro tutto quello che ho raccolto tolta la cannabis. Ci scrivo sopra il nome del giovane proprietario. Prima di raggiungere la casa di Karen e Rollin, devo fare soltanto una breve deviazione per depositare questo bel pacchettino davanti alla porta dell'interessato – cioè, dei suoi genitori. Dovrebbero cogliere il messaggio.

Esco dall'agenzia con la busta in mano. Ma qualcosa non va. I fari del pick-up si sono spenti. Nel buio il pontile e le barche sono invisibili. Riesco a malapena a individuare la mia macchina. Allora cerco di concentrarmi sui rumori. Nell'aria filtrano solamente il leggero sciabordio dell'acqua sugli scafi e gli scricchiolii lamentosi delle barche contro il pontile. Avanzo lenta ma sicura, raggiungo l'auto e mi infilo dentro.

Quando giro la chiave e premo sull'acceleratore, il motore tossisce, si avvia.

I fari non si sono spenti per colpa della batteria scarica.

Nell'ombra percepisco una minaccia, sento che si aggira attorno a me e si avvicina in cerchi concentrici. Sento che allunga la mano viscida, pronta a posarsi sulla mia spalla quando sarà il momento.

Parte quarta

Acque torbide

Capitolo 29

Karen e Rollin abitano in un piccolo chalet a Ballaison, tra vigne e campi di grano, a una decina di chilometri dal lago, nell'entroterra. Data la posizione leggermente rialzata, dal soggiorno si gode di una vista mozzafiato sul lago. Le conoscenze di Alexis erano state utili per ottenere il terreno in quella nuova lottizzazione, molto apprezzata dieci anni fa.

La casa perfetta per una Karen perfetta, che stasera accudisce i miei figli.

E io avrei dovuto raggiungerli un'ora o due fa, ormai non lo so piú.

Imboccata la D225, mi avvicino a Massongy. I fari illuminano i campi coltivati, tornante dopo tornante. Seguo il tracciato della strada come ipnotizzata, ma all'improvviso sento strani rumori provenienti dal cassone del pick-up. Come dei colpi sulla lamiera. Nel retrovisore non vedo niente, solo il bagliore rosso dei fanali posteriori nella notte. Le ruote solcano il ciglio erboso della stretta provinciale, la macchina si ferma. Esco dall'auto col motore acceso, le zanzare volteggiano nella luce dei fari anteriori in un balletto ritmato dal clicchettio regolare delle quattro frecce.

Faccio il giro dell'auto e do un'occhiata all'interno del cassone. La plafoniera dell'abitacolo illumina appena uno spettacolo che mi fa rabbrividire. Un pesce imponente, immobile, dalle scaglie brillanti. Un luccio, predatore carnivoro, lungo quasi un metro. Le fauci spalancate sembrano ancora capaci di catturare le prede in una morsa fatale. E, cosa inspiegabile, ha la carne trafitta da rami di varie misure – almeno una ventina – piantati in un disordine morboso. Di sicuro erano quei rami che sbattevano nelle curve. Un pesce «vudú»? Questo messaggio non mi piace per niente.

Accanto al pesce c'è un rettangolo chiaro: riconosco la veste grafica dei romanzi di Marceau. Punto la torcia del telefono: è *Codice Lemano*, uscito quattro anni fa. Il libro è zuppo, totalmente sformato. Lo sollevo con cautela, è raddoppiato di volume. Le pagine fradice si strappano. Per essere ridotto in questo stato probabilmente è rimasto diversi giorni immerso nell'acqua. Lo so bene, perché tempo fa, quando io e Marceau ci eravamo appartati sulle rive di uno stagno, avevo fatto cadere un libro che leggevo in quel periodo. Me n'ero completamente dimenticata e dopo diversi giorni l'avevo ritrovato lí. Il libro era in quelle condizioni.

All'improvviso la coda del pesce schiaffeggia la lamiera, il luccio si inarca con violenza. Grido. Il cuore mi batte all'impazzata. Nonostante il ribrezzo, apro il retro del cassone, afferro l'estremità vischiosa della pinna caudale e in un colpo solo lo tiro via, fuori dalla macchina. Il pesce cade pesantemente sull'erba e rotola nel fosso, dove scompare. Nel panico ho ridotto in poltiglia il libro fradicio.

Prima che mi fermassi in agenzia, nel cassone quella roba non c'era.

Quindi qualcuno mi segue. Perché? Per spiarmi, per minacciarmi? Come di notte quando esco in giardino? Chissà se tutto ciò è davvero reale. Non è che sto impazzendo completamente?

Richiudo il cassone e mi rimetto in strada. All'uscita

di Massongy mi fermo per depositare il pacco di preservativi a brandelli sulla porta d'ingresso di quello stronzo. Non voglio vederlo mai piú, né vicino alle barche, né vicino a Hermione.

Serata di merda.

Quando scorgo lo chalet, è mezzanotte passata. Le luci sono accese. Dietro la vetrata appare la sagoma di Karen, quasi minacciosa. Immagino che stia rimuginando la frasina perfetta da dirmi, e l'idea è insopportabile. Mi aspetta sulla porta di casa, la chiude piano alle sue spalle per stare da sola con me un momento nel fresco della notte.

– Ce ne hai messo di tempo, Sarah! Ero preoccupata.

Piega la testa di lato.

– Hai una faccia strana... I bambini possono restare qui, se vuoi. Gli ho dato il permesso di giocare ai videogiochi. Era l'unico modo per distrarli, stasera.

Adesso mi scruta. Mi passo una mano sulla fronte, ma non serve a niente.

– Cosa ti è successo? Sei ferita?

– Non è niente, una sciocchezza, ho sbattuto in una barca.

– A quest'ora? Che ci sei andata a fare?

Vado avanti velocissima, per non perdere la faccia.

– Avevo bisogno di dare un'occhiata al calendario delle prenotazioni... Ma non sono riuscita ad accedere al computer. Hai cambiato la password? E con il capitano Delmas... Di cosa avete parlato in agenzia?

Stavolta sono io a fissarla. Rimane in silenzio prima di rispondere.

– Sei sicura di stare bene, Sarah? Non ho cambiato la password del computer, è la stessa da quando abbiamo aperto l'agenzia. Figurati, te l'avrei detto!

Il canto dei grilli riprende piú forte nel campo vicino.

Non è il caso di menzionare il pesce-vudú o il libro ridotto in poltiglia. Con una storia del genere mi tolgono la custodia dei bambini. Non è neppure il caso di parlare della cannabis trovata sulle barche, troppi guai per una serata sola. Meglio andare dritti al punto.

– Porto a casa Hermione e Benjamin. Dobbiamo stare un po' insieme... e parlare.

Prima di lasciarmi entrare, Karen mi osserva ancora, molto seria. Sembra che stia per dirmi qualcosa.

– Il capitano Delmas è venuto a trovarmi, in effetti. Mi ha fatto delle domande su Marceau, su di te, e anche sui ragazzi. Gli ho risposto delle banalità. Ma io e te sappiamo che certe cose è meglio che non tornino a galla.

Rispondo piú asciutta di quanto vorrei.

– Non c'è bisogno di rivangare roba che non c'entra con la morte di Marceau. Rischiamo di perdere l'agenzia, lo so bene. Tanto a Delmas non interessano i maneggi sul riacquisto e la vendita di un lotto di barche.

Dalle rughe sulla fronte, intuisco che Karen è molto preoccupata.

– Siamo d'accordo, – dice, – non avevamo altra scelta. O cosí o il fallimento. Anche se ancora non capisco perché in quel momento non hai voluto chiedere aiuto a Marceau. Non per orgoglio, spero. E per la storia del furto alla *Maison de la Forêt*, con i ragazzi e i cappellini, Delmas ha indagato. Ha interrogato Zoé. Lei ha soltanto distribuito i cappellini pubblicitari del food truck di Rollin. A casa ne abbiamo decine. In cambio di un pugno di caramelle recuperate durante il furto. Ma Zoé non ha rubato niente! E i due ragazzini sono stati identificati e interrogati, fine della storia.

– Come sarebbe «fine della storia»?

– Non immischiare i nostri figli in quella vicenda, chiaro? Non c'entrano niente e tu lo sai. Delmas è tornato sul furto, e i due ragazzini interpellati hanno confessato. Avevano rivenduto su eBay un po' di roba rubata. Lui cercava informazioni su una cinghia, ma loro non ne avevano idea, e non ha trovato nulla nemmeno su internet. Comunque Zoé non c'entra niente.

Supero Karen per entrare in casa. Hermione e Benjamin sono già pronti. Chissà se hanno sentito la nostra conversazione. Hermione mi passa davanti senza un bacio e neanche una parola, e si dirige verso il pick-up. Si volta.

– Sono stanca, voglio tornare a casa.

Benjamin, invece, si mostra educato e abbraccia Karen.

– Ci-ciao, Karen.

Intuisco che qualcosa non va. Cerco di prendere tempo.

– Rollin non c'è?

– Sta riparando una perdita nel food truck. È chiuso in garage da ore. È il suo modo per sopportare quello che sta succedendo: sparisce in garage.

A bordo del pick-up si dissolvono i miei dubbi. E finalmente Hermione apre la bocca.

– Devi dire a Karen che ci lasci in pace con le sue domande stupide. Ci bastano i poliziotti.

– È pre-preoccupata per noi, e ha ra-ragione.

La risposta calma di Benjamin mi sorprende. Che sia diventato piú maturo senza che me ne accorgessi? Metto in moto, ma non inserisco subito la retromarcia. Mi aggrappo con le mani al volante.

– Aspettatemi un secondo. E non muovetevi, capito?

Il mio tono sembra sorprenderli. Spengo la macchina, scendo e vado dritta in garage. Un raggio di luce filtra da sotto la saracinesca chiusa male. Il vocio confuso di un programma radiofonico esce fuori discreto. Alzo la serranda e la chiudo subito alle mie spalle. Rollin ha la testa nel vano motore. Poi, oltre il suono della radio pieno di interferenze, sento che piange. Lo immagino mentre si asciuga le guance con uno straccio sporco di olio e grasso.

– Lasciami in pace. Torna dai bambini. Non c'è niente piú di quello che abbiamo detto ai gendarmi.

– E cos'avete detto ai gendarmi?

Rollin alza la testa e colpisce il cofano. Si aspettava di vedere Karen. Non mi fa nessuna pena: sono pronta a sbatterglielo in testa, il cofano, per fargli confessare cos'hanno dichiarato.

– Sarah? Potevi dirmi che eri arrivata. Karen è coi bambini.

– Basta stronzate, adesso parliamo dei gendarmi! Cosa gli avete detto?

Le sue guance si arrossano. Almeno ha smesso di piagnucolare.

– Ascolta... Ci hanno bombardato di domande, prima su Marceau, sui bambini e poi su di te. Il giorno della morte di Marceau, Karen ha detto... Ha detto che non eri in agenzia. Non sapeva dov'eri. Voleva coprirti, ma Delmas le ha messo pressione.

Il cuore mi batte pesante nel petto, e mi sento il viso caldo anch'io. La morte di mio marito, le amicizie che crollano, Reynaud, Karen... Tiro un calcio violento a un recipiente pieno di olio nero. Il liquido schizza ovunque, sulla fiancata del food truck, sul banco da lavoro e sul muro adiacente. La maggior parte però si spande sul pavimento, una massa viscosa come la macchia di un tradimento che sarà difficile da eliminare. Uscendo, lascio la saracinesca alzata. Adesso non c'è piú nulla da nascondere. Nella luce del garage si staglia la figura del povero Rollin. Smascherato, costretto a uscire allo scoperto. So che sta male anche lui. Ma adesso, stasera, ho bisogno di sentire la sofferenza negli altri. Per sapere che non sono l'unica a morire di dolore.

Capitolo 30

Le facce di Hermione e Benjamin attraverso i finestrini del pick-up: non le dimenticherò mai. Hanno visto tutta la scena. Quando li raggiungo, non mi chiedono niente. La mia rabbia pulsa nell'abitacolo, pericolosa, radioattiva. Guido, rimangono in silenzio. I fari squarciano la notte profonda.

Non c'è niente che vada per il verso giusto.

Nel mio stato meglio evitare i temi sensibili. Ma prima o poi dovrò mettere il dito nella piaga. Si dice che la notte porti consiglio. A me le notti portano un sacco di guai, e mi ci butto a capofitto, come su un campo minato pronto a esplodere.

Arrivati a casa, mentre i bambini si preparano per andare a letto, controllo furtivamente i dintorni. Nell'oscurità intuisco soltanto ombre mutevoli. Un rituale che sta diventando un disturbo compulsivo, ma ho una sensazione che mi ossessiona, come se una presenza malsana si aggirasse incessante. A detta dei medici, dopo un trauma capita spesso. La notte ricopre tutto con un lenzuolo scuro. E quando entro in casa a mia volta, ho in mano soltanto sospetti. Hermione è andata in camera sua e si è chiusa a chiave. Do un bacio sulla fronte a Benjamin e gli accarezzo i capelli, prima che si sottragga al mio abbraccio.

– Buo-buona notte, ma-mamma.

Lascio la sua porta socchiusa. È l'ultimo residuo di un'infanzia frantumata dalla morte del padre e da tutto quello che stiamo attraversando. Non sono pronta. È già difficile in tempi normali, ma adesso è insopportabile. Dalla rabbia che sprigiono da ore sgorga una nuova sensazione che mi prende alla gola. Corro in bagno, trattengo le lacrime e cerco nell'armadietto i farmaci che mi ha prescritto il medico. Ne ho ancora tante scatole, non avevo seguito la cura in modo scrupoloso. Metto insieme qualcosa per dormire e calmare l'ansia, un cocktail improvvisato di benzodiazepine, Zolpidem e Xanax. Forse non è un mix perfetto, ma almeno non ci aggiungo l'alcol. Mi sdraio sul letto che non rifaccio da giorni. Credo di aver dimenticato il concetto di lenzuola pulite e stirate. Quasi subito sono colta da un intorpidimento, una morsa anestetizzante. Non ho piú la forza di alzarmi per spogliarmi. Il sonno mi porta via, mentre scruto dentro di me la finestra aperta sui miei incubi. Si presenterà fra meno di tre ore. L'unica tregua che mi è concessa.

Di nuovo la vertigine che mi precipita nell'abisso con Marceau. Il mio cuore esplode, ho le mani sudate, mi rialzo all'improvviso. Mi gira la testa. Guardo l'ora sfuocata sulla radiosveglia: le 4.42. Soffoco. Scendo dal letto barcollando leggermente, mi reggo allo stipite della porta, alle pareti. Ho bisogno di aria come ogni volta, allora esco in giardino, come ogni volta. Il cielo è ancora coperto di stelle. Si intuiscono le prime luci del giorno. Fluttuo tra due mondi, in uno stato di coscienza annebbiata. Cammino sul prato verso il boschetto. Un luccichio tra gli alberi attira la mia attenzione. Come il fascio di una torcia che danza tra i rami. Penetro nella zona della foresta che conosco, perché ogni tanto ci vengo a raccogliere ramaglie per il camino d'inverno o per il barbecue d'estate. Mi giunge all'orecchio un bisbiglio, come il sussurro della voce di un bambino. A volte capita a Benjamin o Hermione di venire a giocare qui, si nascondono dietro i tronchi oppure osservano gli scoiattoli. Mi inoltro nel bosco, seguo il bisbiglio. Lo percepisco davvero, non è la mia immaginazione. Mi sembra di sentire «mamma...» Dentro di me un allarme. Non vedo quasi nulla. Poi uno scricchiolio, un ramo spezzato. Una presenza che trasforma la mia preoccupazione in paura. Faccio dietrofront e mi fermo di colpo. A pochi metri da me una figura immobile vicino a un albero. Oppure due, ma forse ho le visioni. Animali? In questa stagione ci sono caprioli, a volte cinghiali. Ho il fiato corto. Mi sembra di sentirlo risuonare in tutta la foresta, di essere io stessa un punto luminoso visibile a chiunque. Mi lancio correndo verso casa. Sbatto con il piede sinistro in una radice, inciampo e cado in avanti. Il ginocchio destro urta contro qualcosa di duro. Sono pervasa dal dolore, ma dalla bocca non mi esce alcun suono mentre la mia testa colpisce il tronco di un albero. Un flash, un lampo davanti agli occhi. Sono stordita. Black-out.

Riprendo i sensi. Devo aver perso conoscenza per qualche secondo, credo. La paura riaffiora in un lampo. Mi rialzo. Cerco le figure, impossibile ritrovarle. Mi guardo intorno e adocchio una piccola forma semovente a un metro da una grande quercia. Sembra un bambino. Stavolta sono spinta da una forza interiore irrefrenabile.

– Benjamin!

Di fronte, nessuna reazione. Guardando meglio, un terrore improvviso mi scava la pancia. La figura non ha le gambe, è come sospesa alla quercia. Stavolta svuoto i polmoni. Urlo e il sangue mi sale al viso.

– Benjamin!!!

I dolori al ginocchio e alla testa sono scomparsi, corro verso quella figura. La prendo tra le braccia, ma si sgonfia come un pallone forato. Rumore di strappo. Tra le mani un giubbotto di Benjamin, il cappuccio appeso a un ramo. Ho il respiro cortissimo, sento che sto per collassare. Soltanto ora mi rendo conto all'improvviso che sono nella foresta, che i bambini sono da soli in casa. Devo raggiungerli, proteggerli, assicurarmi che siano nei loro letti. Quale madre abbandona i propri figli nel cuore della notte?

Corro come non ho corso mai. Cado piú volte, mi faccio male di nuovo, un'altra brutta ferita. Vedo delle luci in casa, troppe per una notte *normale*. C'è movimento. Un'auto è parcheggiata in mezzo al cortile. Corro ancora. Benjamin è fuori, in piedi accanto a un uomo. Reynaud.

– Ma dov'eri? Cosa ci facevi nella foresta, Sarah?

Penso solo a stringere forte mio figlio, lo voglio abbracciare, voglio sentire il suo odore.

– Ma è il mio giu-giubbotto?

Mi rendo conto che non l'ho lasciato cadere.

Hermione si avvicina a me e si unisce alla stretta. Non succedeva da tanto tempo. Anche Reynaud fa un passo avanti. Allungo il braccio verso di lui, con gli occhi furiosi. Sono pronta a mordere, a uccidere.

– Sarah...

– Non ti avvicinare!

– Mi ha telefonato Benjamin... Mi ha detto che ti aveva vista sparire nella foresta. Sono venuto il prima possibile. Sarah... Dobbiamo parlare.

– Non qui, non ora!

Reynaud annuisce tristemente. Tira fuori una busta dalla tasca e me la dà. Poi sussurra:

– Avrei voluto essere sempre accanto a lei... Come sono accanto a te stasera. Voglio solo aiutarvi, Sarah.

Poi saluta con la mano i miei figli e gira i tacchi. Lo guardo andare via, completamente persa.

Abbraccio di nuovo Hermione e Benjamin chiedendo che tornino in casa.

– Arrivo subito.

Apro la busta e scopro una foto di Jade sorridente, luminosa davanti all'obiettivo. Sul retro, scritto di suo pugno: *Per sempre con te*. Lo amava davvero. Yves Reynaud. Non ci capisco piú niente.

I bambini sono in soggiorno, in piedi uno accanto all'altra. Sembrano incapaci di reagire, mi si stringe il cuore.

– Co-cosa ci facevi ne-nella foresta, mamma?

La verità sta venendo a galla. Mentre la domanda di Benjamin fluttua ancora nell'aria, lo sguardo che mi rivolge Hermione mi fa ancora piú male. Uno sguardo atterrito di fronte alla madre che sto diventando. Le scarpe ricoperte di fango, i vestiti altrettanto sporchi, i graffi sulle braccia, i lividi ovunque. Le uscite notturne, il mio comportamento instabile. Leggo nei suoi occhi qualcosa tra il disgusto e la vergogna. Mi mordo le guance, incapace di nascondermi.

– Lo sai cosa dicono le mie compagne di scuola? Che ti interessano le indagini soltanto per i soldi. Perché le assicurazioni non coprono un «incidente» di montagna se non si rispettano le regole di sicurezza.

– Sei sicura che siano amiche vere, Hermione?

La mia è un'uscita infelice. Ma non so rispondere altro.

– Tu invece sei una grande esperta di amiche? Con la tua Karen che sospetta di noi pensando che abbiamo una pessima influenza su Zoé?

– Karen è… preoccupata. E ne ha motivo. Lo stronzetto che esce con te nasconde l'erba nelle barche dell'agenzia! Quello lí non lo voglio vedere mai piú, capito!?

– Comunque, io a scuola non ci torno!

Su questo ultimo grido, Hermione torna in camera sua. Raramente l'ho vista cosí arrabbiata.

Prima che morisse Marceau, stava già andando tutto a rotoli? La perdita momentanea di controllo è meno spaventosa del dubbio di non recuperarlo mai. Se non trovo l'origine delle tragedie che ci perseguitano da vent'anni, non potrò salvare i miei figli e ridare un senso alla mia vita. In un modo o nell'altro è tutto collegato, ne sono convinta.

Capitolo 31

Una leggera foschia ricopre il giardino. È presto.

Non sono riuscita a riaddormentarmi. Al contrario, ho vagato tra la casa e il giardino. Non so esattamente che ore sono quando passo davanti all'hangar, sempre spalancato come lo lasciava Marceau. Di fronte, sul vasto prato dove faceva decollare e atterrare il Savage Bobber, è cresciuta l'erba. Mi avvicino all'aereo, passo la mano sull'elica, la faccio scivolare sulla fusoliera fino ai tubi della struttura. Attorno a me aleggia un odore di officina meccanica, un misto di olio e benzina. Forse era uno dei motivi per cui Marceau lasciava sempre aperto l'hangar. Gli piaceva questo odore, gli piaceva averlo addosso. L'ho sorpreso qualche volta ad annusare la sua giacca, con la stessa intensità con la quale inghiottiva a pieni polmoni l'aria del lago o delle montagne intorno.

Chiudo gli occhi. Perché sei andato via, egoista? Ai nostri figli ci hai pensato? Colpisco una delle ruote con la punta del piede.

Il telefono emette un bip, è un sms di Karen.

> Sarah, hai cambiato password nel computer dell'agenzia? Me ne hai parlato ieri sera, non riesco a loggarmi.

Anche quando non sono in agenzia, creo problemi.

> Pensavo fossi stata tu. Ieri sera non sono riuscita a loggarmi nemmeno io.

Fisso i puntini che appaiono sullo schermo mentre Karen scrive un altro messaggio. Non sono pazza, non ho cambiato password. La usiamo solo io e Karen. I puntini scompaiono, niente messaggio. Lei non mi crede, e di sicuro pensa che do di matto. Poi, di nuovo, un sms.

Chiamo il tecnico informatico.

Che strano.

Mi verrebbe da risponderle che io non c'entro niente. Solo che mi metterei ulteriormente in cattiva luce. Ho l'impressione che una mano invisibile mi stia manipolando. Ma chi? Pochi giorno dopo la morte di Marceau ho smesso tutte le medicine. Quelle porcherie mi bruciavano il cervello. Non mi sto inventando ciò che sta succedendo!?

Il suono improvviso del clacson del pick-up giunge fino all'hangar. Il vecchio orologio appeso alla parete indica le 7.44. Io e i bambini dovremmo essere per strada già da un quarto d'ora per andare a scuola. Esco di volata dall'hangar, scorgo Benjamin seduto dal lato passeggero. Si china sul volante. Un secondo colpo di clacson stridente mi arriva come uno schiaffo – un richiamo all'ordine dai miei stessi figli.

Il motore è già acceso, Benjamin ha messo in moto prima che arrivassi io. Lo sa che non voglio, ma oggi non glielo faccio notare di certo. Benjamin risponde, prima ancora che glielo domandi.

– Her-Hermione è già pa-partita, a piedi.

Mi mordo il labbro inferiore. Pessima madre quale sono, premo l'acceleratore sperando ingenuamente di recuperare il tempo perduto. Fisso il ciglio della strada man mano che procedo. Quando avvisto la sagoma di Hermione, lei ha già percorso un chilometro. Si gira, sguardo cupo. Alla sua altezza rallento, lei continua a camminare. Benjamin abbassa il finestrino.

– Hermione, sali, – le dico, – manca ancora piú di un chilometro. Siamo in ritardo.

Non mi guarda, continua a camminare allungando il passo. Poi, dato che la seguo ancora, si gira verso di me con il volto severo.

– TU sei in ritardo! A scuola ci vado in autobus... Chiudi il finestrino, Benjamin!

Fine della discussione. Mentre riprendo velocità in direzione di Yvoire, la guardo sparire nello specchietto retrovisore.

Benjamin mi saluta con la mano prima di varcare il cancello della scuola. Si avvicina a un gruppetto di ragazzini, tra i quali riconosco qualcuno dei suoi compagni. Alcuni sono venuti a casa nostra tre mesi fa alla festa per il suo compleanno. Soltanto uno di loro si gira al passaggio di mio figlio, per un breve istante. Benjamin va a sedersi sugli scalini dell'ingresso, da solo. Mi vede ancora parcheggiata sul marciapiede e abbassa la testa, poi apre la cartella. Tira fuori la merenda che gli ho preparato. Lo raggiunge un ragazzino dall'aspetto un po' goffo. Un nuovo amico di fortuna. Mi asciugo una lacrima, sono stanca. Stasera troverò la forza di parlargli, ho il dovere di farlo. Passerà, tutto passerà. Ci riusciremo.

L'agenzia è solo a cinquecento metri dalla scuola di Benjamin, adesso ci vado. Ancora non mi sono allacciata la cintura di sicurezza, quando mi accorgo che due centauri si mettono a rombare proprio dietro di me. Una delle due moto accelera brutalmente e si piazza alla mia altezza.

Aggrappato con una mano al pilota, il passeggero mi punta addosso l'enorme obiettivo di una macchina fotografica e mi mitraglia. Parto, ma il centauro continua a starmi appiccicato. Dopo un po' credo di essermene liberata definitivamente, ma arrivando in agenzia scopro che il parcheggio davanti pullula di auto e altre moto. Dal pontile Karen mi rivolge ampi gesti. Una decina abbondante di giornalisti si gira verso di me. Sterzo di colpo per imboccare la via adiacente. Spacco lo specchietto retrovisore urtando un camion della televisione che ha sopra una parabola telescopica, le ruote stridono. Mi sembra di essere finita mio malgrado in una brutta serie tv americana degli anni Ottanta. Sto per sbattere contro un'auto o contro un muro. Adesso mi stanno alle calcagna altre due moto. Cinque metri piú avanti entro a tutta birra nel grande parcheggio medievale di Yvoire. È praticamente deserto, lo attraverso senza frenare. In fondo c'è un sentiero forestale che percorro sempre quando faccio jogging. Un viale di rami, buche e dossi, un vero campo minato. Il pick-up rimbalza, mi sballotta nell'abitacolo, ma non teme nulla. Sbatto la testa per ben due volte. Finalmente i parassiti si sono staccati dal mio paraurti. A meno di un chilometro ritrovo la strada principale, e mentre accelero vengo inseguita da colpi di clacson furibondi. Accendo l'autoradio. Mi sintonizzo sul notiziario. In tutti i canali non si parla d'altro: *il caso Marceau Miller*. Su France Info il presentatore del giornale radio passa la parola all'inviato speciale che si trova sul posto.

«È nel comune di Thonon-les-Bains, in una sala del municipio, che stiamo pazientando: sono riuniti quasi 30 giornalisti per la prima conferenza stampa, presieduta dal sindaco e dal capitano della gendarmeria Robin Delmas, incaricato delle indagini. Qui c'è un gran fermento, mi spintonano da tutte le parti. Sono riuscito per miracolo ad attraversare lo spiazzo davanti al municipio e a raggiungere la sala conferenze, che ormai hanno chiuso per ragioni di sicurezza. Molti colleghi sono rimasti bloccati all'esterno, ma soprattutto piú di un centinaio di fan dell'autore deceduto si sono mossi per l'occasione, formando una vera e propria fiumana che le autorità locali faticano parecchio a contenere. Chiedono la verità su quello che già chiamano "il caso Marceau Miller". Provano a un tempo rabbia e tristezza. Le forze dell'ordine temono eccessi. Questa conferenza deve fare luce sullo stato delle indagini. Il sindaco sta prendendo posto proprio ora davanti al microfono, il capitano Delmas, della gendarmeria di Thonon-les-Bains, si trova accanto a lui».

Sto per ascoltare la mia vita raccontata da altri, scoprirne gli altarini. Stringo il volante cosí forte da farmi male. Mi sento già assalire da disgusto e rabbia, impotente come sono di fronte a ciò che sta per succedere. Mi aspetto sempre il peggio. Di solito non rimango delusa. È il sindaco ad aprire la conferenza, come previsto. Ricordo che si era opposto, assieme al suo omologo di Yvoire, al nostro progetto di agenzia di noleggio barche adducendo un motivo legale discutibile. Marceau era intervenuto e aveva sfruttato le sue conoscenze per sbloccare la situazione. La mafia dei noleggiatori di imbarcazioni sul Lemano tiene il sindaco per le palle. Già allora i Miller sembravano rappresentare un problema. Chissà quanti altri gli hanno fatto pressione, soprattutto per le indagini con quel coglione di Delmas.

«Per cominciare, in qualità di sindaco della città desidero esprimere il dolore che ci tocca tutti. Le ragioni della tragedia che si è verificata nel nostro territorio devono essere chiarite e per questo motivo invito i cittadini a non ostacolare il buon andamento delle indagini condotte dal capitano Delmas e dalla sua squadra. Ora la vicenda è diventata un caso mediatico, ma l'inchiesta deve svolgersi nella massima tranquillità. Bisogna evitare le polemiche. Troppo spesso ci siamo accorti di quanti danni possono causare. Quindi faccio appello alla correttezza di ognuno. Non vogliamo infangare la memoria di Marceau Miller, né aggiungere tormento al periodo già difficilissimo attraversato dai suoi cari...

– Scusi, signor sindaco! È vero che avete autorizzato l'arrampicata sulla parete dov'è morto Marceau Miller, anche se non soddisfa le norme di sicurezza?

– Tutte calunnie. Non so da dove arrivino queste informazioni, ma sono false.

– Un'altra domanda, signor sindaco. Lei era già sindaco quando una prima tragedia ha colpito i Miller, esattamente vent'anni fa: quale legame c'è tra la scomparsa di Jade Miller, la sorella dello scrittore, e questa nuova morte?

– All'origine della tragedia potrebbero esserci le tensioni all'interno della coppia Miller? Si dice che lo scrittore lascerebbe alla moglie e ai figli un patrimonio immenso...»

Quindi essere infangata pubblicamente fa questo effetto? I miei figli dovranno affrontare quella merda. Le domande si abbatteranno su di loro, soprattutto i giudizi perentori, sia da parte dei bambini nel cortile della scuola sia dei loro genitori. Vorrei spegnere la radio, ma l'inferno si combatte piú difficilmente quando non conosci la vera natura del mostro da affrontare. Non è giocando a mosca cieca che riuscirò a cavarmela.

Adesso la voce di Robin Delmas. Ha un tono insopportabile.

«L'istruttoria è in corso, e capirete che per ovvi motivi certe informazioni devono rimanere riservate. Comunque, ci sono elementi che tenderebbero a suffragare la tesi dell'omicidio. Stiamo facendo progressi, poiché operiamo in modo meticoloso e non siamo inclini a trarre conclusioni affrettate».

Schiaccio l'acceleratore. *Razza di bastardo!*

«Verrà eseguita una ricostruzione dei fatti. Impiegheremo ogni mezzo necessario in queste indagini. Nella cerchia della vittima sono stati tutti interrogati, e abbiamo controllato gli alibi di ognuno. Studiamo con attenzione qualunque cosa riguardi da vicino o da lontano le attività di Marceau Miller degli ultimi mesi e anni. Il materiale informatico dello scrittore è stato sequestrato, l'ambiente in cui vive è stato passato al vaglio. Gli esperti sono al lavoro. Alcune testimonianze decisive sono appena state valutate, aprendo nuove piste. Al momento nessuna è stata scartata.

– Capitano Delmas, quindi lei pensa di poter fornire risposte per il caso Jade Miller laddove il suo predecessore, il comandante Yves Reynaud, non ne aveva mai trovate?

– Per portare avanti un'indagine ci vuole metodo, e non bisogna essere influenzati da certi testimoni troppo implicati nel caso.

– Capitano Delmas, una cinghia della *Maison de la Forêt* sarebbe stata ritrovata nei pressi del luogo dov'è morto lo scrittore. Ecco, sarebbe stato commesso un furto di materiale da una banda di ragazzini di cui farebbero parte i figli di Marceau Miller. Pensa che, come per l'ottanta percento dei casi, la soluzione sia da ricercare nell'ambito familiare?

– Lei non è un gendarme, voglio sperare? Il furto non c'entra niente, e tra l'altro abbiamo ritrovato parte del materiale sottratto in fondo al porto di Yvoire. È stato buttato da due ragazzini in scooter, identificati da un testimone quella sera. Successivamente hanno anche confessato. Volevano sbarazzarsi di una parte del bottino che a loro non interessava. I figli di Miller al momento non sono implicati. Mi ricorderò di sfruttare la sua perspicacia in vista delle prossime inchieste».

Questa volta schiaccio il pedale del freno, le gomme lasciano due strisce sull'asfalto ruvido. Apro la portiera e mi piego di lato. Uno spasmo provoca in me un'onda che risale con un crampo doloroso strappandomi le lacrime. Un rigurgito amaro mi risale in bocca. Poche gocce di liquido acre cadono nel fosso. Il mio corpo non riesce nemmeno a vomitare la collera.

Capitolo 32

A casa giro a vuoto per decine di minuti. Ho bisogno di sfogarmi. Forse andando a correre? Tiro fuori i vestiti dall'armadio, infilo i leggings, una t-shirt, stringo fortissimo i lacci delle scarpe. Lo squillo del telefono interrompe i miei preparativi. A cosa serve rispondere, visto che l'unica cosa che vorrei mi annunciassero è il ritorno di Marceau? Ma sullo schermo compare il nome della casa di riposo di Louise. Non chiamano mai. Rispondo.

– Buongiorno, signora Miller. La chiamo a proposito di sua nonna. C'è un problema.

– La ascolto, – dico con un filo di voce.

– La signora si è sentita male a seguito di un piccolo incidente. Ha ripreso i sensi ora, ma la teniamo in osservazione.

– Quale incidente?

– C'entrano i taccuini. Si è agitata perché non riusciva a trovare quello che cercava. Diceva che qualcuno glieli ha rubati. Con l'Alzheimer può capitare. E nel suo caso la malattia sta indubbiamente peggiorando.

– Ho capito. Arrivo subito! Voglio vederla.

Mentre guido, non riesco a togliermi dalla testa che una reazione del genere non è da lei. Certo, per me non è facile guardare in modo obiettivo la situazione di mia nonna, mi rendo conto che rifiuto di vedere i danni del deterioramento cognitivo causato dalla malattia. Ma in questo momento la mia vita è segnata da troppe coincidenze. Dalla morte di Marceau nulla è *normale*.

Quando arrivo nell'istituto, l'infermiera che si occupa di Louise mi aspetta per accompagnarmi da lei.

– Sua nonna è ancora un po' debole, molto scossa. Ma ha appetito e una volontà di ferro, come può immaginare.

– Ma cos'è successo con i taccuini?

– È stato dopo la passeggiata, prima di pranzo. Una collega le stava portando le medicine e ha trovato Mamie Louise priva di sensi in camera sua. Quando si è ripresa era agitatissima per via dei taccuini. Diceva che non erano piú nel comodino. Ma perde un sacco di cose, sa.

– Mai i taccuini.

– L'abbiamo calmata, portandole quelli dell'anno passato. Ne ha talmente tanti che li mettiamo via una o due volte l'anno, per evitare che faccia confusione. Ne completa uno a settimana, a volte anche di piú! Facciamo in modo di lasciargliene una trentina al massimo.

– E quali taccuini mancherebbero?

– Be', quelli di quest'anno, da marzo a maggio, mi ha detto.

Arrivate davanti alla porta della camera, chiedo all'infermiera di lasciarmi sola un momento con Louise. Prima di bussare aspetto che si allontani. Mia nonna mi accoglie con un sorriso disarmante. L'infermiera aveva ragione, lo sguardo è un po' piú stanco. Ma lo sono anch'io. Tra le sue braccia ritrovo il calore di cui ho bisogno adesso. Rimaniamo in silenzio per almeno tre minuti. Un lungo abbraccio che nessuna parola potrebbe eguagliare.

Una pausa di breve durata.

– Mi hanno rubato i taccuini, sai?! Non pensare che io dia di matto. Questi però non me li hanno presi!

Tira fuori da sotto il sedere i taccuini delle ultime settimane e il suo viso si illumina. Rappresentano la sua memoria, quella che a poco a poco le viene meno. Privarla della mente, dei ricordi, è il male peggiore che le possano fare – o quasi.

– Louise, posso vederli?

Guarda le copertine, le accarezza delicatamente prima di porgermeli.

– Di regola non li mostro a nessuno. Spesso sono intimi. Ma mi fido di te. Ora posso fidarmi solo di te. Dovrò fare attenzione anche qui.

Sfoglio all'indietro fino alle pagine che precedono la morte di Marceau, come se stessi risalendo il tempo. Louise è precisa e organizzata, e trovo in fretta la pagina con l'ultima visita di Marceau. Era il giorno successivo al suo passaggio in banca, dopo che aveva recuperato il manoscritto nella cassetta di sicurezza. Un'altra coincidenza di troppo.

Venerdí 23 aprile 2021, 11.02. Visita di Marceau
Oggi è stato Marceau ad accompagnarmi nella passeggiata del mattino. Abbiamo parlato del manoscritto. Marceau è un grande scrittore. È sposato con Sarah, la mia nipotina adorata. Mi hanno fatto due bisnipoti, Hermione e Benjamin.

Mentre leggo sono commossa dallo sconforto che si deve provare quando si è costretti a scrivere per ricordare le cose piú importanti, i legami, l'amore, i nomi – non le età, che cambiano troppo spesso. Proseguo, con piú fatica, gli occhi umidi. Louise mi interrompe.

– Ma perché all'improvviso tutti si interessano tanto ai miei taccuini? So che Marceau ci ha lasciati. Penso sempre a te e ai bambini. Sul giornale dicono che forse è stato un incidente. Raccolgo tutti gli articoli, quando riesco a strappare le pagine senza farmi vedere, quando i cerberi non guardano.

Mi asciugo una lacrima il piú discretamente possibile, prima di alzare gli occhi verso di lei. La memoria sbanda, non i ragionamenti.

– Marceau parla di un manoscritto. Lo sto proprio cercando.

– Allora continua a leggere, i taccuini ne sanno piú di me. E tira fuori anche gli altri. Mi hanno portato quelli dell'anno scorso. Non sono mica tonta, me ne sono accorta.

Continuo a leggere mentre tira fuori gli altri dal comodino.

È il suo manoscritto piú importante. Quest'anno ha aggiunto un capitolo e ne ha rivisto qualche altro, come sempre da quando è scomparsa Jade. Mi ringrazia per i racconti che gli faccio sulla sua sorellina, insomma, ciò che la mia memoria riesce a ricordare ogni tanto. A volte mi piacerebbe inventare come uno scrittore, cosí Marceau rimarrebbe un po' piú a lungo con me. È molto carino, con quella voce e quel modo di parlare, capisco che la piccola Sarah si sia innamorata. Lui mi parla del lago, delle montagne e delle foreste. Nel manoscritto c'è tutto. E tante cose molto personali. Ma me l'ha fatto promettere: «Non parlarne mai con nessuno». Allora mantengo la parola, diamine, non ne parlo mai. Ai miei tempi le promesse valevano. Oggi tutti dimenticano. Come la mia povera testa.

Non trovo nient'altro, allora prendo un secondo taccuino, dove ho già individuato le pagine che parlano delle visite di Marceau. Ciò che trovo sul manoscritto è abbastanza superficiale. Marceau rimaneva sul vago, lo intuisco. Chissà se sentiva il bisogno di confidarsi, nonostante tutto? Però capisco una cosa, e cioè che quel famoso manoscritto lo rimaneggiava ogni anno. E, a quanto pare, specie nel periodo precedente la pubblicazione di ogni nuovo romanzo, come un rituale...

– Hai per caso il taccuino dell'anno scorso, quello di aprile, subito prima della pubblicazione del romanzo di Marceau?

– Sí, e anche quello di due anni fa, nel 2019, stesso periodo. Forse è il piú vecchio. È stato allora che mi è venuta l'idea dei taccuini. Una buona idea uscita da una testa matta, si direbbe.

Mentre mi appresto a leggere il taccuino del 2020, arriva l'infermiera.

– Mi avete chiamata?

Aggrotto le sopracciglia. Louise mi fa l'occhiolino: ha premuto sul telecomando delle urgenze.

– Mi può portare il taccuino aprile 2019, per favore? Grazie mille.

Sorrido e le prendo la mano.

– Bisogna punzecchiarle ogni tanto. Cosí capiscono che starò qui ancora per un bel po'.

Mi appoggio la sua mano vissuta sulla guancia, mentre mi fa cenno di proseguire la lettura.

Nel 2020, martedí 28 aprile, Marceau era soltanto riuscito a farle una telefonata. Il primo lockdown legato al Covid vietava le visite. Un anno di merda per gli autori e le case editrici: nonna Louise aveva registrato soltanto questo loro scambio. Mi vengono le vertigini quando mi rendo conto che nella scrittura e nel modo di raccontare si percepisce una minore degenerazione cognitiva. Torno con violenza alla realtà.

L'infermiera arriva con il taccuino di aprile 2019. La segue un medico che mi fa un cenno. Mi chiede sottovoce se posso accorciare la visita. È già trascorso parecchio tempo e mia nonna si stanca molto, mi dice.

Prendo il taccuino che l'infermiera porge a Louise.

– Me lo presti? Cosí ho la scusa buona per tornare a trovarti tra qualche giorno!

– Spero ti sia utile! Questo almeno so che è in buone mani, – dice lei lanciando un'occhiata vispa all'infermiera e al medico.

All'ingresso dell'istituto esito qualche secondo guardando il cellulare. Non va bene continuare da sola, ho bisogno di aiuto. Sono troppo persa, troppo stanca. Ma chi posso chiamare? Penso immediatamente a Reynaud. Anche se provo a scacciarmelo dalla testa per trovare un'altra soluzione. Nonostante la paura che ho avuto in quel momento nella cantina dello chalet. Il suo viso mi torna sempre in mente. È la mia unica risorsa. Lui è sempre stato presente. Non ho dimenticato lo shock quando ho scoperto la sua relazione con Jade. La differenza di età, tante domande ancora senza risposta. Ma Marceau si fidava di lui. E chi altri posso chiamare?

Risponde subito, e nella sua voce sento la gioia. Anche il sollievo. Gli racconto l'episodio dei taccuini scomparsi.

– Ci penso io all'istituto, Sarah. Controllo minuziosamente entrate e uscite alla data del furto dei taccuini di tua nonna. Comunque io sono piú esperto di Delmas. È il vantaggio di essere vecchi: conosco molta gente qui, e saprò individuare chi è di casa e chi non lo è.

Lo ringrazio e raggiungo il pick-up. Non metto subito in moto, ma apro il taccuino di aprile 2019.

Giovedí 18 aprile 2019, ore 10.40. Visita di Marceau.

Oggi è il mio giorno fortunato. Infatti mi viene a trovare il piú famoso scrittore del Paese. Sono cosí fiera di lui. Tra poco esce il suo nuovo libro, i giornali ne parlano già. Marceau mi ha anche portato un'intervista in anteprima che uscirà su

«Paris Match». È piuttosto lusinghiero, la sua foto è straordinaria. Come sempre.

... Aveva bisogno di informazioni per il suo manoscritto piú importante. Abbiamo rivangato vecchi ricordi, quelli dell'adolescenza, ai tempi in cui Jade era ancora tra noi. Mi faceva cosí piacere invitarli tutti a casa mia. Marceau mi conferma che, come ogni anno, quando ha terminato l'aggiornamento, mette la nuova versione del manoscritto al sicuro, in banca. E per superstizione o non so per quale idea esoterica, ne mette anche una nuova copia nel posto in cui comincia la storia. Me lo ha detto lui: «Il lavoro di un autore, Louise, è una perpetua riscrittura. Piú la storia è carica di segreti, piú l'esercizio richiede impegno».

Nient'altro.

Nessun luogo, nessun indizio.

Ma la certezza ormai che probabilmente esiste una copia del manoscritto.

Capitolo 33

Karen

Un'utilitaria bianca parcheggia davanti al pontile alle 8.35. Nessun logo di testate giornalistiche o di altri media, infatti non è un orario da giornalisti.

Non vedevo l'ora che arrivasse. Senza l'accesso al computer in agenzia è un inferno. Non ho intenzione di accollarmi due volte il lavoro e inserire di nuovo i dati. Accolgo il tecnico festosa.

– Che bello vederla, mi chiedevo quando sarebbe arrivato.

– Grazie, signora Uldry. Karen, vero? Raramente vengo ricevuto con tanto entusiasmo.

Osservo il tizio. Non ha con sé nessun apparecchio.

– Ma lei è della società informatica Assistance Léman?

– Lavoro per il giornale «Le Messager», mi occupo delle zone Chablais e Faucigny.

Il mio sorriso svanisce.

– Vada via! L'agenzia non ha bisogno di rotocalchi scandalistici!

– Ma ci vorrà poco! Solo due o tre domande.

– La avverto, se insiste la butto in acqua. Fuori di qui! I suoi colleghi mi hanno già rotto abbastanza le scatole. E visto che è arrivato per ultimo, di sicuro è il peggiore.

Quel cretino risale nel van con la coda tra le gambe. Non oso pensare all'inferno che sta attraversando Sarah, con orde di rapaci alle calcagna. Sempre nessuna risposta ai miei sms. Alzo lo sguardo e mi accorgo che il meteo non mentiva. Torno dentro in fretta, mentre il cielo si scurisce a vista d'occhio. Sta arrivando una tempesta che si preannuncia violenta. È appena stata diffusa un'allerta meteo dalla guardia costiera. Prendo il microfono della Vhf, mi sintonizzo sul canale 12, non è il caso di correre rischi. Sono da sola ai comandi, senza Sarah, e sono già abbastanza incasinata. Oggi hanno noleggiato pochissime barche. Soltanto qualche temerario, amante delle sensazioni forti. Ma adesso sta diventando pericoloso.

– ALLERTA METEO, ripeto, ALLERTA METEO. Tornate subito al porto. Le condizioni meteo non sono piú favorevoli alla navigazione. ALLERTA METEO, annunciate raffiche superiori a quaranta nodi, acque molto mosse nella zona delle secche, visibilità molto ridotta. ALLERTA METEO, tornate immediatamente.

Spengo la Vhf e la pioggia arriva a darmi ragione. Il lago è spazzato dal vento. Il cielo carico si oscura e vira all'antracite. In pochi minuti le lame d'acqua percuotono le sponde, e volano via i rami strappati agli alberi. Avrei dovuto lanciare prima l'allarme. In questo periodo sono troppo preoccupata, lavoro male. Un martellio mi fa sussultare. Mi giro: non è il tetto che mi cade in testa, ma il tizio dell'informatica che sta bussando con violenza alla finestra. Indossa un cappellino con il nome della società, stavolta è lui. Realizzo che avevo chiuso a chiave l'ufficio, esasperata dagli assalti dei giornalisti.

L'uomo entra, completamente fradicio dopo il breve tragitto dall'auto a qui.

– Buongiorno, signora, pessimo tempo per la navigazione oggi!

– Pessimo tempo e basta, in realtà... Venga di qua, abbiamo un problema col computer, la password non funziona piú.

– Tranquilla, non mi resisterà a lungo.

Si accomoda, rilassato, come se fosse già tutto risolto. Appoggia il berrettino fradicio su un angolo della scrivania. L'acqua gocciola sulla mia borsetta. Asciugo con un fazzoletto.

– Mi dispiace, signora, l'avevo appoggiato lontano dalle macchine.

Non perde un istante e comincia a trafficare, molto a suo agio.

– Sí, signora, aveva ragione, il messaggio è proprio quello di password sconosciuta. Ne ha provate altre? Non le è venuto in mente niente?

Mi prende per oca. Dalla mia faccia deve aver capito che non mi diverto affatto. Si piega sulle ginocchia e striscia sotto la scrivania. Sento che fruga dietro l'unità centrale. Poi torna fuori.

Quell'aria sicura di sé mi esaspera. Gli chiedo:

– Ha ancora bisogno? Le lascio le scatole con i cd-rom e il materiale fornito all'acquisto. Mi raccomando, non voglio perdere i miei dati.

– Andrà tutto bene, signora, e non ci vorrà molto. Lo riavvio con un sistema di backup e coi *rootkit* non ci sono problemi.

– Se lo dice lei. Vuole un caffè? Quello dell'agenzia è buonissimo.

Sorride e agita una lattina di Red Bull tirata fuori dallo zaino. Aspetto in poltrona, come se fossi una cliente dell'agenzia. Il tempo continua a peggiorare. Nessuna delle tre barche uscite è ancora in vista. La tempesta è qui; lo so perché, quando si alzano le raffiche, l'ala ovest dell'agenzia si mette a fischiare. Pessimo segno.

– Ecco, tutto a posto signora Uldry.
– Già fatto?
– Le ho messo come password temporanea M@rVeL42. I supereroi. M maiuscola, @ al posto della *a* e poi maiuscolo a lettere alterne. Non si è mai troppo prudenti.
Mostra il classico sorriso da vincitore davvero esasperante. Però è la prima e forse unica buona notizia della giornata.
– Ma le posso chiedere una cosa? Come fa una password a cambiare se nessuno la modifica?
Ha proprio il sorriso del ragazzaccio combina guai.
– Ho guardato nei «log» e nel «registro eventi».
Il suo gergo è incomprensibile, ma non voglio assolutamente che si lanci in spiegazioni.
– E quindi?
– Be', il messaggio è chiaro, signora, la password è stata aggiornata da qualcuno, tutto qui. Posso anche dirle esattamente quando. L'altro ieri, alle 12.28 precise.
Proprio durante la pausa pranzo.
– Ecco, questi sono i fatti. E se all'agenzia siete in due, di sicuro sa a chi rivolgersi.
Rifletto a voce alta, dimenticando il tecnico.
– Ieri a quell'ora Sarah non c'era...
– Io non sono un poliziotto, ma il linguaggio macchina in genere non mente.
Mi giro verso il lago. Ora la mia preoccupazione è la sicurezza dei clienti. Mi si spegne il cervello, attraversato da una quantità di dettagli che i poliziotti non tarderanno ad analizzare. E il tutto risulta decisamente sospetto. Avverto un pericolo in agguato.
– Mi scusi, signora Uldry, ha forse a che fare con quello che raccontano alla radio? Intendo, lo scrittore. La sua collega è la moglie vero?

– Lei legge?

– Ehm, no, anzi sí, le riviste informatiche e i fumetti.

– Buona giornata, arrivederci.

«Lo scrittore»... Mi avvicino alla fila di libri sistemata su una delle mensole. I suoi romanzi sono qui, dal primo all'ultimo. Faccio scorrere la mano sulle coste. Non c'è traccia di polvere. Come se lui fosse ancora con noi, come se tutto fosse normale.

Prendo il binocolo e metto a fuoco. La visibilità è scarsa per via del meteo. Ma scorgo le tre imbarcazioni in fila, come poveri anatroccoli sballottati dalla tempesta. Respiro. Indosso un Helly Hansen giallo, speciale per le intemperie, e mi affretto sul pontile per accoglierle. Non sarà un gran divertimento, con questo tempo, ma preferisco limitare i danni. Appena appoggio un piede sul pontile sbattuto dal vento, arriva la prima barca. Urlo tra le raffiche.

– Rallentate! Rallentate, accidenti!

Ma con un terribile stridio la prua sta già rovinando il profilo metallico del pontile, proprio accanto ai parabordi. Afferro la cima d'ormeggio che vola nel vento, per poco non cado in acqua. La seconda barca urta la prima con un colpo sordo. Si allontana con una spinta decisa in retromarcia, ma sbatte contro la terza.

– No! Ormeggiate sull'altro lato!

Le manovre sono difficoltose. Il vento fa sbattere le imbarcazioni tra di loro. Quando la prima è fuori dai guai, il cliente, meno maldestro degli altri due, mi aiuta nelle manovre.

– Viva le franchigie delle assicurazioni. Faremo la conta dei danni, signori!

Preferisco non pensarci, ma ci saranno sicuramente delle spese anche per l'agenzia. Per non parlare del pontile rovinato. Piuttosto infastidita, faccio loro segno di entrare in ufficio, mentre frustata dalla bufera mi sincero che le barche siano ben legate. E lí mi accorgo di un'anomalia – una gigantesca anomalia. Le conto due volte: sul pontile manca una barca. Eppure tutti i clienti sono tornati. Nessuno scafo alla deriva o incagliato nei dintorni lungo la costa. Nessuna cima di ormeggio nella posizione della barca mancante, come se qualcuno l'avesse portata via. Le raffiche mi colpiscono lateralmente, cammino piegata in due per tornare in agenzia.

Mi tolgo l'impermeabile fradicio, e incontro i tre uomini, sono molto meno loquaci di stamattina. Do loro i documenti necessari da fornire alle assicurazioni, su cui riporto per ciascuno la rispettiva lista dei danni. Firmano e lasciano tristemente l'agenzia. Eccomi con una nuova razione di scartoffie. Ma sono preoccupata soprattutto per la barca scomparsa. Non riesco a capire. All'improvviso mi viene l'idea di controllare la bacheca delle chiavi: anche quelle della barca sono sparite. Prendo il telefono. Il segnale va e viene, probabilmente per colpa della tempesta. Forse si è danneggiata un'antenna. Non sarebbe la prima volta. Scrivo un sms.

Sarah, per via della tempesta ho fatto tornare i clienti che erano sul lago.

Ma manca una barca.

L'hai presa tu?

Una raffica si insinua di colpo nell'agenzia. I volantini sul bancone volano per aria. Sta entrando un vento cattivo. Mi giro. È senz'altro peggio della tempesta all'esterno: il capitano Robin Delmas e un robusto ragazzone della squadra stanno sullo zerbino zuppo.

– Stiamo cercando suo marito, il signor Rollin Uldry. Sa dove possiamo trovarlo?

Il meno che si possa dire è che non ci tengono alle buone maniere. Comincio a capire cosa fa tanto arrabbiare Sarah.

– Dev'essere tornato a casa, vista la tempesta. Cosa desiderate?

– Gli dobbiamo chiedere alcune cose. Nel racconto che ci ha fatto certi elementi non tornano. Forse può aiutarci lei? Ci dica, come vanno gli affari di suo marito? Lei dovrebbe saperlo, no?

Le domande di questo poliziotto non mi piacciono per niente, e ancora meno i modi subdoli che ha il suo collega di frugare e mettere le mani ovunque nell'agenzia.

– Non so cosa state cercando... Ma in famiglia siamo in due a lavorare. Cosí bilanciamo i momenti piú critici...

– In altre parole, per fortuna che c'è l'agenzia... L'avevamo intuito. Ma sembra che lui abbia trovato altri modi per arrotondare. La cosa curiosa è che non ha pensato di utilizzare un veicolo diverso... Il suo camion non passa inosservato.

Appoggio lentamente le mani sulla scrivania, come per trovare sostegno, nel caso.

– A cosa si riferisce? Sia piú chiaro...

– Diciamo che faceva consegne che non c'entrano granché con i panini... Cannabis e compagnia bella. Comodo avere una doppia attività.

Penso ai lunghi momenti in cui Rollin si isolava in garage. Le cose andavano davvero cosí male? Non poteva trovare un altro sistema per pareggiare i conti? Non so nemmeno cosa rispondere ai poliziotti. Tra la vergogna e i casini supplementari che dovrò gestire. Con lui ho fatto proprio bingo.

– Sembra sorpresa quanto noi, – riprende Delmas. – Suo marito, secondo lei, nasconde altre cose? Nessun altro fatto anomalo da segnalare negli ultimi tempi? Ogni minimo particolare può essere utile, non esiti. Potrebbe aiutarlo; peggio se scopriamo le cose da soli.

Depongo di colpo le armi.

– Cosa le devo dire? Non c'è piú niente di normale. Che mio marito sia in grado di gestire gli affari ha dell'incredibile. Avrei preferito che si limitasse a insalate e pomodori.

Anche Delmas sembra provare pietà.

– Sa, è sempre cosí: nei casi di omicidio si scava, si riesuma tutto, e certe volte si scoprono cose poco belle da vedere. Facciamo solo il nostro lavoro.

Chiudo gli occhi per un secondo, il tempo di una breve preghiera ingenua: che questo incubo non tocchi Zoé. Delmas dà due pugni sul bancone. L'agente che continua ad aggirarsi per l'agenzia lo raggiunge e se ne vanno, finalmente.

Sul cellulare la risposta di Sarah.

Due mesi fa ho dotato le imbarcazioni di Gps, era un'opzione gratuita sui nuovi modelli.

A quanto pare è sul lago. La vado a recuperare.

Capitolo 34

Le gomme sdrucciolano sul sentiero di terra infangato che porta allo chalet di Reynaud. Cerco di mantenere la velocità. I rami ricoprono il terreno, la pioggia frusta a ondate la carrozzeria. I fari accesi faticano a penetrarne il velo spesso. È buio come a fine giornata, ma è solo mezzogiorno. Freno bruscamente: non mi ero accorta di essere cosí vicina alla meta. Il pick-up di due tonnellate slitta per un metro. Scendo dalla macchina come un fulmine. I vestiti che indosso non sono per niente adatti alle circostanze. L'acqua impregna subito la felpa, che mi si appiccica addosso; i jeans si irrigidiscono. Reynaud mi aspetta sulla porta, e la richiude subito alle mie spalle.

– Che tempo da lupi, Sarah! E in piú non ho trovato niente da tua nonna: e dire che ho passato in rassegna tutti gli ingressi e le uscite dell'istituto dove vive. Non ho la piú pallida idea di chi possa averle rubato i taccuini.

La dolcezza della sua voce mi fa sentire bene. Mi chiedo come ho potuto dubitare un solo secondo di lui – il nostro vecchio Reynaud. Anche dopo lo shock della sua storia con Jade. Non valeva proprio la pena fare una crisi isterica, anche se odio quell'espressione. Lui non farebbe male a una mosca. Gli leggo negli occhi che continua a preoccuparsi del mio stato pietoso, che di sicuro non è migliorato con la tempesta. L'acqua mi scorre sul viso scavato. Mi tiro indietro i capelli fradici, mi mostro ancora piú indifesa.

E quindi lo attacco:

– Ora la cosa piú urgente non sono i taccuini. La tua barca è pronta? Il serbatoio è pieno?

– Che intenzioni hai? Con questo tempo non si va da nessuna parte! Sei fuori di testa, Sarah, o cosa?

– C'è un battello dell'agenzia in mezzo al lago, proprio di fronte.

– Cazzo. Un cliente non è tornato in tempo? Bisogna chiamare la capitaneria, ho qui il numero…

Lo fermo.

– No, non è un cliente.

– Aspetta, non capisco. Che storia è questa?

Anch'io non so piú cosa pensare, né perché sono qui. Scoppio in lacrime. Singhiozzo.

– Non ne posso piú di arrivare sempre ultima. Cercano di farmi impazzire.

– Non… non capisco a cosa ti riferisci, Sarah. Comunque sia, uscendo con questo tempo si rischia di brutto.

Prendo un bel respiro e gli spiattello tutta la vicenda. Tanto mi posso fidare solo di lui.

– Mi… Per prima cosa i soldi in banca e niente manoscritto. I video di sorveglianza sospetti, l'attrezzatura da alpinismo trovata dove meno te l'aspetti… Le tracce dov'è morto Marceau, la pistola nel controsoffitto dello studio. Il… il materiale informatico che scompare, le password che cambiano da sole! Un pesce mezzo morto buttato nel pick-up. E tutte le notti l'impressione di essere osservata… Il giubbotto di Benjamin nella foresta! Troppe cose! Non è possibile, non sono pazza! E poi vengo a sapere che i miei figli fanno un sacco di cretinate, una dietro l'altra. E quel coglione di Delmas che si pavoneggia e rovina tutto… Vabbè, non è la stessa cosa, ma capisci…

Sono crollata completamente. Reynaud mi abbraccia.

– Calmati... Calmati, Sarah.

– Non so chi c'è sulla barca, né perché si trova in mezzo al lago con questo tempo. Ma *voglio* andare avanti, capisci? Non lascerò un'ulteriore stranezza senza risposte. Lo so che è assurdo, ma *sento* che potrebbe portarmi delle risposte. Su Marceau, su Jade, su tutto quanto. Il lago, forse lui ha la risposta.

Reynaud si incupisce. Quello che dico è totalmente incoerente. Ma se mi propone degli ansiolitici, lo prendo a schiaffi. Alla fine vedo che afferra un fucile appeso alla parete.

– La barca è pronta, – dice senza ulteriori spiegazioni. – Almeno sai dove andare?

Non ci posso credere. Mi sta ascoltando. Non voglio assolutamente perdere l'attimo. Tiro fuori alla svelta il cellulare e indico un punto sullo schermo, fermo già da un po' di tempo. Reynaud mi lancia una cerata, troppo larga per me.

Fuori c'è l'apocalisse.

Attraversiamo il giardino sotto una pioggia torrenziale. Ogni passo schizza il successivo, bisogna alzare la voce per farsi sentire. Dopo dieci minuti, alla fine del sentiero, ecco il pontile, verdastro di muschio e scivoloso come il fondo di una vasca da bagno insaponata. Nonostante tutto, riesco a balzare senza troppa fatica sul peschereccio, mentre lui scioglie gli ormeggi.

I sobbalzi sono violenti. Si procede a granchio, vento di traverso. I marosi inusuali ci fanno perdere l'equilibrio. Reynaud mette in moto. L'Evinrude 30 cavalli sputa una nuvola di fumo e ci porta via. Il *loch* indica una velocità di 11 nodi. La prua fende le onde, l'imbarcazione è immersa negli spruzzi. L'acqua riempie già il pozzetto, che si svuota a fatica dall'ombrinale. In un attimo siamo senza bussola, lanciati verso le secche del Lemano.

Reynaud scuote la testa.

– È una pazzia! Una tempesta come questa non si vedeva da almeno quindici anni!

Sto all'erta. Il lago ribolle di collera.

– Attenzione! Prendi l'onda di fronte, altrimenti ci ribaltiamo.

– Bella questa, davanti non si vede niente!

Lo sostituisco ai comandi e gli affido il cellulare, il nostro unico punto di riferimento. Spingo il motore al massimo.

– Ehi! Vai troppo veloce! – grida Reynaud.

L'accelerazione è stata brusca, ci avviciniamo ai 20 nodi. Sono aggrappata al timone, Reynaud si regge come meglio può alla battagliola. Mi adeguo a ogni onda, diretta verso l'obiettivo. Ci avviciniamo, lo sento.

– Ma dove cazzo è? Non si vede niente!

Reynaud si guarda intorno, la mano a visiera sulla fronte.

– Fermati, fermati! Cos'è quel puntino laggiú?

Viro di bordo tra le raffiche, compensando come posso le onde che ci raggiungono e gli strappi del motore. Sento l'elica fendere l'aria a due riprese. Ci innalziamo, poi l'albero dell'elica si rituffa e ci propulsa di nuovo, dritti verso l'obiettivo.

È proprio la barca dell'agenzia.

Tento di girare attorno all'imbarcazione. Sembra abbandonata. Poi dalla cabina sbuca una testa che riconosco.

– Alexis…

E un'altra: Rollin.

Capitolo 35

– Ma siete pazzi?!

Vedo Alexis mettere le mani a megafono. Non sento. Rallento il piú possibile e il motore cessa di ruggire.

– Abbiamo finito il carburante!

Non posso avvicinarmi senza rischiare di scontrarmi e spezzare gli scafi. Reynaud apre uno dei grossi bauli della cabina. Tira fuori una tanica di carburante. È rossa, rovinata, unta di benzina. Reynaud la scuote, è mezza piena. La brandisce in aria come un trofeo e per poco non cade in acqua con la preziosa riserva. Grida un ordine ad Alexis e Rollin.

– Lanciateci una cima, leghiamo la tanica! Galleggia, tiratela a bordo!

Mentre Reynaud fa una gassa d'amante attorno alla maniglia metallica della tanica, noto una gran quantità di pacchettini che galleggiano intorno alla barca di Alexis e Rollin. I nostri sguardi si incrociano. Stavolta non voglio balle.

Prima che Reynaud si sia rialzato dopo aver finito la legatura, afferro la tanica e mi tuffo in acqua. Sparisco tra le onde spumeggianti del lago e in un istante colo a picco per quasi due metri. Il regno del silenzio mi afferra, assieme al fresco del Lemano. La tensione sulla cima è immediata, mi stanno tirando in superficie. Man mano che risalgo sento grida soffocate.

– Saraaaahh!!!

Alexis e Rollin mi agguantano alla bell'e meglio e riescono a issarmi a bordo senza ferirmi, come una preda recalcitrante.

– Ma che cazzo fai! Sei impazzita?

Continuo a stringere con la mano un pacchettino che ho agguantato nel tragitto. Tremo per l'adrenalina e il freddo. Mi volto. Dal timone della sua barca Reynaud, allucinato, mi fa ampi gesti. Sta girando intorno a noi. Alexis collega la tanica, mette in moto la pompa diverse volte. Avvia il motore, che sussulta e si mette a ronzare. Mentre Alexis segue Reynaud in direzione del pontile piú vicino, illuminato da un cielo per ora clemente, apro il pacchettino davanti a Rollin, che abbassa la testa. Alexis urla, senza girarsi.

– Ne parliamo all'arrivo.

Il mio sguardo passa da uno all'altro. Alexis rimane concentrato sulla navigazione difficile. Ma voglio sapere. Nonostante le raffiche, l'acqua che spruzza da fuoribordo, la nausea e i brividi che ci assalgono.

– No, adesso!!! Cos'è questa merda?

Rollin continua a fissare il largo. Lo afferro per un braccio. Si libera della mia stretta.

– È… è un extra per compensare i mesi difficili. Gli affari non vanno granché, Sarah. I poliziotti sono venuti a farmi un sacco di domande. Hanno cominciato a frugare. Ho dovuto riempire il furgone, non c'era altro modo. Alexis sapeva che… insomma, hai capito, mi ha proposto di buttare tutto nel lago.

Alexis non perde una virgola. Chiede:

– E adesso, Sarah, cosa diciamo a Reynaud?

Non mollo il pacchettino, anzi, stringo ulteriormente la prova di tutte le bugie e di tutto ciò che mi nascondono. Il *mio* mondo, i miei amici. Che ritenevo degni di fiducia.

Sento salire in me un retrogusto di delusione, come un

fiotto di bile acida. Quando penso che mi sono messa in pericolo per gente così.

Le onde continuano a scuoterci. Davanti a noi l'imbarcazione di Reynaud sparisce a fasi alterne, affondando nel cavo dell'onda. Mentre si delinea la riva, nella mia mente si accavallano i pensieri.

– Rollin, voglio sapere. Spacci con il figlio del riparatore del *MotorBoat*? Eh? Dimmi la verità, cazzo!

Rollin si tiene la testa tra le mani, come un bambino colto sul fatto che finalmente svela tutto e aspetta la punizione.

– Quello stronzetto ha scoperto le mie... attività. Voleva denunciarmi, se non avessi fatto consegnare anche a lui della droga. Un accordo stupido, ma non avevo scelta. Almeno per ora. Prima o poi avrebbe smesso di ricattarmi. Non lo so...

– E Hermione, hai pensato a mia figlia? Lei frequentava quel tizio! Forse anche Zoé? Non hai pensato di fare qualcosa per allontanarlo dalle nostre ragazze, lui e la sua influenza nefasta?

Abbassa lo sguardo. Rimango pietrificata. Ne riparleremo.

Per adesso l'istinto mi detta un'altra cosa. Se voglio avere una possibilità di trovare risposte per Marceau, e forse per Jade, devo tenere il coltello dalla parte del manico. La riva è a meno di cinquanta metri: lancio il pacchettino in acqua. Mi guardano a turno.

– Con Reynaud ci parlo io. E voi chiudete il becco!

Solo il sibilo della tempesta ci accompagna fino al pontile.

All'ingresso dello chalet mettiamo ad asciugare le scarpe sul tappeto. Reynaud ci ha portato dei vestiti asciutti. Mi cambio nello studio indossando i suoi vecchi stracci troppo grandi. Da lontano sento le voci nel salone. Reynaud si sta arrabbiando seriamente.

– Che cavolo ci facevate sul lago? Non è da voi, lo sapete che è pericoloso. Insomma, Rollin, soprattutto tu! Conosci il lago e la navigazione! E non voglio sentire cavolate!

Mi sbrigo prima che le cose degenerino. Cosí agghindata, mi piazzo tra quegli uomini arrabbiati e mi rivolgo a Reynaud.

– Ascolta, Delmas sta passando tutto al vaglio, non è il momento. La barca non è perfettamente in regola, per dirla tutta. E cosí abbiamo chiesto ai ragazzi di aiutarci a portarla in un altro posto, temporaneamente. Siamo già abbastanza nei guai. Ne ho già creati troppi all'agenzia. Ho avvertito Karen che l'abbiamo attraccata al pontile vicino a casa tua.

La bugia è debole, ma non proprio falsa. Spalanco gli occhi e fisso Alexis e Rollin, anche sotto lo sguardo di fuoco di Reynaud. *Forza, reagite!*

Alexis è il primo a capire.

– Abbiamo solo fatto un favore...

– E furbi come siete, nessuno di voi due ha pensato di controllare il livello del carburante? Andiamo, ma chi volete prendere in giro?! Quindi ve lo chiedo per l'ultima volta: che cazzo ci facevate laggiú? Se frugo nella barca, cosa trovo?

Alexis si innervosisce. Reynaud non molla, e lui è il tipo da mettere la barca sottosopra, senza risparmiare la roba dei ragazzi. Alexis mi guarda un momento, poi si rivolge a Reynaud.

– Ok, ok. Per ottenere alcuni contratti, faccio... dei favori.

Reynaud strizza gli occhi. E io non ci posso credere. Che altro casino sta tirando fuori?

– Che tipo di favori? – chiede l'ex gendarme.

Alexis afferra lo zaino e lo svuota sul tavolo. Tre scatoline scure, discrete, avvolte in un plaid. Reynaud ne apre una. Lingotti incastonati in blocchi di schiuma.

Guarda Alexis, sbalordito.

– Qui ce ne sono tre chili... valgono circa centomila euro.

Alexis si massaggia la fronte e finalmente esclama:

– Non lo faccio mai, o quasi... Ma è il mio cliente migliore. Non posso fare a meno di lui finanziariamente. Capita che mi chieda di attraversare il lago in barca, fino a un punto d'incontro sul lato svizzero, e tornare. A volte per trasportare lingotti, a volte diamanti, una volta un'opera d'arte. Ho sempre imposto un massimo di centomila euro di valore. E mai droga, tipo cocaina o merda del genere. Il tetto dei centomila serve a renderlo credibile col mio patrimonio e i miei investimenti finanziari, in caso di controllo. Con un tempaccio cosí puoi attraversare senza dare nell'occhio. Perfetto per quello che avevamo da trasportare oggi.

Di nuovo mi sale l'amaro in bocca. Le mie barche trasportano droga, lingotti, diamanti, tutto... a mia insaputa? Siamo in Alta Savoia o nella serie *Blacklist* di Netflix? Constato che Alexis non denuncia Rollin per la droga finita a mollo. Ma non posso fare a meno di esclamare:

– Allora ecco cos'erano le tue passeggiate sul lago con i «clienti» per «firmare contratti»... Dei «piccoli favori»?

Reynaud è piú incisivo.

– Un giorno con queste stronzate finisci in fondo al lago o in galera! Dipende da chi ti molla per primo, poliziotti o delinquenti.

– Il mercato si è fatto difficile dopo la crisi, se sei piú... flessibile, puoi tenerti stretto i clienti. Almeno finché non riparte l'economia, o in attesa di cambiare settore.

Di colpo sono attraversata da una scossa elettrica. Che sia la stanchezza nervosa e fisica delle ultime ore, degli ultimi giorni. Oppure un terribile presentimento?

– E Marceau in tutto questo? Da dove vengono le sue banconote di piccolo taglio? Che cosa scoprirà Delmas?

Alexis rimane in silenzio. Rollin abbassa lo sguardo.

– Marceau... Lui non ne aveva bisogno. Aveva talento. Non era cosí stupido da lanciarsi in attività di merda. Non so da dove vengano i suoi soldi.

D'improvviso l'emozione sale in ognuno di noi. Quasi che il suo ricordo fosse rinato in un lampo, insieme al vuoto della sua assenza. Reynaud si passa una mano sul viso, come per detergersi da un vento cattivo carico di polvere. Poi apre le ante della credenza, con una mano prende quattro bicchieri e con l'altra una bottiglia di rum invecchiato. Riempie i bicchieri e annuisce.

– Fatemi il santo piacere di fare sparire tutto quanto e di rigare dritto fino alla fine delle indagini. Dopodiché trovatevi un'altra attività, senza magheggi. Non mi va di perdere tutte le persone che amo man mano che passano gli anni. Sono io che devo andarmene per primo, non voi.

Alza il bicchiere e ci invita a fare altrettanto. La malinconia si affievolisce un pochino, sorso dopo sorso.

Li guardo a turno. Tutti riuniti. O quasi...

Vent'anni fa, a questo stesso tavolo, con noi c'erano Marceau e Jade. Sono l'unica ad averlo notato?

Capitolo 36

La tempesta ha esalato l'ultimo rantolo, non senza aver lasciato tracce del suo passaggio un po' ovunque. Gli alberi piú fragili sono caduti e altri hanno perso i rami in battaglia.

All'agenzia Benjamin se ne sta rannicchiato in un angolo del divano. Incollato al videogioco, cuffie sulle orecchie, sembra fuori dal mondo, nel *suo* mondo. Adesso torna a casa da scuola da solo. Conosce a menadito i cinquecento metri che separano la scuola dall'agenzia, soprattutto i trecento fino alla pasticceria... Karen gli ha servito una cioccolata in tazza che ha bevuto per intero. Gli accarezzo i capelli, rimane concentrato sul piccolo schermo. Karen è seduta di fronte al computer dietro il bancone. Le propongo un caffè. Non sapendo bene da dove iniziare, appoggio la tazzina vicino a lei in silenzio e le lascio l'iniziativa.

– Rollin ha portato indietro la barca... – dice a bassa voce, buttando un occhio a Benjamin. – Abbiamo affrontato alcune questioni.

Esitante, fa girare con la punta delle dita la tazzina in un verso poi nell'altro. Per lei è insopportabile ammettere un difetto nel quadro idilliaco della sua vita, lo so. Ma oggi il difetto è uno squarcio gigantesco. La lascio proseguire senza dire nulla – non è proprio il caso.

– Stamattina è passato Delmas. Grazie a lui ho scoperto... un «talento» nascosto di mio marito. Spero che non ci saranno gravi ripercussioni sull'agenzia. Adesso è tutto nelle mani di Delmas. Rollin mi ha anche raccontato l'uscita sul lago con Alexis, fino al tuo intervento...

Il racconto le è uscito di getto, senza giri di parole. Le è costato, ne sono sicura. Ha la faccia livida. Non vi scorgo collera, almeno per il momento, ma un profondo sconcerto.

– Questa storia rimane tra noi, Karen, – dico piano anch'io. – Non c'è bisogno che Delmas venga a sapere cos'è successo sul lago, tanto non c'entra niente con le indagini su Marceau... Né con Jade.

È la prima volta che la vedo cosí umiliata. Mi sento meno sola nel mio stato deplorevole. Di fragilità. Di completo disorientamento. Si rivolge a me.

– Delmas potrebbe metterci sotto pressione. Non mi piace quel poliziotto. È capace di tutto, è... imprevedibile.

Ha bisogno del mio sostegno, se lo merita. Dalla morte di Marceau è lei che regge l'agenzia sulle spalle. E molto di piú: le mie assenze, il mio comportamento, i miei figli.

– Affronteremo insieme la situazione, Karen, come abbiamo sempre fatto.

Mi guarda riconoscente. Entrambe stiamo subendo un succedersi di shock e delusioni violenti. Entrambe sappiamo che non è finita. Da dove arriverà la prossima botta? Da dove meno ce l'aspettiamo. Da un angolo oscuro dove si annida il male piú nocivo.

Per tutto il viaggio di ritorno non abbiamo scambiato una parola. Appena arrivati, Benjamin ha preso le chiavi e si è infilato in casa come un fulmine. Non si è tolto le cuffie, è un chiaro segno – so che devo aspettare. Mi parlerà stasera, dopo cena.

Percorro il giardino con lo sguardo. I danni non sembrano ingenti. La tempesta si è limitata a una leggera potatura degli alberi, che avrei dovuto fare io a inizio primavera. Le folte graminacee, altissime in questa stagione, sono scapigliate come al mattino dopo una serata di festa. Mi incammino verso l'hangar, lanciando occhiate a destra e a sinistra. È piú resistente di quanto sembri, non si è mosso nulla. Il Savage Bobber pare essere indietreggiato di qualche metro, come se la tempesta gli avesse fatto paura. L'ingresso meriterebbe una spazzata per portare via i resti di vegetazione che si sono rifugiati dove potevano.

Un rumore di passi attira la mia attenzione. Si sta avvicinando qualcuno. Il mio primo riflesso è di rintanarmi nell'hangar e cercare con gli occhi un attrezzo contundente. Poi una voce familiare mi chiama.

Delmas. Una vera sanguisuga. Lui, che all'inizio non voleva aprire le indagini, ormai si dimostra zelante.

– Oltre che di barche si intende anche di meccanica degli aerei? Mi sembrava che fosse il campo di suo marito.

Scosto le mani dalla cassetta degli attrezzi. Mi rendo conto di avere addosso ancora i vestiti che mi ha prestato Reynaud. In effetti il mio «look» è abbastanza in sintonia con l'hangar.

– Oggi non è stato facile trovarla, signora Miller, – continua. – Non era né a casa né in agenzia?

– Era davvero necessaria tutta quella messa in scena sui media?

– Obbedisco ai superiori. Lei sa cosa vuol dire rispettare un ordine: non fare di testa propria.

– Soprattutto quando le fa comodo, mi pare. Almeno ci sono novità? E la cinghia ritrovata? I due ragazzini?

– Scagionati. Al momento della tragedia di suo marito hanno un alibi di ferro. Avranno perso la cinghia durante la fuga, poi qualcuno potrebbe averla raccolta. Troveremo una spiegazione. Pensa ancora che lascio le cose a metà?

– Non mi faccia rispondere. Quindi siamo sempre allo stesso punto?

– Sarò sincero con lei, l'analisi del portatile di suo marito non ha dato alcun risultato. Il disco rigido era vuoto, a parte il sistema operativo e qualche software. Neanche un file, un dato personale. Tanto che ci è sembrato molto strano, sia a me sia ai tecnici. Poi abbiamo proceduto con i rilievi delle impronte digitali… Ci sono le sue, signora Miller… ma non quelle di suo marito. E la cosa ci è sembrata *ancora* piú strana. Che sappia io, non scriveva i romanzi con i guanti, giusto? Le stranezze, nel mestiere di poliziotto, ci solleticano sempre un pochino.

L'ufficiale corpulento gli si avvicina.

– Il ragazzino ha soltanto un tablet, la ragazza un portatile tipo pc, come la signora Miller. Nessun altro Mac, nessun sistema di backup. Ma ho trovato questo…

Gli porge un oggetto avvolto in uno dei miei strofinacci.

Delmas alza un sopracciglio. Non faccio nemmeno in tempo a intervenire, paralizzata dalla scena e dalla mannaia che sta per abbattersi su di me tra un secondo.

– Abbiamo studiato scrupolosamente i documenti che lei ci ha fornito. Come la fattura per l'acquisto di materiale dov'è registrato un MacBook Pro del 2018, le risparmio il numero di serie. Purtroppo, anche se quei computer si somigliano tutti parecchio, quello che lei sostiene essere il portatile di suo marito non corrisponde all'ordine di acquisto. È un modello del 2016. Simile in tutto e per tutto o quasi, glielo concedo. Ma non è lo stesso.

Il mio sguardo passa da un gendarme all'altro.

– Non ho idea di cosa significhi.

– Ho l'impressione che in casa vostra ci sia un certo viavai, farebbe meglio a cambiare le serrature. Intanto portiamo via il resto del materiale informatico.

– Non quello dei bambini…

La mia voce si fa quasi supplichevole.

– Spesso crediamo di conoscere chi ci sta vicino, ma non è cosí. E un po' di tempo senza schermi non gli farà male.

Dentro di me lo maledico furiosamente. Ma mi assalgono mille dubbi. La fiducia rimasta, che pensavo infinita, nella vita, nel destino che ci aveva sempre viziati – me e mio marito, la mia famiglia, i miei amici –, si sgretola ogni giorno di piú dalla morte di Marceau. Tutto ciò che mi succede, o che vengo a sapere, mi sembra soltanto delusione o tradimento.

Sono colta da una stanchezza immensa, pronta a deporre le armi, ma vado avanti e mi chiedo:

– Cosa c'è avvolto nello strofinaccio?

– Ce lo dica lei, signora Miller.

Delmas piega appena la testa, e mi fissa sollevando lo strofinaccio. Mi si annebbia la vista per l'agitazione. Gli assi che avevo tenuto nascosti nella manica stanno per rivoltarsi contro di me.

– Be', come vede… un'arma, – dichiara Delmas, con un tono cosí soddisfatto che mi pare sfiori il godimento. – Una Beretta .9 millimetri, roba seria, signora Miller. Categoria B. Quando contava di parlarcene? Perché, vado a memoria, non mi risulta nessun porto d'armi in casa Miller…

Le mie dita si agitano lungo i jeans.

– L'ho trovata nello studio di Marceau. Svitando la griglia di aerazione del soffitto.

Delmas afferra l'arma dentro lo strofinaccio. Con una manovra fa scorrere il carrello.

– La camera è vuota, ma mi sembra che la pistola funzioni.

Faccio un sospiro e mi dirigo in fondo all'hangar. In

punta di piedi raggiungo la mensola piú alta e agguanto una grossa lattina arrugginita piena di pennelli fuori uso, con le setole dure e secche. Li tolgo, infilo la mano in fondo alla lattina. Porgo un oggetto a Delmas, che giubila.

– Il caricatore! Ed è pieno. Giusta precauzione, separarlo dalla Beretta.

– Con i bambini in giro, l'idea di possedere una pistola mi terrorizza. Quando l'ho scoperta, sono venuta a nasconderla qui, lontano da casa. Non so cosa ci facesse Marceau con un ferro del genere. Non lo voglio. Levatemelo di torno.

– Non è cosí semplice, signora Miller. Ma con il numero di serie, la marca e il modello, forse scopriremo qualcosa in piú sul possessore *legale*.

L'insistenza sulla parola *legale* ravviva la nausea che sentivo salire prima. I suoi *signora Miller* di condiscendenza sono insopportabili e vorrei prenderlo a schiaffi.

L'altro ufficiale digita un numero di telefono sul cellulare. Senza staccarmi gli occhi di dosso, si intrattiene con un collega della brigata.

– Potresti verificare la matricola di una Beretta sul database AGRIPPA? Un bel giocattolino trovato dai Miller, dovrebbe venire fuori qualcosa. Ti mando un messaggio con il numero di serie.

Di fianco a lui Delmas ha assunto un'aria da bravo padre di famiglia, pseudo rassicurante, senza comunque riuscire a dissimulare un sorriso da squalo che ancora non gli conoscevo.

– Ci vorrà poco, signora Miller.

La signora Miller ti manda a cagare, pezzo di merda!

L'ufficiale annuncia, con aria piuttosto soddisfatta anche lui:

– Un certo Yves Reynaud. Data di acquisto, 14 settembre 2000.

Gli occhi di Delmas si illuminano.

– Ecco che ci siamo, le cose cominciano a prendere forma… Mi piace. Il nostro cecchino sta per ricevere una visita di cortesia. In questo mestiere le coincidenze non hanno vita facile. Lo sa benissimo anche il buon vecchio Reynaud. Era lui l'ufficiale incaricato del caso Jade Miller nel 2001. Non ha mai ritrovato le sue tracce. Che strano… Noi invece la sua traccia non la molliamo.

Capitolo 37

Il manoscritto

La vita è un susseguirsi di piccoli e grandi incidenti. Poi tutto dipende dalle nostre scelte di fronte ai colpi della sorte. Per l'incidente di mio padre abbiamo scelto di nascondere. Anche per quello dell'auto sulle rive del lago abbiamo scelto di nascondere. Per Jade, «io» ho scelto di nascondere. Ma la verità non la dissimuli impunemente, né eternamente. E comunque, nasconderla non riduce la sofferenza provocata dalle tragedie. È solo un ripiego che ti accompagna fino alla morte – sempre che non la provochi.

In tutti i romanzi che ho pubblicato compare un elemento utile a rivelare la verità. Era una mia regola fissa. E piú numerose erano le copie dei miei romanzi in libreria, piú alto era il rischio che qualcuno «trovasse» quegli indizi, e piú sopportabile era la mia condizione. Quindi non mi sono limitato a questo testo, che scrivo e riscrivo di continuo, per condividere le cose che so. Qui dentro le ho scritte soltanto in modo piú esplicito ed esauriente.

All'uscita di ogni nuovo romanzo seguo un rituale. Mi tuffo nei pressi del relitto del Savage Bobber di mio padre, dove tutto ha avuto inizio. Poi mi reco nel luogo dove riposa Jade, il luogo che nessuno conosce ancora, zavorrato dal peso della sofferenza che le ho inflitto. Dolorosa ironia. Mio padre ha trovato la morte nel lago, Jade ci ha lasciati nella foresta. E nel momento in cui mi leggete vi ho certamente lasciati nel cuore della montagna. Tre paesaggi, tre vite, tre storie che i segreti hanno intrecciato.

Tacere la verità quando tocca l'anima è il veleno piú lento e piú tossico che ci sia. Soprattutto quando i silenzi e le bugie si accumulano. Non si nascondono gli uni con le altre: si fronteggiano, come in un gioco di specchi, moltiplicando i riflessi maligni all'infinito.

Questo male ha avuto la meglio su Jade. Questo stesso male ha avuto la meglio su di me. È arrivato il momento di infrangere gli specchi.

Capitolo 38

Benjamin si è chiuso in un mutismo insolito anche per lui. Nonostante i miei tentativi, stasera non ha aperto bocca. Mi taglia fuori, lo sento. Non accetta la situazione, la nega.

La sua resistenza di fronte a Delmas, che è dovuto intervenire fisicamente per requisirgli il tablet durante il periodo delle indagini, mi ha quasi tranquillizzata. Si difende, almeno reagisce. Ma quel gesto di ribellione verso un rappresentante delle forze dell'ordine non è da lui. Anche Hermione si è preoccupata.

Adesso sono ciascuno nella propria camera. Non so come fare a gestire lo sconforto e il senso di ingiustizia che li perseguitano ovunque.

Ho bisogno di aria, di risposte. Che tutto finisca prima che i pensieri neri abbiano la meglio.

Fuori è scomparso il sole da un pezzo, dietro le montagne. Il lago è diventato scuro, l'orizzonte si cancella. Faccio qualche passo in giardino, mi fermo proprio al centro. Giro su me stessa e il mio sguardo segue il movimento. Mi piacerebbe aggrapparmi come a una boa a ciò che non cambierà. Osservo il capanno norvegese nell'angolo del giardino, quello che l'estate scorsa io e Marceau abbiamo spennellato di copale per la terza volta. Da quanto tempo non vedo piú Hermione o Benjamin usarlo da rifugio o da nascondiglio? Gli ultimi ad averci messo piede sono stati i gendarmi. In precedenza c'era passato Marceau, forse una settimana prima di morire.

Mi avvicino al capanno con una stretta al cuore. La porta cigola leggermente. Entrando, sulla sinistra, ritrovo il capiente contenitore di legno come lo avevo visto l'ultima volta, pieno zeppo della nostra attrezzatura da sub, mia e di Marceau. Sulla destra, scaffali carichi di aggeggi inutili, attrezzi da giardino e utensili rudimentali. Di fronte, sotto l'oblò dal quale si intravede il lago, una piccola scrivania. Ogni tanto Marceau si metteva qui a lavorare. Il pavimento scricchiola leggermente sotto i miei passi. Ricordo un amplesso con lui, mentre i bambini erano in casa davanti alla tv. Temevo che arrivassero all'improvviso, ma Marceau aveva ragione: non potevano coglierci di sorpresa, perché quando sbucavano in giardino erano sempre preceduti da grida. In ginocchio davanti al contenitore, afferro la muta da sub di mio marito e la stringo a me. Ha odore di lago. Afferro l'erogatore, me lo porto alla bocca, apro la bombola, aspiro l'aria che resta. A poco a poco annego nell'oscurità. Recupero la torcia Maglite a tenuta stagna infilata in un elastico della muta. Ruoto la ghiera per accenderla, niente luce. La scrollo, invano. Mi pare di avere visto alcune pile nel cassetto della scrivania. Svito la torcia, la scuoto per estrarre le batterie, ma non esce niente. Guardo all'interno: il vano è ostruito da un foglietto di carta arrotolato. Lo tiro fuori, al tatto mi è familiare, ma non lo riconosco. Lo srotolo. Nelle ultime luci del giorno leggo queste poche righe scritte a mano.

So che avevi detto «niente parole». Ma devi ammettere che per uno scrittore è paradossale. Sono affezionata ai momenti che abbiamo condiviso. Non solo quando ti immergi, ma anche quelli con l'odore e il contatto della tua pelle.

K.

Un pugnale dentro di me. Che gira lentamente, in profondità, per farmi sanguinare, per farmi male. Il cuore mi batte pesante nel petto, mi siedo. Non riesco a crederci. Karen, Marceau. Il *mio* Marceau. Scandaglio la memoria in cerca di dettagli che non potrei non avere visto, flash dopo flash, sorrisi, sguardi, parole, serate. Prendo un coltello da sub nel contenitore e lo sfilo dal fodero. Da una parte la lama affilata, dall'altro i denti aguzzi. La punta acuminata brilla in quel che resta di luce prima che scenda la notte. Faccio strisciare la lama nell'incavo della mano, premendo quanto basta. Il dolore esplode in me. Non è un incubo. Questa volta è molto peggio.

Giro a vuoto nel giardino, ora totalmente immerso nel buio, con il pugno stretto sul sangue che cola ancora dal palmo ferito. Con l'altro tengo il manico del coltello. Sono vinta da una prepotente pulsione incontrollabile, urlo svuotando tutta l'aria dai polmoni. La luce della camera di Benjamin si è accesa. Appare la sua ombra. Spero non veda la lama che tengo in mano. Cosa gli toccherà affrontare ancora? Poveri bambini. La mia vita va a pezzi, non me ne rimane piú nulla. Nemmeno i ricordi, insudiciati. Il passato, il presente… e domani?

Capitolo 39

Non ho chiuso occhio per tutta la notte, maledicendo ogni ora. La collera mi si è rintanata in fondo alle viscere, come una belva pronta a balzare. Il tradimento e la bugia hanno il sapore aspro della frutta non ancora matura. Ho tenuto il coltello sul letto, a portata di mano. Se mai fossi riuscita ad addormentarmi, l'avrei portato nei miei incubi e avrei affrontato cosí, finalmente, la visione della caduta di Marceau. Finora era superiore alle mie forze. Uno scampolo di raziocinio mi ha giustamente suggerito che le armi, il furore e la stanchezza non sono mai andati d'accordo. Ma cosa mi resta se non combattere? Oppure morire?

In bagno mi riavvolgo la benda attorno alla mano. Il dolore è lancinante, sento le pulsazioni del cuore, il ritmo della sofferenza. Adesso non ho piú nessuna parte del corpo senza ferite: lividi, ecchimosi, graffi, bernoccoli, tagli… traumi. Il mio viso si scava man mano che sprofondo. Ho l'impressione di diventare un'altra, di camminare fuori dalla mia vita, fuori dalla vita degli altri. Di addentrarmi nelle tenebre, aprendo soltanto le porte sbagliate, quelle delle tragedie che aspirano tutto ciò che c'è di buono nell'esistenza. Ma se è il mio destino, lo farò *sapendo*, con le risposte di Marceau finalmente davanti agli occhi. E con il suo manoscritto, cazzo.

Poco fa Benjamin e Hermione sono andati a scuola.

Ho vagato un'ora per casa, poi sono tornata in giardino. Ora sto in piedi sulla riva, con gli occhi fissi sull'acqua. Pensavo di poter affrontare Karen senza farle notare nulla, andare all'agenzia come in una mattina normale, una mattina prima del caos, ma non è possibile. Eppure devo riuscire a controllarmi. *Devo* trovare il manoscritto, senza fare scoppiare la bomba prima del dovuto, rischiando di non ottenere nessuna risposta.

Quello che si profila per il pomeriggio mi fornirà una buona scusa per non essere nel mio «stato normale», se sapessi ancora cos'è. Delmas mi ha convocata alle 16.00 per una ricostruzione dei fatti. Precisando che ci sarà il procuratore. Forse ha la sensazione che io sia talmente ingestibile da aver bisogno dell'autorità di qualcun altro? Non è la prima volta che mi infurio, lo sa bene.

Mi sono seduta sull'erba, apro la app della radio sul cellulare. Scrollo le stazioni e mi sintonizzo sul notiziario. Nessun dubbio, con la storia della Beretta il caso si ingigantisce. Delmas spiffera tutte le informazioni, appena ne ha una: ne va della sua carriera. Il giornalista è entusiasta, e i superlativi si sprecano. Ma ha un gran successo.

> «Secondo le nostre fonti, da questa mattina il capitano della gendarmeria Robin Delmas, incaricato del caso Miller, ha messo un sospettato in custodia cautelare. Abbiamo in mano il colpevole? Alle prime luci dell'alba la squadra del capitano Delmas, armata fino ai denti, è intervenuta al domicilio di Yves Reynaud, ex gendarme in pensione. L'uomo, cacciatore occasionale, possiede un vero e proprio arsenale. È stato il ritrovamento di una pistola di grosso calibro, nascosta in casa dello scrittore Marceau Miller, a guidare la squadra del capitano Delmas su questa pista. L'arma in questione, una Be-

retta .9 millimetri, sarebbe di proprietà del sospettato dal 2000. Ossia, da un anno prima della scomparsa di Jade Miller, la sorella dello scrittore, sparita il 14 agosto 2001. Il sospettato ha dichiarato che sarebbe stato Marceau Miller a sottrargliela. Ma vent'anni fa Yves Reynaud era incaricato dell'indagine sulla scomparsa di Jade Miller. E se si trattasse dell'anello mancante tra i due casi Miller? La gendarmeria ha perquisito l'abitazione del sospettato. Yves Reynaud aveva disposto in casa sua un vero e proprio santuario dedicato alla scomparsa di Jade Miller. In fondo a un bunker, rifugio antiatomico situato sotto lo chalet, i gendarmi hanno scoperto il frutto di vent'anni di indagini clandestine e, possiamo dirlo, di ossessioni. Tutto lascia presagire che da questa scoperta emergeranno elementi importanti, perché già alcune foto inedite testimoniano una relazione intima che Yves Reynaud avrebbe avuto con la vittima, una ragazza di trent'anni piú giovane. All'epoca era lui stesso gendarme e organizzava una parte del corso di formazione per le guide di montagna seguito da Jade Miller.

Chissà se Yves Reynaud nasconde informazioni riguardo la sorella dello scrittore? Che fine ha fatto davvero la ragazza? Niente corpo, nessuna traccia rinvenuta fino a oggi... A meno che gli ultimi avvenimenti non forniscano nuove rivelazioni.

In quanto a Marceau Miller, qual è la sua storia? Tanti interrogativi ai quali oggi i gendarmi tentano di dare risposta».

Parte quinta

Nell'ora dei lupi

Capitolo 40

Sento un formicolio giú per le gambe. Una sensazione di freddo mi penetra sotto la pelle, e dire che la temperatura è mite e sono coperta a sufficienza. Ore 16.00: tutti hanno preso posto per la ricostruzione, nel punto preciso in cui è morto Marceau. Il procuratore si avvicina a Delmas. Due gendarmi spingono Reynaud, ammanettato, verso la scena del crimine. Quando lo guardo non so piú *chi* vedo: l'amico di sempre? Il padre putativo di Marceau e anche il mio? L'uomo rinchiuso nel bunker, ossessionato da vent'anni, che mi ha fatto temere per la mia incolumità? Il difensore dei miei figli? Non so piú niente.

Alexis sta al mio fianco, Rollin un po' in disparte con Karen. Davanti a noi una traccia sul terreno, quella del corpo di Marceau nella posizione in cui è stato ritrovato – fracassato. Alcune tacche gialle numerate segnano i rilievi effettuati quel giorno. Delmas ne verifica l'esattezza con le foto di allora. Sono presenti due alpinisti professionisti attrezzati: imbragature, piccozze, corde, sacchetti porta magnesite, rinvii e soste. Il procuratore si schiarisce la voce e prende la parola:

– Signori, potete procedere. Cominciamo con la ricostruzione. La morte della vittima risale circa a quest'ora, e le condizioni meteo sono simili. Non è cosí, capitano Delmas?

Delmas annuisce.

– Confermi ad alta voce, per cortesia.

– Sí, il medico legale ha stabilito che la morte della vittima risale circa alle 16.00, e le condizioni meteorologiche erano analoghe.

Uno degli alpinisti inizia a scalare la parete. Con il walkie-talkie comunica le sue osservazioni al collega e protegge il passaggio con ancoraggi e rinvii. Tutto questo Marceau non lo faceva. Lui e i suoi eroi del *free solo*: pazzi scalatori dell'estremo, Brad Gobright, morto, Austin Howell, morto, Alex Honnold... ancora in vita. Ma per quanto tempo?

Il secondo alpinista fa sicura al compagno, gli ripete o gli spiega le osservazioni che riceve. Mi ricordo i gesti di Marceau in montagna. Era un felino, forte e preciso. Mi si contraggono le mani, ho il respiro accelerato. Sento salire l'angoscia e vedo il viso di Marceau che si gira verso di me mentre precipita irrimediabilmente nei miei incubi. Sulla vetta appare la sagoma di un gendarme. L'ombra controluce mi gela il sangue nelle vene. L'alpinista stoppa l'ascesa nel punto considerato come piú probabile per il volo di Marceau. A centosettanta metri d'altezza. Ancora una trentina lo separano dalla vetta. L'alpinista fissa la sosta che gli servirà da punto di riferimento. Una volta Marceau mi aveva iniziato a questa tecnica. Nel periodo in cui usava ancora l'attrezzatura.

Dopo cinquanta lunghi minuti l'alpinista raggiunge la vetta. Sparisce un istante e comunica con il compagno a terra.

– Ancoraggi ok.

Il procuratore fa alcuni mulinelli con la mano. Delmas spiega.

– Forza, ragazzi, passiamo alla ricostruzione.

Due gendarmi tirano fuori un manichino dal baule della macchina. Ha una cintura di piombo attorno alla vita e numerosi pesi sparsi su tutto il corpo. La zavorra. Marceau pesava settantadue chili. All'improvviso sento la forza delle sue braccia e dei suoi abbracci, e mi si spezza il cuore. I gendarmi portano il manichino fino all'alpinista rimasto a terra. Lui lo aggancia a uno dei cordini che risalgono fino al compagno sulla vetta. L'alpinista si gira verso il procuratore. Basta uno sguardo.

– Issatelo!

L'uomo riprende il walkie-talkie e comunica le istruzioni al compagno. Il manichino comincia l'ascesa, sfiora e urta la roccia. Giunto all'altezza indicata di centosettanta metri, si ferma.

– Adesso allontanatevi tutti dalle tacche, indietreggiate di sessanta metri dal punto di impatto.

L'alpinista sulla vetta mantiene il manichino in posizione all'estremità della corda. Il gendarme accanto a lui solleva una pietra di circa tre chili. Punta il manichino meglio che può. Al momento dell'impatto l'alpinista molla la corda, il manichino cade – come nei miei incubi. Un capogiro mi fa barcollare, Alexis mi trattiene per un braccio. Scorgo Rollin che abbassa la testa, Karen si tiene le mani davanti al viso. Il manichino precipita per centosettanta metri in una frazione di secondo e si schianta a terra in un boato che impressiona tutta l'assemblea. Esclamazioni soffocate, sobbalzi, poi il silenzio – il silenzio della morte improvvisa, un dolore sordo. La testa si stacca dal corpo e rotola a una decina di metri da noi. Delmas raccoglie il cranio di plastica continuando a fissare Reynaud.

– È andata cosí, vero Reynaud? – sibila.

– Ma lei non sta bene, si sbaglia su tutti i fronti, Delmas!

Interviene il procuratore, lapidario:

– Basta cosí. Mi servono fatti, evidenze sulle circostanze della morte. L'accertamento della verità si farà a tempo debito. Quando avremo abbastanza elementi a carico del colpevole.

«Il colpevole» è tra noi? Chissà se è nascosto nella foresta qui intorno. Se sta cancellando le sue tracce. Delmas e il procuratore si trattengono con un esperto e l'alpinista rimasto a terra.

Karen fa per venirmi incontro, le giro le spalle. Non per i motivi che crede. Ogni cosa a suo tempo. Tutto è cosí confuso, cosí doloroso.

Forse Alexis è il mio ultimo sostegno? Pensavo che la ricostruzione mi avrebbe aiutata, ma sto ancora peggio. Ha alimentato i miei mostri, il mio incubo a occhi aperti. Perché mi perseguita tanto? A che serve accanirsi? Vorrei togliermelo dalla testa prima che peggiorino le cose.

Capitolo 41

Delmas ha dato ordine ai suoi uomini di portare via il materiale. Scendono tutti verso i fuoristrada, parcheggiati il piú vicino possibile. Il procuratore è il primo ad andarsene. Gli alpinisti vengono congedati. Io e Reynaud ci scambiamo un'occhiata attraverso il finestrino posteriore della 4x4 dei gendarmi. È sempre in custodia cautelare. Di solito lo vedevo seduto al volante, con dietro i sospettati e i criminali.

Karen tenta ancora di avvicinarsi. Stavolta mi allontano risoluta dalla sua traiettoria. Rollin la afferra per un braccio e sblocca le portiere della loro auto. Stasera mi tiene lei i bambini. Trascorreranno la notte lí, con Zoé. Me l'aveva suggerito Alexis, perché la ricostruzione sarebbe stata sfibrante. Non poteva immaginarsi fino a che punto.

È proprio lui che mi appoggia un braccio confortante sulla spalla. Non ho la forza di respingerlo o di appoggiarvi la guancia. Non so piú niente.

– Cosa potrebbe distrarti un po', adesso, subito?

Ho il cervello paralizzato, incapace di trovare una soluzione, anche temporanea, in grado di strapparmi dalla cappa di piombo che mi opprime.

– Non ne ho idea… Restare da sola, credo.

– Forse non è la cosa migliore, Sarah…

Prendo un gran respiro.

– Ne ho bisogno. Sola con me stessa, adesso, subito.

Lui scrolla la testa, dispiaciuto, raggiunge il fuoristrada preso a noleggio per la giornata. Di lí a poco chiude il corteo dei veicoli che guardo sparire senza muovermi.

Mi giro. La natura ha ripreso il sopravvento. Tutto torna calmo, nessun altro essere umano turba questi luoghi.

Distrutta, mi siedo sul sedile passeggero del pick-up, reclino leggermente lo schienale. Lascio la portiera aperta, invitando la natura a raggiungermi nella mia solitudine. Il vento di fine giornata che scende dagli alpeggi viene ad accarezzarmi il viso con benevola premura. Chiudo gli occhi, lascio che i sensi si aprano uno a uno a questo mondo che ritrovo. La resina degli abeti rossi si mescola ai profumi di genziane azzurre disseminate lungo i pendii. Percepisco anche l'odore balsamico dei larici centenari, mentre gli ultimi raggi di sole scaldano la roccia calcarea, liberando il sentore minerale cosí caratteristico delle nostre montagne. Un gracchio alpino emette il suo richiamo tipico, breve, ripetitivo, quasi metallico, che risuona sulle pareti rocciose. L'eco si perde in lontananza, inghiottita dalla foresta. Il fruscio delle alte erbe mi travolge, ricordandomi il contatto ondeggiante della vegetazione dove mi nascondevo, da bambina, nei prati d'alta quota.

Aspetto che la risacca dell'onda d'urto mi attraversi, un frangente di rivolta e tristezza che mi permetterebbe di sentirmi ancora viva. Ma la spossatezza ha la meglio. Le notti in bianco mi hanno rubato fino all'ultimo grammo di vitalità. Il sonno mi rapisce con mani oscure che non vedo arrivare.

Apro gli occhi. L'orologio digitale del pick-up indica le 18.20. Ho dormito piú di un'ora, come un sasso. Scendo dall'auto, frastornata, attorno a me plana un incubo. Sono in lui, lui è in me, nel luogo esatto di tutte le mie ossessioni. Voglio sfidarlo, scongiurarlo. La partita non si gioca ai piedi della parete che mi ha portato via Marceau. Risoluta, fisso la vetta. I miei passi percorrono il sentiero invaso dopo poco dall'erba alta. Tento di passare dov'è ancora piegata dal viavai dei gendarmi. Circa cinquanta metri sopra di me volteggia un rapace. Il vento leggero si è calmato, segnando la fine della giornata.

Scorrono i minuti. Non mi sono portata niente da bere, non ho le scarpe adatte: non rispetto nessuna norma di sicurezza. Il mio cervello spegne tutti i segnali di pericolo. Non gliene frega niente. Dopo mezzo chilometro di ascesa faticosa, mi inoltro nella foresta. Ultima tappa per raggiungere la cima.

Ormai è impossibile individuare qualsivoglia traccia di passaggio in questo universo indomito. Mi aggrappo ai tronchi per riuscire ad arrampicarmi. Il cielo filtra attraverso le chiome alte. Piú mi avvicino, piú mi manca l'aria. E finalmente raggiungo il terrazzo naturale dove eravamo arrivati con Reynaud, mi sembra un secolo fa.

Il luogo è piuttosto spoglio, la vista panoramica vertiginosa. Muovo un passo, poi un altro; il vuoto immenso si avvicina. Vacillo e fisso il suolo duecento metri piú giú. Rivedo la pesante pietra cadere, abbattersi sul manichino che si stacca brutalmente dalla parete, come Marceau quando perde la presa. Avanzo ancora, trenta centimetri appena mi separano dal vuoto. Riesco a distinguere la traccia dell'impatto del manichino. Poi tutto comincia a girare, cado in ginocchio. Come negli incubi, allungo le braccia verso il precipizio, ma sono troppo corte per trattenere Marceau nella caduta... Mi stendo a terra, pregando di non appoggiarmi in un punto sbagliato, non vedo piú nulla. Mi sento aspirata dal baratro. Potrei decidere di farla finita, adesso, subito, lasciarmi cadere con le braccia in avanti.

E invece sono le lacrime a colarmi sulle guance.

Poi mi riprendo un pochino. Mi allontano piano dalla morte, indietreggio. Quando sono abbastanza distante dal bordo, mi alzo e mi incammino piú in fretta possibile verso la foresta.

Ed ecco che tra gli alberi si sente uno sparo. La corteccia di un tronco esplode a tre metri da me.

Mi tuffo e pianto le unghie a terra, come un animale sconvolto dalla caccia e dal terrore. L'istinto di sopravvivenza batte forte in me.

Mi rimetto in piedi, balzo come posso sopra i rami, avanzo a zig-zag tra gli alberi. Individuo il tronco piú largo a una decina di metri. Non rilevo alcun movimento, corro fino al mio obiettivo. Secondo sparo, mi tuffo di nuovo a terra. Ascolto il piú attentamente possibile. Isolare la fonte. Fare una stima della distanza. Mi rannicchio ai piedi dell'albero e individuo la prossima tappa. Ancora nessun movimento. Non sono in grado di determinare da dove provengano gli spari.

Esco dal mio rifugio come una furia, bruciando l'energia che mi resta. Un terzo sparo colpisce un albero vicinissimo. Soffoco un grido e vado avanti. Aspetto la replica, ma non succede niente. Faccio lo slalom e rimbalzo da un albero all'altro, sperando di diventare irraggiungibile, imprevedibile. Anziché imboccare il sentiero, continuo il piú possibile nella foresta, senza fare caso ai muscoli che si irrigidiscono. Un altro sparo, piú lontano. Mi precipito a folle velocità giú per il pendio appena scalato. Nella mia corsa sfrenata mi viene in mente che, stesa nell'erba alta, potrei comunque avanzare coperta – ma troppo lentamente. Forse Marceau alla fine non aveva del tutto torto a possedere un'arma. Il pick-up è solo a trenta metri. Eccolo! Mi butto sulla portiera con le chiavi in mano, fatico a trovare il buco della serratura.

Un'anomalia attira il mio sguardo da un lato: la ruota davanti è a terra. Mi abbasso e faccio il giro dell'auto guardando ovunque attorno a me. Nessun rumore, nessun movimento... E nessun'altra ruota forata. Mi allontano, mi nascondo per osservare. Ancora nessun rumore sospetto, anche se è difficile muoversi qui in giro senza fare scricchiolare i rami. Passano i minuti, sono assetata, stanca, devo agire.

Torno alla macchina, esamino la gomma a terra e noto un segno sul fianco, un taglio netto. Qualcuno non mi vuole qui. Ancora il silenzio, nessun movimento nei dintorni. Smonto la ruota di scorta, tiro fuori il cric e mi lancio nella sostituzione piú in fretta che posso. I dadi della ruota non resistono a lungo alla mia volontà, piú ferma che mai. Sono spinta dall'idea che ogni secondo sia importante. Compio una decina di giri di manovella in tempo record. Gli ammortizzatori cigolano, mentre il pick-up si alza di qualche centimetro utile per togliere la ruota. A ogni movimento allungo il collo per scandagliare i dintorni. Nessuno, non c'è piú alcun segno del cecchino. Scambio le ruote, fisso alla svelta un dado sí uno no – il resto lo sistemerò piú tardi. Rilascio la pressione del cric, lo lancio via, salgo e parto in quarta a testa bassa.

Capitolo 42

Non ho forza nelle gambe, mi tremano le mani e tento di riprendere fiato. Il sole cala dietro le montagne, proiettando ombre inquietanti sulla strada. Ogni tornante mi avvicina a casa, ma l'idea che qualcuno mi stia seguendo trasforma un tragitto familiare in una corsa contro il tempo. Questa regione che amo tanto assume l'aspetto di un territorio ostile. Procedo a una velocità eccessiva fino a destinazione. Parcheggio il pick-up fuori dall'hangar nel senso di marcia, pronto a ripartire. Nessun tempo morto, nessuna pausa. Cala il crepuscolo, a poco a poco la casa scompare nella notte. Mi chiedo se finalmente potrò respirare libera. Sentirmi al sicuro, anche solo per un po'. La luna si riflette in giardino, in particolare su una superficie liscia che non riconosco. Sembra... il cofano della Porsche di Alexis? Ma non ci sono luci in casa, non c'è nessuno in giardino a quanto pare. Avanzo con prudenza verso il lago, e allora a poco a poco si delinea una sagoma, seduta sul pontile con le gambe penzoloni sopra l'acqua. Alexis mi rivolge un cenno con la mano, quando gli vado incontro.

– Volevo solo essere sicuro che tu tornassi a casa. È stata una giornata tremenda per tutti.

Accanto a lui una bottiglia d'alcol bevuta per un terzo. Me la porge perché mi attacchi direttamente, come lui, come quando avevamo vent'anni, come quando Jade e Marceau erano ancora di questo mondo. Ho il fiato corto, mi siedo con le gambe ancora tremolanti e le faccio dondolare anch'io sopra la superficie del lago. L'acqua è calma, il riflesso delle stelle è piú intenso man mano che il cielo si fa nero.

– Solo poche settimane fa non mi sarei immaginata niente di peggio.

Ho preso la bottiglia. Bevo un sorso, poi un secondo. Potente e dolce insieme, un nettare mendace per chi lo prende alla leggera. Aromi complessi, vaniglia, miele, spezie. L'etichetta conferma: cognac Baron Otard XO.

– Nessuno se lo sarebbe mai immaginato, Sarah. Adesso bisogna affrontare la situazione.

– Poco fa ho rischiato di morire.

Mi scruta, preoccupato.

– Che intendi?

– Mi hanno sparato, nella foresta, sul Dent du Vélan.

Bevo un terzo sorso.

– Dopo la ricostruzione? Bisogna avvisare Delmas. Hai visto qualcuno?

– No, come al solito. Nessuna traccia, nessuna prova tangibile. Cosa vuole dire, secondo te? Che sono pazza?

– Vuol dire che Delmas deve agire, e soprattutto che devi essere prudente. Forse hai incontrato… Non lo so… dei bracconieri?

Lo scruto a mia volta.

– Come fai a sapere che laggiú ci sono bracconieri?

– Perché, in zona, di bracconieri ce ne sono dappertutto. Anche sul lago, con dei lingotti.

Sorride impacciato.

– Mi dispiace davvero per questa cosa, Sarah. Ho fatto una cazzata.

Cala il silenzio. I miei pensieri vagano, lascio loro briglia sciolta. L'adrenalina mi ha bruscamente abbandonato, il mio corpo è come intorpidito dagli avvenimenti e dall'alcol che ora mi scorre nelle vene.

– Prima della scomparsa di Jade, Marceau aveva già momenti tutti suoi. Ma dopo non è piú stato lo stesso. Le sue stramberie hanno finito per prendere il sopravvento sul resto, anche se mi rifiutavo di ammetterlo. Mi sono abituata alle sue assenze sporadiche, insondabili. Volevo soltanto essere felice con lui.

– Ci siamo abituati tutti. Quello era Marceau.

Mi giro verso Alexis, che cerca il suo riflesso sulla superficie dell'acqua.

– Guardami, Alexis.

Alza la testa.

– Marceau non ti ha mai rivelato niente di... di particolare? Una cosa che avrei dovuto sapere, oppure no. Eravate molto amici. Me lo devi dire. Lui era al corrente dei tuoi «favori» sul lago, vero? Di sicuro avevate segreti in comune.

Le sue gambe si agitano piano.

– Con Marceau non c'era scambio, nessuno scambio. Mi sto accorgendo che era cosí anche per te, Sarah. Mi dispiace. A un certo punto siamo andati tutti giú di testa. Ma lui ha vissuto gli avvenimenti in modo «diverso», tenendo molti segreti solo per sé.

Mi riprendono le palpitazioni che non hanno mai smesso tutto il giorno, ma fingo un controllo totale.

– Quindi non ti ha mai confidato quello che faceva con Karen, per esempio?

– Karen?! Cosa stai dicendo?

Sembra candido e disarmato, come lo ero io quando ho scoperto il biglietto nella Maglite. Prendo il coraggio a due mani.

– Che aveva una relazione con lei. Non lo dire a nessuno, almeno per il momento. Voglio parlare prima io con Karen, quando me la sentirò.

Rimane senza parole.

– Passami la bottiglia, Alexis, cosí la finiamo.

Mi verso in gola il resto dell'alcol. Lui mi aiuta ad alzarmi, mi stringe per aiutarmi a stare in piedi, affrontare lo shock. Gli prendo il viso tra le mani, afferro le sue labbra con le mie. Mi manca tutto, non voglio piú avere paura, almeno per una notte, almeno per questa notte.

– Rimani con me stasera, Alexis.

Non mi lascia la mano fino all'uscio di casa, che chiudo a chiave alle nostre spalle. Nel buio lo accompagno fino al letto, senza altra luce se non il chiarore della notte attraverso la finestra. Lasciamo cadere i vestiti sul pavimento. Lui mi respira i capelli, le sue mani mi scivolano sul collo, sui seni, li morde, li lecca. Le sue mani entrano in me, voluttuose e abili. Gli afferro il viso, lo assaporo di nuovo mentre penetra in me e mi prende con un gesto deciso. Lascio scorrere in silenzio sensazioni e lacrime. Dentro di me cede una diga, man mano che sale il calore dall'incavo delle mie viscere, man mano che la pelle diventa umida e il sudore si mescola al suo. La fermezza del suo controllo mi protegge dalla cattiva sorte, mi trascina altrove. Allora mi inarco di desiderio e veniamo inondati dal piacere.

Capitolo 43

Karen

I bambini dormono, finalmente. I videogiochi non sono il massimo, ma è l'unico sistema che ho trovato per distogliere la loro attenzione dalla tragedia. Dovranno imparare a portare questo peso, a gestirlo. Come tutti noi, come me. Insomma, in qualche modo ci riusciranno.

Mi avvolgo in un plaid ed esco a raggiungere Rollin nel suo maledetto garage. C'è la porta spalancata. Sta carteggiando del legno. La polvere sottile di castagno volteggia nell'aria. Credo che nemmeno lui conosca la finalità dei propri gesti. Utilizza il pezzo di legno come per cancellarlo, come se tutto potesse sparire. Mi ha vista, ma non smette. E io rimango lí per un po' in silenzio, a guardare. Ma sono pronta. So che invece lui non lo è. Gli afferro l'avambraccio con una mano e blocco la levigatrice con l'altra.

– Fermati!

Si libera dalla mia presa e abbassa lo sguardo.

– Ho fatto una cazzata, lo so. Delmas mi vuole vedere. Mi sta cuocendo a fuoco lento. Devo fargli dei nomi, ma è scocciato perché non viene fuori niente. Li ho portati su un'altra pista poco interessante. Uno dei suoi uomini mi sta alle calcagna, adesso, che bastardi. Mi hanno incastrato.

– Con tutte le tue… cazzate, siamo nei guai. Ma non è ancora niente. Delmas sta per scoprire un'altra cosa. Quindi ascoltami, Rollin! E guardami bene in faccia! Farai esattamente quello che ti dico, ok? E non cominciare a lamentarti, per piacere.

– Che cosa... Che cosa sta per scoprire?

Prendo un bel respiro e gli spiattello tutta la vicenda.

– Sta per scoprire che io e Marceau siamo stati insieme. E quindi potresti essere sospettato! Non so cosa stia tramando Sarah, ma sento che c'è sotto qualcosa. *Lei sa* qualcosa.

Rollin stordito si siede su uno sgabello.

– Tu e Marceau? Ma...

Mi fa pena. Non si capacita di vedere il vero viso della sua piccola Karen. Un po' diversa dalla sposina perfetta, comprensiva in ogni circostanza, sempre pronta a rimediare alle sue stupidaggini. Ma non è il momento di impietosirsi o di regolare i conti. Rischiamo davvero grosso.

– Se la polizia indaga su di te, Rollin, è meglio. Il giorno della morte di Marceau hai un alibi troppo debole. Però tu non hai fatto niente, vero? Non sei stato tu. Abbiamo una figlia e dobbiamo assicurarle un futuro, non è il caso di mandare tutto all'aria adesso. I gendarmi non troveranno niente sui tuoi loschi affari, tranne una prova solidissima proprio per quel giorno lí: ci penso io.

– In che modo?

– Sistemando una delle tue «cazzate» e cancellandone un'altra. Delmas mi ha detto abbastanza cose e il mio piano potrebbe funzionare. Mi serve soltanto un po' di droga, e grazie a te e alla tua negligenza ho tutto il necessario. Ne lasci cosí spesso in giro per casa, che l'ho raccolta man mano e alla fine ho fatto una bella provvista... Abbastanza per quello che ho in mente, comunque. Però ho bisogno di un'informazione: l'apprendista panettiere a Saint-Gingolph, vicino alla crêperie del lago, il tizio a cui dovevi portarla, non deve essere tanto felice per la mancata consegna, giusto? Quanta droga si aspettava? E non dirmi che non ti ricordi.

Rollin sembra attivare i neuroni, buon segno. Lo vedo dagli occhi che sembrano muoversi a caso. Che fallito, mamma mia.

– Erano trecento grammi, mi pare... Anzi... forse duecento?

Non c'è speranza. Non si ricorda piú nemmeno questo.

– Allora sarà il suo giorno fortunato. Per cinquecento grammi, confermerà che vai spesso nel suo negozio a metà pomeriggio, e in particolare che sei stato lí il giorno della morte di Marceau. Cosí recupera i trecento o duecento grammi, e in piú si becca un extra. Devi soltanto andare da lui domani pomeriggio verso le 16.00. Prima sistemo tutto io. Ti accoglierà come se non fosse successo niente. Dovrai soltanto farti seguire dai poliziotti e portarli un po' in giro, pensi di farcela?

– Dai poliziotti?

– I poliziotti vi piomberanno addosso, Rollin! Vi beccheranno in flagrante. Sarete interrogati entrambi per presunto traffico di stupefacenti, cosí rimarranno impegnati per un po'. Solo che il tuo amico stavolta ti consegnerà soltanto del pane, con l'etichetta a tuo nome, «come ogni settimana»: il pane per il food truck. Questa è l'idea meravigliosa. E dirai che ti piace un sacco quel pane, che ti fanno anche un buon prezzo, che l'apprendista ti serve sempre... sotto banco. I poliziotti capiranno. A quel punto ti tocca parlare un po' dello spaccio. Comunque sia, il giorno della morte di Marceau tu eri laggiú, e questo sarà un fatto acquisito. Non si riescono a commettere due crimini nello stesso momento, giusto? A meno di essere un genio...

Capitolo 44

Sono sull'orlo del burrone, non riesco a respirare. Allungo il braccio, e... Stavolta non è Marceau che cade nel vuoto, ma Karen. Sul suo viso scorrono tutte le emozioni che ho visto in lei – tenerezza, disprezzo, collera, stupore –, i suoi capelli sciolti fluttuano nell'aria prima dello schianto. Mi strappo all'incubo, fradicia, con un'oppressione nel petto. Le 3.05, Alexis dorme ancora al mio fianco.

Mi devo alzare, uscire, uscire dalla camera a ogni costo. Fluttuo di nuovo tra due mondi. Entro nello studio di Marceau. Dal suo tavolo da lavoro i poliziotti hanno portato via tutto, tranne la cornice con la foto che lo ritrae ai comandi del Savage Bobber: ha il viso girato all'indietro mentre l'aereo fila dritto verso le montagne innevate. La prendo tra le mani. Lui sorride. Passo un dito sul suo viso. Nel riflesso degli occhiali vintage da aviatore si vede la testa di Alexis che scatta la foto con addosso il casco.

Ma non solo.

Noto per la prima volta un'altra cosa. Un dettaglio che mi suggerisce di osservare piú da vicino. Tra le cianfrusaglie di Marceau prendo la lente d'ingrandimento, quella che Benjamin gli fregava sempre. Non è un particolare da poco, è una ciocca di capelli che sbuca fuori dal casco del passeggero, una ciocca bionda di Karen. La stessa Karen che diceva sempre che non se la sentiva di volare su un apparecchio del genere.

E ricordo Alexis, fiero come pochi, che si vantava di essere l'autore della foto. Anche quel bastardo mi ha mentito. Lui lo sapeva. Ancora stordita, ho bisogno di respirare all'aria aperta. Scendo le scale e corro scalza fino all'hangar. Sgancio i fermi del cofano motore del Savage Bobber e strappo tutti i cavi che mi capitano sottomano. Quando le dita non possono piú soddisfare le mie pulsioni e il motore non mi offre piú nessuna presa, apro la cassetta degli attrezzi e passo allo stadio superiore, con un martello.

Colpisco per distruggere, colpisco per fare male, colpisco per la verità e per liberarmi.

Il dolore alla mano già ferita è di nuovo lancinante, ma picchio ancora. Il motore piscia olio e carburante, e io picchio. Karen è una puttana, e io picchio. Marceau è morto, e io picchio. Alexis e Rollin sono dei bastardi, e io picchio. Senza tregua, fino allo stremo, picchio tra le lacrime mescolate alla rabbia.

A poco a poco il raptus mi abbandona. Mi sento pulsare il cuore nella mano, tanto che non riesco a reggere piú nulla. Ho rotto, strappato, staccato, smontato, sezionato, disossato. Ci sono pezzi sparsi ovunque, come se avessi svuotato le viscere di un paziente durante un'operazione chirurgica finita male.

Ho distrutto tutto, perfino la lastra metallica che riporta la marca, il modello e il numero di serie dell'apparecchio. Non c'è piú niente da spezzare. Leggo quella sfilza di numeri maledetti e, come un codice che apre un accesso ben custodito, il mio intuito torna a sussurrarmi all'orecchio.

Una violenta scarica di adrenalina mi attraversa da capo a piedi.

Cazzo, quei numeri...

Capitolo 45

Il manoscritto

Io e Jade eravamo quasi gemelli. Essere nati lo stesso anno, aver frequentato ogni tanto la stessa classe e aver vissuto insieme la necessità di crescere in fretta dopo l'incidente di papà ci aveva legati per sempre. Attaccati l'uno all'altra da un paio di manette invisibili. Jade non doveva crollare, perché mi avrebbe trascinato nella caduta. Quando era in ginocchio, io la aiutavo a rialzarsi. È bastata una volta, soltanto una volta, in cui per Sarah ho ascoltato troppo il mio cuore. Mi sono girato, non perché mi stessi allontanando da mia sorella, ma per guardare verso un futuro diverso, privo di menzogne e parole non dette come una risacca incessante che consuma i litorali piú resistenti.

Jade ha scelto questo momento per lasciarci. Era tutta colpa sua. Era tutta colpa mia. In qualche modo dovevo spezzare la catena che ci teneva legati. Ma non avevo spezzato il braccialetto che continua a ferirmi il polso.

Dopo le indagini ho dovuto imparare a convivere con il fantasma di Jade. Perché se l'anima se ne va, i segreti permangono. Osservano senza tregua coloro che restano. Ma adesso anch'io passo il testimone, anch'io mi disfo del fardello. Eppure mi piacerebbe tanto dare a quelli che vivranno dopo di me la possibilità di spezzare la maledizione dei Miller.

Ma per liberare non serve forse la verità?

Capitolo 46

Puzzo di benzina, rabbia e sesso, ma sento che ho in mano l'oggetto della mia ricerca.

Corro, sempre a piedi nudi, fino a casa. Mi infilo le scarpe senza far rumore, e nell'oscurità cerco la giacca di Alexis appesa all'attaccapanni. Prendo dalla tasca le chiavi della sua auto. È decisamente piú rapida del pick-up, che spesso minaccia di rendere l'anima. Chiudo piano la porta, poi filo in fondo al giardino per prelevare dal capanno l'attrezzatura da sub. Muta, pinne, maschera, torcia, erogatore, bombola, coltello, cordino, boa, giubbotto stabilizzatore, pesi: il tutto sta esattamente dentro il baule della Porsche. Metto in moto, direzione l'agenzia. A motore freddo, il *flat six* dà il massimo delle sue possibilità. A quest'ora cosí mattiniera – sono appena le quattro – la strada è deserta, ovviamente. Scalo le marce galvanizzata da diverse certezze, una fra tutte: i silenzi e i segreti di Marceau finalmente mi parleranno.

Abbandono la Porsche nel primo posteggio davanti all'agenzia. Entrando mi dirigo subito verso la cassaforte con le chiavi. Codice, apertura dello sportello: scelgo la chiave della barca piú performante. Senza nemmeno chiudermi l'agenzia alle spalle, raggiungo la Porsche ancora bollente. Prendo l'attrezzatura da sub, a ogni mio passo il pontile provoca uno sciabordio. Lancio il tutto nel pozzetto della barca e salto a bordo. Sfilo una prima cima d'ormeggio, accendo il motore, sfilo l'ormeggio posteriore e spingo la manetta del gas direttamente a metà. La barca si impenna, punta verso il cielo ancora stellato in una schiuma agitata che fa ballare le imbarcazioni intorno. La scia immacolata e spumeggiante emerge sulla superficie dell'acqua ancora nera, come la coda di una stella cometa. Sfreccio verso l'obiettivo, spingo la manetta fino a tre quarti. La barca ora è in planata sopra il lago. Disegno una curva sull'acqua orientandomi verso il punto in cui l'aereo del padre di Marceau è precipitato trent'anni fa.

Tutti quei numeri alla fine del nome del file apparso sullo storico della stampante, e che Delmas cercava di capire, non erano una data o la versione del file abbinate al titolo *Il romanzo di Marceau Miller*: erano il numero di serie del Savage Bobber inabissato in fondo al lago! Solo distruggendo il motore dell'aereo di Marceau, copia coeva dell'apparecchio di suo padre, sono riuscita a capire.

Ironia della sorte.

I punti luminosi sulla costa mi permettono di raggiungere facilmente il posto. Lo conosco, il mio lago. Con l'aiuto del Gps determino la posizione precisa e butto l'ancora, che cola a picco. La catena si srotola a gran velocità e tocca il fondo esattamente a ventotto metri. Il relitto dovrebbe trovarsi nel raggio di una decina di metri attorno a me. Mi preparo alla luce della luna. La bombola è mezza piena: basterà.

Sono abituata alle immersioni, ma raramente cosí in profondità. In genere uso questa attrezzatura per ispezionare gli scafi delle barche o svolgere operazioni tempestive, quando i clienti si impigliano in una cima o in una rete. La barca che ho scelto non è adatta come base per un'immersione, ma riesco a buttarmi in acqua senza problemi.

Il fascio della torcia illumina il plancton in sospensione. Comincio la discesa. Sbatto forte le pinne, il piú rapidamente possibile, per diversi metri, dieci, venti... Ho i minuti contati, la pressione mi opprime, mi aiuta a guadagnare velocità. L'aria che respiro, sempre piú compressa, satura i miei tessuti cellulari. Il cuore rallenta. Mi concentro per mantenere la mente lucida e compensare i primi effetti sul cervello.

Il fascio della torcia finisce per illuminare timidamente il fondo. Lambendo il terreno, attira e scaccia a un tempo i pesci disturbati dalla mia intrusione. Rimango a due metri dal fondo per non sollevare volute di corpuscoli e togliere visibilità. Il terreno sommerso del lago in certi punti è quasi lunare, completamente privo di vegetazione. Giro attorno alla preda come uno squalo.

All'improvviso appare nell'ombra l'impennaggio dell'aereo. Do vigorosi colpi di pinna espellendo un gran volume d'aria dall'erogatore. Sono circondata da una nuvola di bolle. Mi aggancio alla struttura tubolare del Savage Bobber. Stranamente non presenta alghe, almeno sulle parti superiori e sulla cabina... Marceau? Punto la torcia verso l'interno e poi verso l'esterno. L'aereo riposa sul fondale, un po' infossato. Illumino il manometro: mi è rimasto solo un terzo di bombola, ho consumato molto piú di quanto immaginassi. Continuo a nuotare alla ricerca di tracce che possano indicarmi gli angoli piú «esplorati» dell'aereo. Appoggio la torcia a terra, puntando il fascio verso l'apparecchio. Unico faro in un mondo di totale oscurità. Adesso posso perlustrare meglio l'interno del relitto con entrambe le mani. Ma ho agitato troppo il fondale melmoso e non distinguo piú nulla, o quasi. Non ho tempo di aspettare che la nube si dissolva. Il respiro è troppo rapido, il cuore ha accelerato. Riprendo la torcia e la punto sul sedile passeggero posteriore dell'aereo. Provo a spostarlo in avanti, niente da fare. Infilo la mano sotto. Sento un elemento mobile, rettangolare. Potrei afferrarlo soltanto alzando il sedile o sbloccandolo. Spingo sul fondo e riesco a far slittare il sedile in un fracasso metallico che si propaga attorno a me come un'onda. Tirando, sposto un pochino l'oggetto, che però rimane incastrato. Uso la torcia a mo' di martello e ce la sbatto sopra: a ogni colpo il parallelepipedo avanza un pochino. Ci sono quasi, ma la torcia si spegne.

Impossibile riaccenderla, si è rotta.

Il buio assoluto in un istante.

Strattono di nuovo l'oggetto e ce la faccio. Lo stringo a me. Ora percepisco il freddo pungente delle profondità del lago attraverso la muta troppo sottile. Provo a ricordare la struttura dell'apparecchio per indietreggiare a tentoni. Sbatto da una parte, la bombola rimane incastrata dall'altra. Ho ampiamente superato i limiti di tempo di un'immersione furtiva: in questa notte opaca devo effettuare almeno una tappa di decompressione di cinque minuti a cinque metri sotto la superficie per evitare un malore. Mi spingo verso l'alto battendo le pinne, guidata dalla pressione sempre meno forte sui timpani e sul corpo. Posso salvarmi solo cosí: non vedo niente, non ho modo di consultare il misuratore per controllare la profondità o il livello di riserva d'aria. Nella testa comincio a contare i secondi, poi i minuti. Dopo tre, quando aspiro dall'erogatore non viene piú nulla. Bombola vuota. Le pinne scacciano il buio in fondo al lago, e la mia testa ne squarcia la superficie.

Finalmente respiro di nuovo.

Senza perdere un secondo, cerco con lo sguardo la barca illuminata dall'alone della luna. Mi sono allontanata di quaranta metri circa. Continuo a nuotare, con le braccia ancora strette sulla mia preziosa scoperta. Guai se la lascio affondare.

Stanotte il lago è piatto. Mi aggrappo al retro della barca e allungo solo un braccio per depositare il prezioso pacco nel pozzetto prima che mi scivoli tra le dita. Appoggio anche il resto dell'attrezzatura. La bombola batte pesantemente sul pavimento del pozzetto. Poi, a furia di braccia stanche, riesco a fatica a issarmi a bordo, appoggiando il ginocchio su una galloccia.

Appena mi siedo, ispeziono ciò che ho riportato dagli abissi. Un sacchetto stagno in materiale sintetico resistente, schiacciato dalla pressione dell'acqua. Con il coltello taglio attentamente uno dei lati, come per aprire un pacchetto fragile. Sollevo i bordi e tiro fuori una mezza risma di carta.

Il manoscritto.

Finalmente.

Sulla prima pagina si legge: *Il romanzo di Marceau Miller.*

Parte sesta

Nati dalle nebbie

Capitolo 47

Spunta l'alba. Seduta da sola in mezzo al lago, sulla barca che ondeggia, mi preparo a scoprire i segreti di Marceau. A capire chi era l'uomo con il quale ho vissuto tanto a lungo.

Chi eri davvero, Marceau Miller?

È da giorni che questo testo assorbe ogni mio pensiero, al punto che a volte ho pensato di perdere la ragione, e adesso non so se cominciare a leggerlo. Guardo le prime parole, ma non ho il coraggio di decifrare subito quel modo di scrivere e di esprimersi che conosco cosí bene. Però stavolta non c'è nulla di inventato. Riconosco tutto, i luoghi, i momenti, i personaggi. Hanno un nome: Jade, Alexis, Rollin, Reynaud, Hermione, Benjamin, Zoé, Louise, lui e me. Un pugno in faccia.

Le mazzette di banconote nel borsone corrispondono all'esatto ammontare dei diritti che ho percepito per il mio primo romanzo. 3 milioni 175 mila euro. Soldi che non potevo utilizzare. Il successo del libro è radicato e si è nutrito di incidenti, segreti e tragedie. Senza tutta quella sofferenza, non mi sarei mai rifugiato nella scrittura, non mi sarei mai dedicato ad altre vite che inventavo per fuggire dal mondo almeno un po'. Ero ben lungi dall'immaginare che quel frutto nero avrebbe dato un'anima ai miei romanzi. Mi avrebbe esposto alla luce quando cercavo l'ombra.

Sono stato il burattino della mia storia personale. Si è aperto il sipario, lasciandomi nudo e solo di fronte al pubblico che mi acclamava. Ho provato a smettere di scrivere. Non è stata né la pressione dell'editore, né quella dei lettori e nemmeno l'obbligo di sopravvivere che mi hanno spinto a rimettermi al lavoro, dopo quel primo romanzo.

Non si può smettere di raffreddare una centrale nucleare, altrimenti esplode. Anche se il modo che hai trovato per scappare dall'inevitabile ti espone alle radiazioni, tu vai avanti. Quando le torri del World Trade Center si sono trasformate in braciere, nulla ha potuto impedire agli occupanti di saltare, nemmeno la certezza della morte.

Quei soldi appartengono a tutti coloro che hanno sopportato quelle tragedie. Il dramma di mio padre, l'incidente d'auto sulle rive del lago, Jade.

Adesso ripenso a tutti i passaggi dei suoi romanzi che trovavo cosí autentici, a volte cosí inquietanti. Solo ora capisco perché. Dovrò rileggerli con occhi nuovi. Capire Marceau qui, in questo modo, provoca in me un vero e proprio cataclisma.

Sul lago si fa giorno, i primi raggi del sole mi scaldano la schiena, come per incoraggiarmi a proseguire la lettura. Sono terrorizzata all'idea di cosa potrò scoprire ancora. Jade era la mia vera amica. Mi diceva tutto, me lo aveva giurato.

Ecco un nuovo capitolo, con questo titolo.

L'origine del male – Il segreto di Jade.

Avevamo dieci e nove anni, eravamo bambini. Io e Jade eravamo una cosa sola, un'energia gemellare, magnetica. Nulla sembrava in grado di rompere quel legame. Stavamo tutto il tempo insieme a giocare. Specialmente nel grande hangar, dove nostro padre parcheggiava il Savage Bobber e lo sistemava. In sua assenza ci divertivamo su quel bell'uccellino. Io ero il pilota, Jade l'operaia meccanica. Facevamo finta di manovrare i comandi, di usare gli attrezzi, di fare i controlli come i grandi. L'aereo, con quell'aspetto da grosso giocattolo, era un passatempo favoloso, come al lunapark. Ma Jade ha preso troppo sul serio il gioco e le proprie competenze tecniche. Le sue manine innocenti nel motore di precisione del Savage Bobber. Quando nostro padre quella mattina è volato via, noi eravamo lontani, molto lontani dall'immaginare di averlo condannato. Il motore lo ha abbandonato mentre sorvolava il lago, senz'altro nel momento peggiore, durante una manovra delicata. È morto per colpa nostra.

[...]

Jade e Marceau condividevano quindi la colpa di avere ucciso il padre. E non ho mai visto il loro dramma interiore, non ho mai intuito niente... Il relitto dorme in fondo al lago da trent'anni, quasi trenta metri sotto di me. Ho i crampi alla pancia. Sento che il mio viso si deforma, portato via dalla tristezza e dal rimorso.

È stato allora che le cose hanno cominciato davvero a mettersi male. Quando ho fatto giurare alla mia adorata Jade: «Non dirlo mai, la mamma non deve saperlo mai».

La mamma era distrutta, si aggrappava a noi, le avevamo strappato l'uomo al quale teneva tanto. All'inizio il segreto era meno pesante della perdita di nostro padre, le sofferenze si mescolavano. Poi con il tempo il senso di colpa ha avuto la meglio sul lutto. E piú passavano gli anni, piú la montagna diventava enorme. Come potevamo ammettere una cosa simile dopo sei mesi, un anno – cinque, dieci anni?

Quando il cancro ha portato via nostra madre, Jade ha tentato il suicidio. Era convinta che la scomparsa del marito avesse consumato la mamma da dentro. Mia sorella era piú fragile di me, avrei dovuto saperlo, ma il male era fatto. Le nostre vite di adulti cominciavano, guardavamo verso l'avvenire.

Ma per Jade si era scavato un solco, la sua fragilità era messa a nudo. Fino all'innesco fatale, quando abbiamo compiuto vent'anni.

Il mio respiro è rapido come quando superi un valico dopo un'ascesa faticosa. Devo continuare, conoscere la verità fino in fondo. Nuovo capitolo.

L'incidente del lago.

Ma dopo questa pagina non c'è niente. Il capitolo è sparito – o non è stato scritto? Al suo posto un'altra pagina con un titolo.

Il giorno in cui è scomparsa Jade.

Ma niente capitolo nemmeno dopo questo titolo. Lancio un grido.

Rimane un ultimo foglio. Mi aggrappo all'unica frase scritta sopra, la rileggo diverse volte, non ci credo, una crepa interiore contenuta per tutti questi anni, da quando è scomparsa Jade. Una diga eretta vent'anni fa crolla di colpo. Il dolore, cosí a lungo murato, scorre come un torrente incontrollabile. Tremori, spasmi, respiro interrotto. Dal profondo dell'anima risalgono singhiozzi, singulti primitivi che non riconosco, mentre finalmente esplodono due decenni di pianto trattenuto. Nel silenzio, quando il mio corpo esce dall'apnea, urlo il nome di Jade, come se la mia voce spezzata potesse riportarla qui.

Capitolo 48

Ho davanti a me tutti i fogli sparsi e cerco di riprendermi. Man mano che si alza il vento mattutino la superficie del lago diventa iridescente. Rimetto in ordine le pagine e piazzo il manoscritto al sicuro nella cabina della barca. Accarezzo con la mano il tatuaggio sulla caviglia – il nostro tatuaggio, mio e di Jade... Le lacrime continuano a colarmi sulle guance. Il tatuaggio che rappresenta il nostro lago, le montagne e... l'aereo che lei mi aveva fatto giurare di non dimenticare. Mi manca la sua voce, mi manca la sua sensibilità, mi manca tutto. Non ho vissuto mai piú un'amicizia del genere, e l'enigma della sua scomparsa esplode in me.

Adesso la barca avanza piano verso la riva. Il vento sulla pelle non scaccia i pensieri, ma mi apre la mente a tutto ciò che potrebbe succedere ora. Tutto ciò che potrei scatenare. È ancora molto presto e non incontro nessuno. La prua della barca fende la superficie del lago, come per aprirlo a decenni di mistero. Avvicinandomi alle sponde, scorgo la vita che freme sulle rive del Lemano. Una giornata come tante, che tuttavia nelle prossime ore verrà colpita come me, direttamente in faccia. Chissà se un giorno dovrò spiegare queste cose a Louise. Un tale sconvolgimento alla sua età...

Faccio le manovre abituali e ormeggio la barca quasi sopra pensiero. Percorro il pontile in fretta con il manoscritto sottobraccio. Torno in agenzia e prendo dal ripiano gli ultimi tre romanzi di Marceau. Appoggio il tutto sul sedile passeggero della Porsche e lascio il parcheggio dell'agenzia facendo ruggire il motore. Il bolide intuisce il mio nervosismo, meglio di una macchina della verità. I chilometri sfilano mentre guido verso Thonon-les-Bains. Sulla D25, vicino a Sciez, incrocio il mio pick-up che giunge nell'altro senso. Al volante c'è Alexis, che riconosce anche lui immediatamente la sua Porsche rosso sangue. Nello specchietto retrovisore vedo i fari dei freni e intuisco che sta per fare inversione. Per il momento ho altre priorità, schiaccio il pedale dell'acceleratore. Anche Alexis deve essersi svegliato e, non trovandomi da nessuna parte, ha pensato che potessi essere in agenzia. Immagino.

Alla gendarmeria alcuni ufficiali sono già al lavoro. Entro nell'edificio e filo dritto verso la porta che conosco, ahimè, anche troppo bene. Apro senza bussare.

– Ma prego, faccia pure come se fosse a casa sua, signora Miller. È venuta a portarmi il caffè?

– No, un cadavere.

Delmas mi scruta, poi il suo sguardo cade sul manoscritto e i libri.

– Chiuda la porta.

Appoggio il manoscritto sulla scrivania.

– È stato necessario andare a pescarlo in fondo al lago. Il numero che seguiva il nome del file nella stampante corrispondeva al numero di serie dell'aereo precipitato nel lago.

Delmas rimane a bocca aperta. Proseguo per fargli guadagnare tempo.

– Vada pure subito all'ultima pagina.

Delmas estrae l'ultimo foglio del manoscritto uscito dalle acque del Lemano.

Nessuno poteva saperlo, né voi, né Reynaud. Ho sempre agito da solo. Su ogni copia dei miei romanzi appare Jade. Sulla costa dei libri appaiono in filigrana due serie discrete di numeri, prima e dopo il titolo, sopra il nome dell'autore: sono la latitudine e la longitudine. Corrispondono alle coordinate Gps dove riposa il corpo di Jade, dal giorno della sua morte. Al mio editore ho fatto passare una simile bizzarria per superstizione, tanto non aveva altra scelta se non accettare quella condizione, quasi invisibile, e comunque non gliene importava niente.

Delmas alza gli occhi su di me. Per la prima volta ho l'impressione che mi guardi davvero.

– Bel colpo... Le confesso che a casa di Reynaud abbiamo ribaltato tutto quanto. Abbiamo passato al vaglio la sua intera vita. L'elemento che lei ha trovato... sembrerebbe proscioglierlo. È troppo presto per dirlo, ma potrebbe darsi che quel vecchio pazzo sia soltanto un testardo che si è bruciato durante la sua inchiesta.

– Forse finalmente archivierà questa storia.

– Non so bene dove stiamo andando, signora Miller. Ma le faccio una promessa: io non farò la stessa fine. Si rischia di perdere il senno.

Capitolo 49

Il lago è immerso nel sole. Con l'auto sportiva rasento l'asfalto della D1005. Oltrepasso Lugrin. Quando entro in una zona boschiva vicino a Meillerie, la distesa d'acqua scompare dalla mia visuale. Poco fa Delmas ha chiamato il procuratore. Un breve colloquio. Si sono messi d'accordo per un intervento immediato sul posto. È stato mobilitato anche un elicottero.

Rallento subito prima del sentiero che porta allo chalet di Reynaud. Ovviamente con la Porsche non è per niente agevole. Sento raschiare il fondo dell'auto sulla striscia erbosa centrale. Non me ne frega niente, Alexis farà riparare a sue spese il catorcio. Reynaud è già fuori casa, pronto a partire. Non è piú in custodia cautelare, Delmas lo ha rilasciato.

Mentre scendo dalla macchina di Alexis, vedo che è stupito. Scrolla la testa, ma non ha la forza di dirmi niente. Il suo sguardo è attraversato da un bagliore che non saprei se definire stanchezza, profonda tristezza o sollievo.

– Ho appena sentito alla radio che il corpo di Jade sarebbe stato localizzato: è vero, Sarah?

– Sí. E nemmeno tanto lontano da noi. Nella foresta, sulla montagna qui vicino.

– Cazzo, ma ho perlustrato tutto, Sarah! Non è possibile!

– Marceau conosceva molto meglio di te la montagna e

le foreste. Forse gli hai insegnato i rudimenti, ma l'allievo ha superato il maestro. Ha agito da solo, nessuno poteva o doveva sapere.

– Quindi è stato lui... è stato lui a nascondere il corpo... Io non c'entro niente, te lo giuro, Sarah! Non sapevo. E dire che con lui ho portato avanti le ricerche per vent'anni... Mi ha preso in giro per tutto questo tempo? Ma cosa è andato storto in questa storia?

Apro la portiera della sua 4x4 e mi siedo dal lato passeggero. Il mio cervello ha deciso di non fare piú nessuna ipotesi. Non cerco spiegazioni nel gesto di Marceau. Non mi chiedo se Reynaud possa essere un eventuale complice. Niente. Non penso piú a niente.

Reynaud si mette al volante. Inserisco sul Gps la nostra destinazione. Ha gli occhi fissi, come se fosse altrove.

– Ci siamo passati vicino almeno dieci volte. Ci ha fatto girare attorno, se cosí si può dire.

Per strada gli racconto: il numero di serie, il manoscritto, quello che sono riuscita a leggere, «L'origine del male», «Il segreto di Jade». Il suo silenzio mi spezza il cuore. Prima di oggi non gli avevo mai visto versare neppure una lacrima. Quella lacrima, piú di qualsiasi spiegazione razionale, mi convince definitivamente della sua innocenza. Dopo qualche minuto Reynaud batte il pugno sul volante una volta, una volta sola, ma con una rabbia tangibile. Mentre imbocchiamo le strette strade sinuose di montagna, alziamo la testa sentendo un rumore riconoscibile tra mille: il rombo di un elicottero a bassa quota, senz'altro in fase di avvicinamento da qualche parte, poco lontano.

La strada continua, ma con la 4x4 non possiamo percorrerla fino in fondo. Proseguiamo a piedi con il Gps in mano. Penetriamo nella folta foresta, prendendo una scorciatoia per raggiungere il luogo indicato. Un chilometro di fatica, poi Reynaud mi mostra un sentiero segnalato.

– In termini di tempo è piú veloce prendere il sentiero, anche se fa una specie di deviazione. La foresta è troppo fitta e ci rallenterebbe.

L'elicottero passa di nuovo sopra le nostre teste. Atterra vicinissimo, in una piccola radura. Lo superiamo senza farci vedere, scorgiamo un gendarme e il pilota. Svoltiamo nascosti e andiamo oltre.

Quando Delmas ci vede sbucare, non mi sembra stupito. Il procuratore è chino sopra una buca scavata da due gendarmi ancora muniti di pale. Un medico legale sta accovacciato accanto a loro, vicino a ciò che dovrebbe essere un insieme di resti umani. Delmas acconsente a condividere alcune informazioni.

– Abbiamo dissotterrato delle ossa. Si tratta di una donna giovane, probabilmente sui vent'anni. Ciò che rimane dei tessuti potrebbe corrispondere alla descrizione fornita all'epoca durante le ricerche che aveva lanciato lei, Reynaud.

Reynaud si avvicina al corpo. Indica alcuni elementi metallici non ancora puliti. E chiede all'esperto di ispezionarli subito. L'uomo comincia con un moschettone ricoperto di terra. Il meccanismo è bloccato, ma l'acciaio è ancora buono. Lo sfrega con cura facendo apparire delle lettere incise nel metallo.

– C'è una scritta… non un numero di serie… un nome: *Marceau*.

Reynaud scuote appena la testa, come definitivamente sconfitto.

– Quindi è il corpo di Jade… E con quel moschettone il fratello ha lasciato la sua firma, come nei romanzi.

Il medico legale continua il suo lavoro. Il nostro sconcerto è sospeso nel vuoto, ognuno di noi è perso in intime riflessioni. Alla fine il medico si alza e si toglie la mascherina. Tiene lo smartphone vicino alla bocca e registra.

– Prime constatazioni. La morte è di sicuro stata causata da una caduta. Gambe rotte, tre costole spezzate sul lato destro. Anche un braccio rotto. Trauma cranico, ma di sicuro è la parte inferiore del corpo a essere entrata per prima in contatto con il terreno: ci sono numerose fratture. Gli arti inferiori hanno attutito la caduta, ma poi la testa ha toccato il terreno. Stima dell'altezza della caduta: circa quindici metri.

Delmas traduce:

– Quindi niente suicidio, come pare suggerire Marceau Miller alla fine del manoscritto. Saltando da quindici metri, si rischia di fallire. Non quadra.

– Infatti no.

Ci scambiamo un'occhiata smarrita. Delmas continua a ragionare ad alta voce.

– Nel libro mancano alcuni capitoli... capitoli fondamentali. Il criminale, chiunque sia, non avrebbe tagliato il manoscritto, ma lo avrebbe distrutto. Permetterci di trovare il corpo è un rischio assolutamente troppo grande per lui. In quanto a Marceau Miller... sopprimere le parti decisive del testo sarebbe stato contrario alla missione che si era dato. *Chi* può avere sottratto le pagine mancanti, lasciando il resto? E perché?

Un solco nero si imprime nella mia mente. Delmas e Reynaud hanno dimenticato un dettaglio importante. Che non mi sfugge. Per il momento sono l'unica ad averci pensato.

Capitolo 50

I resti del corpo vengono trasportati all'istituto medicolegale per l'autopsia. Delmas riparte in elicottero con il procuratore, io e Reynaud riprendiamo il sentiero nella foresta. Avanziamo a passi prudenti, entrambi ancora storditi, la mente concentrata su una nuova equazione impossibile.

Reynaud mi precede. È piú silenzioso che mai. Elabora tutti quegli anni di indagini fallite, i ricordi e la carriera con il suo finale doloroso. Quella porta chiusa male, che gli resiste ancora, deve mettergli i nervi a dura prova. Ma almeno qualcosa è cambiato. Mi tende la mano per farmi superare un tronco d'albero caduto a terra.

– Quando io e Marceau eravamo nella foresta, le prime volte stavo davanti io. Poi dopo poco ha preso lui il comando. Era lui a tracciare gli itinerari sulla mappa, era lui a prendere decisioni, sempre giudiziose, accompagnate da ricche spiegazioni su cose che non sapevo di Jade. Mi piaceva sentirlo parlare di lei.

Ha un groppo alla gola, distolgo lo sguardo. Anche a me fa male. Alzo la gamba per superare l'ostacolo, mi si scopre la caviglia. Reynaud mi appoggia la mano sulla tibia, fermando il mio slancio.

– Il tuo tatuaggio… Lo stesso di Jade…

– Sí, te lo ricordi? Me l'aveva chiesto lei. Ce lo siamo fatte lo stesso giorno. Era un suo disegno, una sua idea.

Adesso che ci penso, era un po' come una confessione… su suo padre. L'aereo, proprio qui. Non ha avuto il coraggio di dirmelo, ma me lo ha fatto incidere sulla pelle per tutta la vita…

Reynaud abbassa con delicatezza la gamba del pantalone per coprirmi la caviglia. Riprendiamo a camminare. Ci avvolge il rumore della natura brulicante. Lo scricchiolio dei rami sotto i passi è soffocato dal terreno. Gli alberi mi circondano come vecchi amici, i tronchi massicci mi offrono un conforto silenzioso. Rallento per appoggiare la mano sulla corteccia rugosa di una quercia centenaria, e lascio che la sua forza tranquilla mi ancori al presente. L'aria è carica del sentore di humus e resina, odori familiari che mi ricordano che, nonostante le tragedie umane, il ciclo immutabile della vita continua. Una brezza leggera fa fremere le foglie sopra di noi, il fruscio sembra sussurrare segreti che ho paura di ascoltare. Eppure, come sempre, la foresta mi calma, la sua presenza millenaria stempera come può il mio dolore nel suo eterno respiro.

Nell'abitacolo della 4x4 Reynaud accende la radio. Il notiziario ci accompagna sulla strada del ritorno. È scoppiato il caso, ovunque. Citano il nome di Reynaud. Trasmettono stralci di interviste dell'epoca. Torna a galla una tensione sopita da vent'anni. Tutto il paese si appassiona al «Caso Miller». Sullo smartphone ricevo una quantità di sms, molti da numeri sconosciuti – di sicuro giornalisti. E poi uno, senza giri di parole, dall'editore di Marceau, Édouard: «Quando possiamo incontrarci per parlare del manoscritto inedito di Marceau? Ce l'hai tu, vero?»

In tempi diversi tutte queste aggressioni e tutta questa

sconvenienza mi avrebbero fatto venire la nausea. Ma la mia mente è altrove. Un'ipotesi fra le piú tremende non smette di tormentarmi. Devo verificare. Tento di connettere i ricordi tra loro; alcuni si contraddicono, altri si assemblano come tessere di un puzzle dal disegno inatteso.

Arriviamo allo chalet. Reynaud mi propone di bere qualcosa, di fermarmi un attimo per fare il punto della situazione. Rifiuto e filo via a bordo della Porsche; devo tornare a casa. Devo capire prima degli altri cos'è successo. Voglio esserne certa.

Davanti a casa i gendarmi stanno frenando una schiera di giornalisti. Siamo a inizio pomeriggio. Il nostro domicilio è diventato un'attrazione protetta dalle guardie di Delmas. Alla fine forse non è poi cosí male. Mi faccio strada con la Porsche, ma mi scoccia essere mitragliata a bordo di un mezzo cosí appariscente come l'auto di Alexis. Parcheggio il piú vicino possibile all'ingresso, poi corro dentro. Salgo i gradini quattro alla volta, fino alla camera di Benjamin.

Solo una madre può capire una cosa del genere. Solo una madre può pensarla, può perdonarla. Mi guardo intorno, con le mani tra i capelli, consumata dall'angoscia. Apro gli armadi, frugo dappertutto. Nulla sotto le pile di vestiti, nulla sotto i mobili, nulla sopra. Libero la scrivania piena di cancelleria e tesori da bambino – carte scarabocchiate, una biglia, pezzi di plastica colorata. Ribalto il letto, svuoto la libreria. Poi mi fermo, mi giro verso un contenitore pieno di fogli da disegno. Lo svuoto completamente e lí, in fondo, una risma ben ordinata.

I capitoli mancanti.

Benjamin ha sempre considerato lo studio di suo padre

come un campo da gioco. Gli fregava i fogli, quelli non annotati. Marceau non gli diceva niente… ma di sicuro quella volta Benjamin deve avere letto il manoscritto che non doveva. Si è preso paura e ha voluto proteggere suo padre. Come lui, nasconde i segreti. Tale padre, tale figlio. Chissà, forse ha avuto paura che lo scoprissi io, e che i suoi genitori litigassero o addirittura si separassero. È la sua piú grande angoscia: lo ha confidato alla psicologa. Un'angoscia che non poteva confessarmi, e che si è trasformata in balbettio quando è morto suo padre. Sento i muscoli contrarsi.

Adesso, seduta sul lettino di mio figlio, riprendo la lettura interrotta sulla barca.

La parte che ho in mano sembra corrispondere al capitolo intitolato «L'incidente del lago».

È successo un mese prima della scomparsa di Jade. Io, Alexis, Rollin e Jade eravamo a una serata organizzata da un compagno per i suoi vent'anni. Una vasta proprietà familiare in riva al lago. Una tappa importante che affrontavamo uno dopo l'altro, una festa dopo l'altra in cui facevamo a gara a tutti i livelli, in tutti gli eccessi.

L'aria era mite in quella notte di giugno, la festa si era allargata sui terrazzi. Avevo bevuto molto, come altri amici che cominciavano a litigare senza motivo. Jade sentiva che stavano arrivando guai. Io ero da gestire, non stavo piú in piedi. E cosí ha fischiato la fine dei giochi per noi quattro verso le due di notte, mezz'ora dopo che un guastafeste con la sbornia cattiva era stato cacciato via a forza. Non ero assolutamente in grado di guidare. Jade non aveva ancora la patente e ha consegnato le chiavi a Rollin, il meno bevuto. Alexis sosteneva che anche lui era in grado di mettersi al volante. Io stavo sdraiato sui sedili posteriori, con la testa sulle ginocchia di mia sorella. Rollin faceva lo slalom sulla strada lungo il lago, mentre Alexis per scherzo gli girava il volante. Rollin gestiva marce e pedali, Alexis dal posto passeggero ci sballottava sterzando in modo esagerato.

All'improvviso, nella luce dei fari, è apparsa per un secondo una bicicletta senza fanali.

Andavamo piano, ma in quel momento Rollin non guardava la strada. E la sterzata di Alexis ha spinto il ciclista in un fosso che poco piú avanti sfocia nel lago. Rollin frena di colpo, siamo tutti scioccati. Un risveglio violento per Rollin e Alexis. Io sono ancora immerso nei vapori dell'alcol, ma sento una ventata di panico nell'abitacolo, pur non capendo esattamente la posta in gioco.

Alexis dà ordine di ripartire. Siamo ubriachi, il tipo sulla bicicletta lo è di sicuro anche lui. Il ciclista si sveglierà domani, e comunque è probabile che non abbia visto cos'è successo, dato che era buio. E l'auto… non deve essersi ammaccata. Nel peggiore dei casi sistemo la carrozzeria con qualche martellata da sotto. Non sarebbe la prima volta, sono un esperto.

Il giorno dopo, un trafiletto sul giornale riportava che un ciclista era stato ritrovato in riva al lago. Presentava ancora un forte tasso alcolemico, e in quel momento era in coma. Forse era caduto dalla bicicletta, scivolato sull'argine di blocchi di pietra fino alla spiaggia di ciottoli. Nessuna traccia sospetta. Abbiamo saputo dalla nostra banda di amici che si trattava del tizio cacciato dalla festa: andandosene aveva rubato una bici, forse senza rendersi nemmeno conto di quello che faceva. Bene o male abbiamo accettato la notizia. Ma per Jade era il risveglio di un trauma piú profondo.

Me lo ha confessato. La sua coscienza non poteva sopportare altro, di certo non un'altra colpa. Avevo paura per entrambi, che Jade confessasse tutto, in particolare l'incidente di nostro padre. Di nuovo l'ho supplicata di tenere quella storia per sé. Tanto lei non era neppure al volante…

[…]

Frugo nella memoria, quel trafiletto me lo ricordo. Molto vagamente, ma non è finita lí. Siamo stati interpellati a proposito della serata. Io non ero presente, però rivedo i gendarmi interrogare tutti quelli che avevano partecipato.

Quindi erano stati loro. Ma sono rimasti in silenzio.

Ho un mancamento. Mi appoggio alla parete e chiudo gli occhi per qualche secondo.

Giro pagina. Arriviamo al capitolo che Marceau aveva intitolato: «La scomparsa di Jade».

[…]

Un mese dopo l'incidente con l'auto, abbiamo organizzato un'escursione in montagna. Diversi giorni di cammino tra massicci e foreste, bivacchi e rifugi. Il mattino del secondo giorno, dalla radio di un rifugio, abbiamo scoperto che era appena morto il ciclista in coma. Per il resto della giornata Jade è sprofondata in un mutismo totale.

Al tramonto, mentre organizzavamo il bivacco, ognuno preso dal proprio incarico, Jade è sparita nella foresta. Prima del buio completo abbiamo fatto di tutto per ritrovarla. Impossibile scoprire dove fosse. Almeno è quello che ho fatto credere ad Alexis, Rollin e Sarah tormentati dall'angoscia.

Io avevo ritrovato Jade.

Impiccata a un ramo vicino a un sentierino poco frequentato. Aveva usato l'attrezzatura da scalata. Mi sono sentito talmente in colpa, mi sento ancora talmente in colpa. Costringendola a non dire mai niente per tutti quegli anni, ho lasciato che Jade soffocasse tra i rimorsi, credendo di proteggerla – e di proteggerci. Lei non ha retto. E cosí ha messo fine ai suoi giorni.

Questa morte in qualche modo è mia responsabilità. Non volevo intaccare la sua memoria, e soprattutto volevo far finta di credere che fosse ancora viva – viva, finché ognuno aveva ancora la speranza che potesse tornare a casa, che quella fosse soltanto una brutta avventura.

Conosco a menadito la foresta, la montagna e gli itinerari che avevamo percorso. Ho nascosto il corpo, prima nel letto del torrente piú in basso. Vicino alle cascate dove a volte andavo a pescare. Ho incastrato il cadavere sotto una gran quantità di ciottoli, in un punto dove c'è piú o meno un metro d'acqua. Jade era al riparo da tutto e da tutti, anche dai cani che fiutavano ovunque la sua traccia nei primi giorni delle ricerche.

Poi, quando è finito il tempo dei cani e delle battute, le ho trovato una dimora eterna piú appropriata, l'ho sepolta direttamente nella terra dove nessuno andrà mai a scavare. Tranne se scopri il segreto del codice stampato sulla costa dei miei romanzi.

È davvero straziante. Marceau sapeva descrivere le scene come nessun altro. Ma c'è un particolare gigantesco che non quadra.

Jade non è morta impiccata come credeva lui quando l'ha scoperta.

Non puoi impiccarti se hai le gambe fratturate e le braccia sbriciolate.

Capitolo 51

Giro a vuoto nella camera di Benjamin, come un animale impazzito. Dalla finestra vedo che non è ancora finito il balletto di giornalisti e gendarmi davanti a casa. Scrollo i messaggi non letti sullo schermo del cellulare. Alcuni di Karen.

I bambini tutto ok.

Poi un altro per sostenermi nella prova, e un ultimo… che mi mette definitivamente in allerta.

Allora vado nello studio di Marceau e appoggio i due capitoli sulla scrivania, decisa a fare le pulizie per conto mio.

Sentendo il ruggito del motore, i giornalisti si sono scostati spontaneamente. Faccio giusto in tempo a scorgere uno dei gendarmi che tira fuori il telefono quando gli passo accanto. Raggiungo Yvoire veloce come non mai. Entro in agenzia come una furia, senza salutare Karen sbalordita. Afferro le chiavi di una delle barche. Corro sul pontile, salto a bordo, mollo gli ormeggi, parto in quarta per una nuova caccia.

Sullo schermo dello smartphone individuo il punto, localizzando la barca presa in prestito da Rollin e Alexis. Mi precedono di parecchio. Hanno accostato da qualche parte vicino a Morges, lato svizzero. Attraverso il lago con il motore a pieno regime. Mentre la barca sfreccia in linea retta, blocco i comandi di direzione e balzo nella cabina per prendere il kit di soccorso con i razzi di segnalazione. Carico la pistola, prendo due razzi supplementari, uno in ogni tasca. Aggeggi da artificiere che possono essere propulsati in un secondo a piú di cinquanta metri. A distanza ravvicinata trafiggono un uomo bruciandolo vivo. Mi pare perfetto.

Arrivata sulla riva svizzera, individuo rapidamente la barca dell'agenzia accostata male. Effettuo un'ampia curva che alza un'onda importante, accosto a mia volta e mi fermo facendo strisciare gli scafi. Imbraccio il ferro da artificiere, pronta a fare fuoco sul primo che vedrò uscire. Non un movimento, la barca è vuota. Ormeggio in andana con l'altra imbarcazione e ci balzo su. Nessuno nella cabina. Allora scendo sul pontile, poi costeggio la riva in cerca di una traccia qualunque. Scruto ogni minimo angolo e nascondiglio. Potrebbe anche essere una trappola? Non c'è anima viva.

Sui ciottoli della riva, piú lontano, un rumore mi mette in allerta. Giunge da dietro lo scafo sventrato di una barca rovesciata che sembra riposare lí da anni. Scorgo allora due piedi che sbucano da dietro. Poi il viso da farabutto di Rollin. Sta seduto, miserabile, piagnucoloso. Mi fa venire il vomito. Tengo l'indice contratto sul grilletto. Guardo furtivamente attorno a me.

– Dov'è Alexis? Rispondi, porca puttana! Dov'è quel bastardo?

E lui piange, piange, e io ancora non ho avuto la mia cazzo di risposta. Se mi sta prendendo in giro, lo faccio fuori subito.

– Sarah, ormai è lontano! È partito quasi un'ora fa.

– E tu?

Ecco che si rimette a piangere.

– Non me la sono sentita, non posso. Non ne posso piú.

– Quel pezzo di merda non la passerà liscia, proprio come te! Avete ucciso Jade e Marceau, e quel poveraccio in bicicletta! Confessa, cazzo, confessa! Voglio sapere cosa avete fatto, tutto quello che avete fatto!

L'arma in pugno comincia a pesarmi, l'indice si irrigidisce. Ho voglia di colpirlo, di sentirlo urlare, che si penta e vomiti tutto il male che ha fatto con il suo amico Alexis, a me, ai bambini, ovunque. Giunge alle mie spalle un rumore di motore. Do un'occhiata. È il peschereccio di Reynaud. Salta sul pontile, seguito da Delmas e da un altro ufficiale.

– Sarah! Sarah! Fermati, metti giú quell'arma!

Reynaud si avvicina e fa segno a Delmas di non immischiarsi. Vedo che si muovono di concerto, ma io voglio sparare a uno dei responsabili, anche se è uno solo, adesso, subito. Che paghi un prezzo alto, e soprattutto che se ne renda conto. Che prenda una paura da cagarsi addosso prima di schiattare dal dolore, lacerato da un razzo per gli Sos – il mio Sos. Per un pezzo di merda cosí c'è solo un modo di farsi giustizia, farsi giustizia sul posto, senza preavviso. Vent'anni: non ho forse pazientato già abbastanza?

Tengo la pistola dritta sul mio bersaglio. Allungo le braccia.

– Guardami! Guardami negli occhi, bastardo!

Rollin alza la testa. Implorante e miserabile. Premo il grilletto. Il razzo esplode e irradia la zona a due metri dal bersaglio. Ho deviato la canna all'ultimo momento, ma il braciere rosso accanto a lui gli illuminerà i suoi crimini fino all'ultimo respiro. Se in questo istante non avessi avuto nella mente e nel cuore Hermione e Benjamin, la sua testa sarebbe saltata sotto i miei occhi e quelli dei gendarmi.

Reynaud mi raggiunge, prende piano e metodicamente la canna della pistola di segnalazione e me la sfila dalle mani. Sprofondo il viso nella sua spalla e soffoco i singulti. Delmas rialza Rollin, svenuto durante l'impatto del proiettile sullo scafo. Quando riprende i sensi, viene bombardato di domande su Alexis.

– Se n'è andato, – borbotta. – È venuto ad aiutarlo un tizio, il sicario di un suo ottimo cliente, credo. Era in macchina. Io non volevo andare via con lui, allora è scappato da solo.

Delmas si allontana per fare una serie di telefonate. Il procuratore gli ha dato carta bianca. Sono stati istituiti dei posti di blocco un po' ovunque, è stato diramato un mandato di cattura internazionale.

Rollin continua a rispondere alle domande.

– Alexis ha relazioni ovunque, per i documenti o qualunque cosa, anche per gli aerei privati. Probabilmente è già in volo e ha superato le montagne. È da quando è iniziata l'inchiesta che prepara la fuga.

Delmas batte il piede a terra e impreca.

– Quel figlio di puttana non ci sfuggirà cosí.

Reynaud si volta verso di lui.

– A me ci sono voluti vent'anni per ritrovare il corpo che cercavo disperatamente. A ciascuno il suo.

Mi sciolgo dall'abbraccio di Reynaud. Lui mi squadra, preoccupato. Scrollo la testa, l'ondata di rabbia e follia si è dissolta. Dà il cambio a Delmas per interrogare Rollin. L'improvvisa collaborazione tra i due gendarmi in guerra è quasi commovente.

– Rollin, – chiede piano, – mi puoi spiegare come è iniziato tutto questo casino?

Rollin ha ripreso un po' di colore dopo lo spavento. A meno che il fatto di confessare tutto e che la fuga sia finalmente terminata lo faccia sentire meglio.

– È stato durante l'ultima serata a casa vostra, Sarah. Quando mi ero infradiciato con l'impianto di irrigazione e sono entrato ad asciugarmi e prendere in prestito dei vestiti di Marceau. Una volta cambiato, mi sono fermato qualche minuto nel suo studio. Era la prima volta, come puoi immaginare. Lo studio di uno scrittore famoso ha qualcosa di unico. Marceau si è sempre tenuto molto abbottonato sul suo lavoro, anche con noi, i suoi migliori amici. Allora ne ho approfittato e ho sbirciato qua e là, per capire un po' il suo universo. E poi mi è caduto l'occhio su...

Si mette di nuovo a piangere, come se gli restassero altre lacrime dopo tutte quelle che ha versato.

– Sul moschettone...

Reynaud gli appoggia una mano sulla spalla mentre trema.

– Quale moschettone? Cosa significa?

– Ne avevamo tutti uno con il nostro nome inciso sopra. Il mio l'ho perso non so dove, anni fa. Anche tu avevi il tuo, Sarah. Ma il moschettone che ho trovato sulla scrivania di Marceau era quello di Jade. Marceau è arrivato nello studio mentre lo tenevo in mano. Quel pezzetto di metallo era la prova che Marceau aveva trovato il corpo di Jade.

Distoglie lo sguardo, ma sembra pronto ad andare fino in fondo.

– Jade era stata impiccata... appesa con quel moschettone, il suo moschettone. Siamo stati noi, io e Alexis... per simulare il suicidio. Quando invece l'avevamo spinta giú per un dirupo. Lei voleva rivelare tutto, l'incidente, il tizio in bici finito sotto la macchina. Eravamo noi i responsabili. Il tizio è morto e siamo scappati. Marceau *doveva* credere che sua sorella si fosse suicidata. Era quello che speravamo, all'epoca.

Quando mi ha sorpreso nello studio, mi ha guardato dritto negli occhi e mi ha ordinato di uscire immediatamente dalla stanza, di non toccare i suoi ricordi. Mi ha detto che registrava ogni cosa per scritto. Ho preso paura e ne ho parlato subito ad Alexis... E Alexis ha deciso... che dovevamo farlo tacere, recuperare il computer, tutti i backup, le chiavette Usb, tutto quanto. Tutto per non fare venire mai fuori la verità, la verità che era diventata impossibile da dire.

Sono sbigottita. E pentita di avere spostato l'arma poco fa.

– Marceau è morto credendosi colpevole della morte di sua sorella? E invece l'avevate uccisa *voi* inscenando il suicidio! Avete ucciso Jade... e Marceau!? Come avete potuto...

Delmas mi interrompe. Sta completando le ultime zone d'ombra del macabro puzzle.

– Se il manoscritto fosse stato ritrovato, sarebbero venute fuori sufficienti ragioni per capire il malessere di Jade, quindi l'incidente in riva al lago. E soprattutto c'era la possibilità di ritrovare il corpo. E la prova che l'avevate ammazzata. Bisognava chiudere il cerchio, uccidere l'unica persona in grado di rivelare tutto.

– Ma il manoscritto l'ho trovato io. Per poco non mi sfuggiva. Marceau era bravissimo a nascondere i segreti, addirittura a me, sua moglie. E questo gli è stato utile, anche dopo la morte.

Rollin rimane lí miserevole, rannicchiato a terra. Mi prende una voglia tremenda di assestargli un calcio. Mi tornano in mente dei flash. Quel maledetto non ha ancora sputato tutta la bile e voglio che lo faccia di fronte a testimoni.

– Pensavo di essere fuori di testa... Mi sentivo sempre spiata. Ma eri tu o quel bastardo del tuo amico? Rispondi!

Rollin geme. Reynaud mi appoggia una mano sul braccio, come per trattenere un impulso di cui potrei pentirmi. E lo sfigato confessa.

– Alexis ha cominciato a sragionare quando ha visto che non mollavi l'osso per il manoscritto. Voleva farti impazzire e costringerti a fermarti.

– Quando ho rischiato di annegare in piena notte, lui c'era? E il giubbotto di Benjamin nella foresta, era lui o eri tu? Il pesce morto nel pick-up? Eravate voi, i miei migliori amici di sempre!?

Sbalorditi, Delmas e Reynaud pare non abbiano piú il coraggio di intervenire.

– Era ossessionato da tutte le tue manovre, – si lamenta Rollin. – Mi ha chiesto anche altre cose, ma alla fine non ce la facevo piú…

Reynaud esce dal torpore e scatta in avanti, come per frapporsi tra me e lui.

– Quali altre cose, Rollin?

Lui si rimette a piagnucolare, poi, tra i singhiozzi, svela:

– La password del computer in agenzia. Mi aveva chiesto di andarci nella pausa pranzo di Karen. Io la sapevo, era sempre quella da quando vi avevo aiutato a montare il materiale informatico. Ho una copia delle chiavi dell'agenzia. Anche Karen doveva iniziare a dubitare di te, il tutto per non darti tregua.

Reynaud stavolta mi trattiene davvero. Adesso sto per saltargli al collo. Delmas riprende l'interrogatorio.

– E il computer dov'è? E i backup?

– Alexis mi ha dato i riferimenti del MacBook che serviva e un po' di soldi da aggiungere alla droga di un tizio al quale spacciavo. Il tizio ha trovato subito il computer. Ma è stato Alexis a sistemare tutto a casa tua, Sarah, e a distruggere il Mac di Marceau sostituendolo con quello nuovo. Quelle volte che andavi all'agenzia, oppure a zonzo con il pick-up.

– E... e noi tutti cercavamo Marceau quando era già morto, e voi lo sapevate? Mi fate vomitare.

Ripenso all'improvviso a un ulteriore dettaglio che potrebbe prendere un senso.

– E i taccuini di Louise?

Sospira. Come già stanco per ciò che gli resta da dire. Non ha nemmeno il coraggio di darsi un contegno, adesso che è stato smascherato.

– Mi... quando Karen mi ha detto che tua nonna Louise annotava tutto nei taccuini, ho avuto paura. Sapevo che Marceau andava a trovarla regolarmente alla casa di riposo. Un cliente del food truck ci lavora. Gli ho allungato dei soldi perché rubasse i taccuini... e... li ho bruciati.

– Erano tutta la memoria di mia nonna... Ricordi preziosi, le cose piú intime che aveva.

Reynaud riprende la parola con una domanda che gli sta particolarmente a cuore da quando è stato incarcerato.

– Vicino alla vetta è stata trovata una cinghia. Apparteneva a la *Maison de la Forêt*.

Rollin gratta nervosamente il terreno con le unghie, a testa bassa.

– La cinghia... Alexis... Voleva proteggersi... per non precipitare con la pietra... Gli ho dato roba trovata in garage. La cinghia era abbandonata vicino alla bici di Zoé. La usava lei per trasportare le sue cose.

– E la mia pistola?

– Un giorno Marceau ci aveva mostrato l'arma che aveva preso in prestito da te, Reynaud. Avevamo sparato un paio di volte, lui la teneva lontano da casa per via dei bambini. Alexis conosceva il nascondiglio. Ha preso la pistola e l'ha messa nello studio di Marceau, in un punto dove i poliziotti avrebbero potuto trovarla. Tanto per attirare l'attenzione sul suo strano comportamento potenzialmente pericoloso.

– Solo che l'ho trovata io, – riprendo. – Questo, Alexis non l'aveva previsto. Ma tutto sommato non cambiava in alcun modo i vostri piani, a parte qualche danno collaterale in aggiunta... E chi è stato a spararmi nella foresta sul Dent du Vélan?

Increduli, Reynaud e Delmas si scambiano un'occhiata. Solo ora si rendono conto di ciò che ho subito in tutte queste settimane. E anch'io, devo ammetterlo. Mi sembra di sognare a occhi aperti. Rollin si nasconde la faccia tra le mani. La sua voce soffocata ci giunge a fatica.

– Glielo dicevo che stavamo esagerando. Non ce la facevo piú, non ce la facevo piú. Voleva solo spaventarti. Ti voleva un gran bene e si sentiva in colpa... Be', almeno credo.

Quando penso che quel bastardo è venuto a letto con me... Mi fa schifo, mi faccio schifo. Chissà se anche questo rientrava nei suoi piani, per manipolarmi ulteriormente, oppure per cercare in maniera patetica di scusarsi di tutti quegli orrori?

Delmas ci fa cenno di fermarci. Anche lui sembra nauseato. Dà la stoccata finale:

– Lei se ne va al fresco, Rollin Uldry. E per un bel pezzo. Il suo complice non la farà franca a lungo.

Capitolo 52

Se sei uno scrittore, non pensi al giorno in cui scriverai il tuo ultimo testo. C'è sempre un domani con una nuova storia, quella che hai dentro di te prima ancora di terminare il romanzo precedente. Nel caso specifico, «Il romanzo di Marceau Miller» sarà necessariamente il mio ultimo. In un certo senso sono costretto a pensarci bene prima di mettere la parola «fine». Ma ho la fortuna di poter tornare sulle mie parole tutte le volte che ne sento l'esigenza, fino alla «mia» fine. Ecco in cosa consiste il mestiere di scrittore: rimaneggiare di continuo il proprio testo.

Questo racconto è il primo che ho pensato, e non lo vedrò arrivare nelle mani dei destinatari.

Quindi posso dire tutto, anche cose inconfessabili. Quindi ho detto tutto, anche cose imperdonabili.

Quando saranno lette queste righe, io non ci sarò piú, ma la mia coscienza avrà rivelato ciò che doveva rivelare, cioè la verità.

Fine

Epilogo

Tre mesi dopo

La luce del mattino è sempre stata la mia preferita. Mi dà la sensazione che tutto sia ancora possibile. Aveva ragione Louise, il Lemano è decisamente piú bello nel fuoco del levante. Reynaud ha eseguito per me le sue ultime volontà. «Vorrei che i miei ciottoli tornassero nel lago». Cinquecentoventinove ciottoli, numerati dal primo all'ultimo, centodieci chili di carico che Reynaud ha portato via con il peschereccio e scaricato in fondo al lago. Addio nonna Louise. Mi resta solo una parte dei suoi taccuini, dove ho scoperto qualche altra confidenza di Marceau.

Come lui, Louise scriveva tutto a modo suo.

A bordo del pick-up mi reco in agenzia per l'ultima volta. Mi si stringe il cuore. Si diventa liberi solo quando si mollano definitivamente gli ormeggi. Li taglierò di netto con l'accetta, in un colpo solo.

Due barche attraccate al pontile danzano seguendo lo sciabordio del Lemano. Tutte le altre sono state noleggiate, e si trovano da qualche parte sull'acqua tra la Francia e la Svizzera.

Mi dirigo verso l'ufficio, risoluta. Lei è lí, dietro il bancone, si tiene a distanza. Devo fare in fretta, in modo sbrigativo e senza sentimentalismi. Forse è proprio ciò che spera Karen. La vicenda è chiusa da tre mesi, sono tre mesi che non ci vediamo. Le cedo le mie quote del *Loc' Léman*. Non ha avuto nulla da ridire né sulla decisione, né sul prezzo. Era caro. Ma per certe cose non si fanno sconti.

Karen non riesce a reggere il mio sguardo. La sua perfezione incrinata stempera in parte la mia rabbia. Se colpissi Karen, potrebbe volare in mille pezzi, me ne sono accorta e lei lo sa. Firmo le carte che ha già predisposto. Alza gli occhi su di me, intuisco che le rimane un po' di coraggio.

– Sarah, è successo soltanto poche volte con Marceau. In quel periodo era un po' confuso. Ha chiuso lui la storia. Mi dispiace davvero tanto...

Lei mi ha rubato una parte di mio marito, ha recuperato la metà dell'agenzia e perso per intero la mia fiducia.

Tiro fuori dalla borsa un'ultima sorpresa per lei, avvolta in una carta da regalo nera legata con un nastro rosso. Il nero della morte, il rosso del sangue. Appoggio il pacchetto sui contratti, come se mi liberassi di un oggetto porta sfortuna. La copia numero uno dell'ultimo romanzo di Marceau.

– Cosí hai la serie completa. Ma stavolta niente dedica. Marceau ti saluta da lí dov'è.

Percepisco che indietreggia leggermente: questo mi basta, e posso girare i tacchi.

Non ho partecipato alla conferenza stampa che Édouard ha tenuto, piuttosto soddisfatto. Non so se ha agito per rispetto o per amicizia sincera, ma ha lasciato il titolo originale del manoscritto, *Il romanzo di Marceau Miller*. Il vero romanzo della vita di Marceau Miller, che racconta tutte le zone d'ombra, la sua parte oscura. Come una rivalsa contro una carriera guastata dalla menzogna. Tra realtà e finzione il limite è ambiguo, quasi ci si perde – o ci si ritrova.

Ho dato il mio consenso alla pubblicazione perché Marceau voleva la verità, e senza questo libro non ci sarei riuscita. Non mi libererò mai completamente di questa storia. Ce l'ho inchiostrata sulla caviglia, almeno una parte, almeno l'inizio. Jade ha voluto cosí.

E adesso? Dovrei andarmene? O forse inventarmi un'altra vita in questa regione che è, ed è sempre stata, mia, di Hermione e Benjamin.

Nelle vetrine di tutte le librerie che incrocio c'è *Il romanzo di Marceau Miller*. Sulle copertine fioriscono qua e là i bigliettini dei librai, che con la loro sensibilità mi indicano la strada e mi aiutano a dire:

Addio Marceau.

Ringraziamenti.

Rivolgo ringraziamenti sinceri:

A Sophie, la mia prima lettrice, e alle mie figlie, che da sempre sopportano la mia passione e i miei progetti letterari.

A Marie Leroy, la mia editrice di fiducia, che sa leggere tra le righe: con lei a volte si confondono le ore del giorno e della notte passate a lavorare su un manoscritto per migliorarlo, si spera.

Al mio agente letterario, Michèle Kanonidis, che mi spalleggia e mi apre prospettive oltre le frontiere del nostro Paese.

Alla mia agente internazionale, Marleen Seegers, che anche mentre sorvola oceani e nazioni trova l'energia per offrirmi commenti preziosi sul manoscritto.

A Geneviève Perrin, l'editor che mi ha dato fiducia anni fa, fin dal primo giorno, e che mi dà sempre preziosi consigli.

A voi lettrici e lettori, per cui ho scritto con un piacere immenso questo racconto che mi ha fatto vivere momenti intensi.

Indice

Certificato PEFC
Questo prodotto è realizzato con materia prima da foreste gestite in maniera sostenibile e da fonti controllate
PEFC
PEFC/18-31-226
www.pefc.it

Einaudi garantisce la gestione sostenibile delle risorse forestali e usa carta HOLMEN certificata PEFC con fibra vergine proveniente da foreste sostenibili
www.holmen.com/paper

GRAFICA VENETA
GV CARBON NEUTRAL

Questo libro è fabbricato da Grafica Veneta S.p.A.
con un processo di stampa e rilegatura certificato 100% carbon neutral
in accordo con PAS 2060 BSI.

Stampato per conto della Casa editrice Einaudi
presso Grafica Veneta S.p.A. - Stabilimento di Trebaseleghe (Pd)
nel mese di ottobre 2025

C.L. 26918

Edizione						Anno			
1	2	3	4	5	6	2025	2026	2027	2028